Nikola-Marie Grims

DRU & DETECTIVE

Mordsfreunde

Was geschah mit Luisa?
Dru & Detective ermitteln auf 8 Pfoten.

Das Gesicht unter dem Eis.
Ein Herzanfall.
Alles ist anders.

Au im Mühlviertel, tiefster Winter: Als der betagte, eigenbrötlerische Nachbar eine Herzattacke erleidet, ändert sich das Leben von Historienautorin Selma Weingart und ihrem Kater Dru. Denn Detective, die Hündin, des seit dreißig Jahren pensionierten Kriminalbeamten, zieht vorübergehend bei Weingarts ein. Weniger als 24 Stunden danach wird im Eisstockteich der kleinen Gemeinde die Leiche einer Frau gefunden. Jung, bildhübsch, nur mit einem dünnen Baumwollhemd bekleidet. Auf dem Weg in ein tschechisches Beautystudio war sie. Vor mehr als 14 Monaten. Seitdem galt sie als vermisst.

In fulminantem Tempo verlieren sich die Ermittlungen in einem Netz aus Eifersucht, Gier und menschlich-moralischen Abgründen. Doch:

Wer riecht, was niemand sieht?
Wer versteht, was keiner hört?
Wer kommt an Orte, die kein Mensch betritt?

Zwischen dem sarkastischen schwarzen Kater und dem dienstbeflissenen Spanielmädchen entbrennt ein Konkurrenzkampf, der sein Ventil letztendlich in einem spektakulären Beitrag zur Aufklärung des mysteriösen Falles der *Schönen aus dem Eis* findet.

»Das gefährlichste Tier ist der Mensch.«

NIKOLA-MARIE GRIMS

DRU &
DETECTIVE

MORDSFREUNDE

Provinzkrimi

Nikola-Marie Grims (geb. 1970 in Linz/a.D.) lebt mit ihrer Familie im oberösterreichischen Mühlviertel. Nach dem Studium der Sozial- und Wirtschaftswissenschaften und einer jahrelangen Tätigkeit an der Spitze eines Tourismusmarketing-Unternehmens, wurde sie von der Leserin zur Autorin und sicherte sich bereits mit ihrem historischen Romandebüt KONSTANTIN-*Prophezeiung* einen dauerhaften Platz in den Kindle-Bestsellerlisten. Aktuell publiziert sie in mehreren Genres. Die neue Provinzkrimiserie DRU & DETECTIVE ist eine Hommage an ihre Tierliebe und das Landleben.

Ich schreibe Geschichten auf. Ganz richtig. Sie existieren nicht, weil ich sie aufschreibe, sondern ich schreibe sie auf, weil sie existieren. In meinem Kopf, in meinem Herzen, einfach in mir. Und sowie sich Gedanken nicht auf gut oder schlecht, schön oder düster beschränken, passen meine Geschichten nicht alle in dasselbe Genre. Aber so ist das nun mal. Das Leben ist vergangen, gegenwärtig & zukünftig, bunt & voller Schatten, lustig & traurig, traumhaft & angsteinflößend. So ist das Leben. Und so sind meine Bücher.

Unbeschwerte Lesestunden wünscht

Ihre

Nikola-Marie Grims

TWENTYSIX - Der Self-Publishing-Verlag

Eine Kooperation zwischen der Verlagsgruppe Random House und Books on Demand

2. Auflage

Covergestaltung

Sarah Buhr / www.covermanufaktur.de unter Verwendung von Bildmaterial von Alena Kazlouskaya (Hund); S Photo (Holz) / Shutterstock sowie Natalia Chirkova (Katze) / Adobe Stock und Jeanette.Dietl (Karo); kornienkoalex (Holzschild); chingis61 (Landschaft); Kris (Holzschild klein) / Depositphotos

Herstellung und Verlag: BoD – Books on Demand, Norderstedt

ISBN 9783740746155

FSC www.fsc.org
MIX
Papier aus verantwortungsvollen Quellen
Paper from responsible sources
FSC® C105338

Der Hund ist ein geborner Knecht,
Des Herren Wille ist sein Recht.
Aber die Katz' ist ein freies Thier;
Du spielst nicht mit ihr, sie spielt mit dir.

Friedrich Rückert (1788 - 1866)

PROLOG

»Und wenn ich aufgehalten werde?«

»Unwahrscheinlich bei diesem Wetter und dem *Anstrich.*«

»Leute, ich mach da nicht mehr mit. Das hier ist eine Sache, aber ...«

»Halt's Maul, Jori! Mit der wird's nie was. Ich weiß nicht, wie viele Spritzen Doc ihr schon verpasst hat. Fehlanzeige. Nichts. Niente.«

»Hört zu, ich steig aus.«

»Stell dir das bloß nicht so einfach vor! Du hängst da mit drin. Oder willst du, dass deine Kinder hungern? Oder zurück in die alte Heimat, und bald woanders hängen?«

»Jori, mein Guter, beruhige dich. Denk an den höheren Zweck. Außerdem ist es nur ein vorgezogenes Ende.«

»Ende? Ich weiß, ihr redet nie darüber, und ich habe bis jetzt nicht danach gefragt. Aber was ist mit ihnen, wenn ... Ahhh!«

»Der Zweck heiligt die Mittel, mein Lieber. Denk an Docs Worte. Der Zweck heiligt die Mittel. Merk dir das, merk es dir gut. Hier, ein Taschentuch! Und jetzt sei so nett, hol das Auto und montiere die Kennzeichen. Du musst vor Mitternacht an der Grenze sein. Und, Jori! Lass den ganzen Krempel drinnen, zum Ausräumen ist keine Zeit mehr!«

Ein Ende, ein vorgezogenes Ende.

Sie dachten, sie wäre weit weg, aber sie hat sie gehört.

Sie dachten, sie schliefe, doch sie hat sie beobachtet.

Medikamente wirken bei ihr nicht wie bei anderen.

Worte, Stimmen irrlichtern durch ihr Bewusstsein. Behutsam wurde sie in den Laderaum gelegt, sogar in flauschige Decken gewickelt. Behutsam wie nie zuvor. Eine Träne rinnt langsam über ihre Wange. Sie fragt sich, woher sie kommt. Alles brennt. Ihr Körper steht in Flammen. Ihr ausgetrockneter Mund ist leicht geöffnet, sie möchte schlucken, aber sie kann nicht.

Das vorgezogene Ende. Ihr Ende.

Wie lange war sie dort? Wo war dort? Monate müssen vergangen sein, weil all das sonst nicht möglich wäre.

Ein Hupen, orchestriert von quietschenden Reifen, durchschneidet die monotonen Straßengeräusche. Der große Papierstoß neben ihr fällt um. Sie wird mit dem Kopf gegen einen Werkzeugkasten geschleudert, dann gegen die nicht verkleidete Blechwand und wieder retour. Wie oft, weiß sie nicht. Danach folgt Stille. Kein Laut von draußen.

Eine Chance.

1

Au, Sonntag, 10. Februar 2019

Es ist dunkel.

Es stinkt.

Sein Kopf ist unter einer halbvollen Milchpackung begraben.

Er schreit, doch keiner hört ihn.

Er hat Angst, unbeschreibliche Angst.

Mit rasendem Herzen öffnet Dru die Augen. Finster. Aber, bei Garfields Bart!, alles in Ordnung. Auf ihm liegt nur sein rotsamtenes Schmuseherz. Er schüttelt es ab, schiebt es mit der Nase ein Stück von sich, um Platz für ein ausgiebiges Streckritual zu schaffen. Vorne, hinten. Nochmals, jedes Bein einzeln. Nach einem Kurzputzprogramm will Dru seinen Fensterplatz - auf dem er offensichtlich bei der Observierung der darunter liegenden Gasse eingeschlafen ist - verlassen und den schalen Nachgeschmack des Traumes mit etwas Knusprigem vertreiben, als sein Blick nach draußen fällt.

Vor dem Häuschen schräg vis-à-vis parkt ein blinkender Rettungswagen, die Türen stehen offen. Zwei junge Männer zwängen sich mit einer beladenen Trage aus der engen Haustür. Die Köpfe eingezogen, stapfen sie durch die ungeräumte Einfahrt zurück zu ihrem Einsatzfahrzeug. Ihre Fracht ist Karl Wagner, das kann Dru trotz Sturm und dichtem Schneefall zweifelsfrei erkennen.

»Ojee, der alte Herr Wagner!«, stellt Selma, die sich ebenfalls am Küchenfenster eingefunden hat, leise fest. Zärtlich streicht sie dabei über Drus seidig schwarzen Kopf.

»Der Alte, der immer rumschnüffelt ... So nennst du ihn zumindest sonst«, antwortet Dru sarkastisch.

»Du hast leicht gurren, mein Großer. Ich gäbe wahrlich einiges dafür, wenn ich wüsste, was ihr Fellnasen so alles versteht.«

»Spar dir das besser. Du wärst schockiert, glaub mir!«

»Sieh nur! Dort am Fenster sitzt sein Hund. Armer Kleiner. Wer wird ihn jetzt betreuen?«

»Was kümmert uns das? Es ist ein Hund. Soll er sich den Riechkolben an der Scheibe platt drücken, bis sein Fell von den Knochen rieselt.«

»Hoffentlich ist es nichts Ernstes beim Wagner, obwohl in dem Alter – er kann vom Neunziger nicht weit entfernt sein«, murmelt Selma, während der Rettungswagen unter ihrem Fenster vorbeifährt. Kurz tippt sie mit dem Zeigefinger auf Drus Nase, dann wendet sie sich Richtung Kühlschrank. »Und Dru? Nach der Aufregung etwas Katzensaft gefällig?«

»Immer! Ich steh auf dieses Vitaminzeug, es schmeckt nach Schoko. Nein, nein, nicht den Messbecher! 30 Milliliter sind der reine Magenpflanzer!«

»Aber geh! Nicht so ungestüm. Gehört *alles* dir«, reagiert Selma auf Drus forsches Miauen und stellt ihm ein Schälchen hin.

»*Alles*? Du hast Nerven! Dreimal schlappern, weg ist die Chose.«

»Ich schreibe jetzt weiter, sonst wird dieses verflixte Kapitel nie fertig. Kuschel dich doch auf die Couch! Ist das Beste, was man bei so einem Wetter anfängt.«

»Schlafen? Nicht unbedingt. Ich schmeiß mich ein bisschen vor die Glotze. Das Lokalprogramm, das heute im Vogelhaus vor dem Dielenfenster läuft, dürfte nicht übel sein.«

Wenige Stunden später ertönt die Türglocke. Eine Unregelmäßigkeit in Drus Tagesablauf und deshalb, für gewöhnlich, abzulehnen.

Selma, die sämtliche Hausschuhe erfolgreich in die Flucht schlägt, läuft in Socken die Treppe hinunter und öffnet die Tür. Zeitgleich bezieht Dru Position am Fenster im Halbstock, von wo aus jeder Störenfried mühelos in Augenschein genommen werden kann.

»Hallo! Entschuldigen Sie bitte die Störung, mein Name ist Wagner. Constanze Wagner«, stellt sich eine Frau mittleren Alters vor, während sie Selma die Hand entgegenstreckt. Ihre Gesichtszüge wirken angespannt. Unter dem breitkrempigen, violetten Hut kräuselt sich graues, drahtiges Haar. »Ich bin die Schwiegertochter von Herrn Wagner. Vom Haus Nr. 84«, fügt sie hinzu.

»Begrüße Sie, Weingart!«, erwidert Selma und schüttelt die eiskalte Hand.

»Ich weiß. Karl, mein Schwiegervater, hat alle ihre Bücher.«

Selmas Augenbrauen schnellen empor. »Überrascht mich. Abgesehen von ‚Guten Tag', haben wir nie miteinander gesprochen.« Und selbst das stimmt nicht, denn Herr Wagner erwidert ihren Gruß stets nur mit einer kurzen Kopfbewegung.

Constanze Wagner nickt wissend. »Ja, er ist wortkarg, zurückgezogen, einsilbig – Witwer seit 30 Jahren.«

Nullsilbig. »Wie geht es ihm? Ich habe heute Vormittag den Rettungswagen gesehen.«

»Herzinfarkt, und leider nicht der erste. Aber zur Zeit ist er stabil.«

»Fein zu hören«, antwortet Selma. »Möchten Sie hereinkommen? Kein Wetter heute für Gespräche zwischen Tür und Angel.«

»Gerne, nur auf einen Sprung. Ich will Sie nicht aufhalten.«

Frau Wagner betritt das Haus, Selma schließt die Tür.

»Zeit genug für eine Tasse Tee?«, fragt die Hausherrin freundlich. »Mir ist ohnehin der Faden gerissen. Eine kleine Pause kann da hilfreich sein.«

»So leid es mir tut, Frau Weingart, aber ich muss zurück nach Wien. In Wahrheit sollte ich schon im Auto sitzen. Ich wollte ... möchte Sie um einen Gefallen bitten.«

»Nur zu!«

»Sie wissen, dass mein Schwiegervater einen Hund hat.«

Seine Legitimation zum Rumschnüffeln. »Ja, er ist ein fleißiger Spaziergänger. Nehmen Sie den Kleinen mit?«

»Genau da liegt das Problem«, seufzt Constanze Wagner. »Mein Enkelsohn Kilian, der zur Zeit bei meinem Mann und mir lebt, ist allergisch auf Tierhaare. Und Frau Bauer, vom Ende der Straße, die Detective schon im Notfall aufgenommen hat, ist auf Urlaub, wie ich eben erfahren habe. Ihre Tochter hat mir den Tipp gegeben, es bei Ihnen zu versuchen, weil sie tagsüber zu Hause, und, wie die junge Frau meint, überaus tierlieb sind.«

»So, *meint* sie das«, erwidert Selma mit freundlichem Spott. »Was Nachbarn so alles wissen ...« *Selbst, wenn das Grüßen sie des Öfteren schon überfordert,* fügt sie im Geiste hinzu. »Es stimmt, wir haben eine Katze, genau genommen einen Kater. Und da liegt unter Umständen bei *uns* das Problem.«

»Volltreffer!«, bestätigt Dru auf seinem Posten im Halbstock, wo er jedes Wort mithört.

Constanze Wagners Handy klingelt. »Ist mein Mann. Sorry, Frau Weingart«, entschuldigt sie sich, bevor sie abhebt.

Selma macht eine beschwichtigende Geste.

»Bin ich nicht. Bei einer Nachbarin von Vater«, spricht Frau Wagner gedämpft in ihr Smartphone und zieht den Zipp ihres Anoraks, dem der Schick der 80er Jahre anhaftet, nach unten. »Nein, die ist verreist. Bei Frau Weingart, drei Häuser weiter. Ich glaube nicht.« Die Stimme des Ehemannes ist jetzt lauter zu hören. »Das sagst aber dann du deinem Vater. Ressentiments? Eher Erfahrungen.« Frau Wagner wischt sich mit der Hand über die Stirn. »Ja, mir ist bewusst, dass uns nichts anderes übrig bleibt. Okay. Melde mich. Ciao.«

»Stress?«, fragt Selma, nachdem Wagners Schwiegertochter ihr Handy wieder verstaut hat.

»Leider. Unser kleiner Kilian hat heute Abend eine Theatervorführung – er ist in der ersten Klasse – und Konrad, mein Mann, fürchtet, dass ich zu spät komme. Er meint, ich soll Detective in eine Hundepension verfrachten und mich auf den Weg machen.« Constanze Wagner zieht die Hutkrempe tiefer in ihre Stirn, als stünde sie noch im Freien. Sie bemerkt Selmas fragenden Gesichtsausdruck und erklärt: »Was freilich keine große Sache wäre, wenn Karls letzter Hund nicht zufällig in einer solchen Einrichtung gestorben wäre.«

»Ich fange gleich an zu heulen«, meldet sich Dru bissig zu Wort.

Zwischen Selmas Augenbrauen bildet sich eine tiefe Falte.

»Nein, es war nicht deren Schuld. Der Hund war alt. Aber mein Schwiegervater, er ist - nun, um das zu verstehen, müssten Sie ihn besser kennen -, sagen wir, Verschwörungstheoretiker berufsbedingter Natur. Fünfundvierzig Jahre Kriminalpolizei Wien prägen, denke ich.«

Wie um ungewollte Gedanken zu vertreiben, schüttelt Selma den Kopf. »Ich versuche es. Schließlich ist Detective keine Dogge. Er und Drusus werden sich schon nicht zerfleischen. Und wenn doch, gibt es genügend Zimmer in diesem Haus, um die beiden auf Abstand zu halten.«

Constanze Wagners Gesicht wird weicher. Sie lächelt. »*Sie* und Drusus.«

»Wie bitte?«

»Sie. Detective ist ein Mädchen. Ein *King Charles Spaniel.*«

»Völlig egal, wer oder was die dämliche Töle ist – sie kommt hier nicht rein!«, knurrt der schwarze Kater.

Erleichtert erteilt Constanze Wagner Selma ein Briefing in Hundehaltung, während Dru ein paar Treppen höher sein gesamtes Schimpfwortrepertoire bemüht. Er lässt ein Gezeter vom Stapel, als wäre man ihm auf den Schwanz gehüpft, und würde nach wie vor darauf stehen.

»Ist das Ihr Kater?«, fragt die Schwiegertochter mit ungläubigem Gesichtsausdruck.

Selma nickt schmunzelnd. »Ja, Drusus ist überaus gesprächig.«

»Wow! Ein besonderes Exemplar, wie mir scheint.«

»Zweifelsohne«, pflichtet Selma ihr bei.

Energisch zieht Frau Wagner den Zipp ihres Anoraks wieder nach oben. »Okay«, sagt sie, »Dann hole ich jetzt Detective und einige Sachen; Futter und so. Mir fällt ein Stein vom Herzen. Seien Sie versichert, wir werden uns erkenntlich zeigen, liebe Frau Weingart.«

»Nicht der Rede wert. Ist ja nicht für ewig.«

»Nein. Ich gehe davon aus, dass sich Karl schnell wieder erholt. War bisher zumindest immer so. Und wenn es nicht klappt mit dem Hund, bzw. Ihnen zu lange dauert, rufen Sie mich jederzeit an, dann finden wir eine andere Lösung«, verspricht Frau Wagner und reicht Selma ihre Visitenkarte.

»Danke. Ich hoffe, es ist nicht nötig. Richten Sie Ihrem Schwiegervater Grüße aus, er soll sich nicht sorgen.«

Frau Wagner legt die Hand auf Selmas Oberarm. »Mache ich. Nochmals vielen, herzlichen Dank, Frau Weingart! Dann, bis gleich«, sagt sie, bevor sie wieder ins Schneegestöber hinaustritt.

»Hallo, Liebling!«, ruft Willi Weingart, als er in den frühen Abendstunden durch die Garage das Haus betritt.

Selma kommt ihm entgegen und umarmt ihn. »Hi, Schatz! Fein, dass du da bist. Alles gut gelaufen?«

»Hast nichts versäumt, außer einer galligen Malakofftorte.«

Verständnisvoll nickt Selma. Sie selbst hat sich vor der Geburtstagseinladung eines Verwandten ihres Mannes gedrückt, um mit dem Schreiben voranzukommen.

»Wo ist Dru? Macht er ein Nickerchen?«, fragt Willi, der daran gewöhnt ist, dass der Kater bei der Begrüßung meist der Erste ist.

»Nein, er ist verhindert.«

»So?«

»Dru ist im weißen Zimmer«, flüstert Selma. »Wir haben einen Gast.«

Willi setzt seinen *Konntest-du-diesen-Kelch-nicht-an-mir-vorübergehen-lassen?*-Blick auf. »Ach ja? Etwa einen mit Katzenphobie?«

»So würde ich es nicht nennen«, erwidert Selma, während sie vor ihrem Mann die Treppe hinaufgeht. Als sie die Tür zum Wohnzimmer einen Spalt breit öffnet, wird eine schwarze Hundenase sichtbar.

»Und wer ist der glückliche Besitzer?«, will Willi, in Erwartung dem Gast in seinem Wohnzimmer vorgestellt zu werden, aufgesetzt jovial wissen.

»Er ist allein hier. Das heißt, *sie* ist allein hier«, antwortet seine Frau und öffnet die Tür zur Gänze. »Darf ich vorstellen: Das ist Detective.«

Einige Zeit danach sitzen Selma und Willi bei einem Glas Rotwein im Wintergarten. Schneeflocken kleben an den Scheiben. Detective hat den Platz auf ihrem mitgebrachten Hundebett ausgeschlagen und ist auf Selmas Schoß eingeschlafen.

»Die Kleine mag dich«, bemerkt Willi.

Seufzend streicht Selma über den seidig-runden Kopf der Hündin. »Sie ist traurig. Hat weder einen Bissen angerührt noch einen Laut von sich gegeben.«

»Hoffentlich ist Herr Wagner bald wieder auf den Beinen. Sich in seinem Alter einen jungen Hund anzuschaffen, ist halt so eine Sache.«

»Der Hund ist sein Lebenselixier.«

Willi nickt. »*Detective* – ein merkwürdiger Name für ein kleines Spaniel-Mädchen«, wechselt er das Thema, wohlwissend, dass das Verhältnis seiner Frau zur Vergänglichkeit komplizierter ist, als das der meisten Menschen.

»Herr Wagner war Kriminalbeamter.«

»Das erklärt so manches.«

»Alle seine Hunde haben angeblich Detective geheißen. Früher waren es immer Deutsche Schäferhunde, hat mir die Schwiegertochter erzählt. An den letzten, den langhaarigen Schäfer, erinnere ich mich genau.«

»Ich auch. War eine imposante Erscheinung.«

»Nach dessen Tod haben ihm seine Kinder die Kleine hier buchstäblich vor die Tür gesetzt. Sie befürchteten, dass er dem Temperament eines jungen Schäferhundes körperlich nicht mehr gewachsen sein würde.«

»Verstehe.« Mitleidsvoll ruht Willis Blick auf dem gescheckten Bündel, das sich auf seiner Frau zusammengerollt hat. »Hoffentlich bekommen wir das mit Dru hin. Wir können ihn nicht tagelang wegsperren.«

»Nein«, stimmt Selma zu. Sie beißt auf ihre Unterlippe. »Die beiden hatten einen gewaltigen Fehlstart. Sie war freundlich und er ...«

»Hat es missinterpretiert«, vervollständigt Willi. »Scheinbar doch kein reines Klischee, das *Katze/Hund-Ding*.«

»Sieht so aus. Ich habe ihm drei Mal Bachblüten verabreicht, völlig zu Schweigen, von einer ordentlichen Dosis *Calm-Paste*. Aber er maunzt unentwegt, legt die Ohren an, und sein Schwanz ist dick wie der eines Eichhörnchens. Zum Fürchten, sag ich dir.«

Willi erhebt sich aus seinem Rattansessel. »Ich besuche ihn nochmal und dann lassen wir es für heute gut sein, okay?«

»In Ordnung. Morgen ist ein neuer Tag. Aber nimm dir *Bestechung* mit! Das frische Säckchen. Das lilafarbene.«

»Wird gemacht!«

Willi öffnet die Tür zu Drus Exil. Der rabenschwarze Kater springt von der Fensterbank aufs Sofa, dann auf den Boden. Mit angelegten Ohren und Puschelschwanz steht er vor ihm.

»Salve, Dru!«

»Hast du die Töle hinausgeworfen?«

Willi geht vor Dru in die Hocke. »Hör auf zu knurren, mein Großer!«

»Hast du? Sag schon! Natürlich nicht. Du stinkst nach Hund wie Selma. Wage es nicht, mich anzugreifen!« Dru hebt seine rechte Vorderpfote.

»Dru, ruhig. Was sind denn das für Manieren?«

»Frag das deine Frau, diesen weiblichen Judas!«, faucht der Kater und hebt die Pfote etwas höher.

Gelassen weist Willi ihn zurecht. »Hör jetzt auf damit, Drusus. Wie theatralisch du dich aufführst. Unwürdig für einen Römer.«

»Ich habe mir den Namen nicht ausgesucht.«

»Eine kleine Hundedame ist nicht der Untergang der Welt.«

»Meiner Welt sehr wohl.«

»Sobald ihr Herrchen gesund ist, verlässt sie uns wieder. Stell dir einmal vor, dir würde es so ergehen.«

»Papperlapapp. Ein Napftauscher ist alles, was ich brauche. Meine Bude aufgeben? Nie. Ich würde die Stellung halten, bis ihr wiederkommt. Du hättest sie sehen sollen, diesen froschäugigen Bettvorleger! Wie die forsch mit dem

Schwanz gewedelt hat, als sie reinkam. Aggressiv ist die Tussi, sonst gar nichts. Selma kann froh sein, dass ich der *Kleinen* gleich eins über den Rüssel gezogen habe.«

»Aber du hast Glück, du bist eine Katze und könntest dich im Notfall sogar alleine durchschlagen.«

»Die flauschigen Ketten der Domestikation sprengen? Nein, ich denke nicht, Willi. Nein.«

»Hunde sind unselbständiger, wesentlich abhängiger vom Menschen.«

»Ist das meine Schuld?«, zischt Dru.

»Und würden sich nie so aufführen, wenn du es genau wissen willst«, erklärt Willi. Er richtet sich wieder auf. »Deine Wahl, Dru. Entweder du gibst der Kleinen da draußen eine Chance oder die Zerstreuungen dieses Zimmers sind die nächsten Tage alles, was du zu sehen bekommst. Überlege es dir. Die Sicht auf das Vogelhaus ist bescheiden.«

Der schwarze Kater stellt die Ohren auf, lässt die Pfote sinken. »Glotzverbot? Nicht dein Ernst.«

Leise grinst Willi in sich hinein. »Gut, dass man nicht weiß, wie viel ihr tatsächlich mitbekommt«, brummt er in seinen Bart und nimmt die Türklinke in die Hand. »Angenehme Träume, mein Großer!«

»Du hast leicht reden.« Dru bewegt sich auf Willi zu, ringelt den Schwanz um dessen Bein. »Bleib doch noch ein wenig und spendiere mir zwei, drei von den Bonbons, die du mitgebracht hast!«

»So leutselig plötzlich? Ah! Das lila Säckchen. Denke, es geht dir nicht verloren, Dru. Bis morgen!«

Dru steigert die Sympathiebekundungen und reibt seinen Kopf vehement an Willis Wade. »Dann leg mir doch wenigstens *Yesterday* auf oder bring mir Vater Zweigs *Die-Welt-von-Gestern*-Schmöker! Nur wer das am eigenen Leib erfährt, versteht es.«

»Bis morgen, Dru«, wiederholt Willi. Mit sanfter Bestimmtheit schiebt er den Kater von sich.

»Wo ist Selma? Kommt sie nicht mehr?« Drus Unterkiefer klappt herunter, als Willi die Tür von außen schließt. Mit melancholischer Intensität beginnt er sich an sämtlichen Einrichtungsgegenständen zu reiben. Wenn man ihn schon hierher abschiebt, soll alles sorgfältig signiert sein. Er wird in diesem Zimmer bleiben, und gemessen an dem, womit der Kater in seiner frühesten Jugend gelernt hat, auszukommen, stehen ihm königliche Tage bevor. Zwar ist Dru, sogar um der *Generation Z* anzugehören, zu jung, aber er ist fähig, sich mit sich selbst zu beschäftigen. Ohne Hightech. Die Wurzeln seiner Bildung reichen tief ins vorige Jahrtausend. Er will nachdenken und dösen. Dösen und nachdenken. Die Sache mit dem eintönigen Fernsehprogramm ist, zugegebener Weise, ein Wermutstropfen. Doch Dru wird nicht klein beigeben, wird nicht vor der eingebildeten Laterndlpisserin gute Miene zum bösen Spiel machen. *Ob Selma nochmal kommt?*

2

Au, Montag, 11. Februar 2019

Als Selma am nächsten Morgen Drus Frühstück bringt, wirkt er anfänglich geläutert. Um die Beine streichen, Köpfchen geben, anzwinkern - alles dabei. Während er sein Lieblingsessen, gekochten Polardorsch, verputzt, leistet ihm Selma, am Sofa sitzend, Gesellschaft.

»Schmeckt's, mein Großer?«

»Und wie! Danke«, gurrt Dru, den letzten Happen verschlingend. Unmittelbar darauf hüpft er auf Selmas Schoß. »Kraulen wäre der nächste Programmpunkt«, schlägt er vor, reckt sein Kinn nach vorne und beginnt zu röcheln (Drus Freistil-Schnurren), als ihm plötzlich ein Geruch in die Nase steigt, der alles, was die Menschen Parfum nennen, an Widerwärtigkeit um Schwanzlängen übersteigt. »Verräterin!« Knurrend, mit gesträubtem Fell, macht er einen weiten Satz auf den Boden.

»Au! Bist du verrückt, Drusus?«, schreit Selma auf, weil das aufbrausende Temperament ihres Katers diesen vergessen hat lassen, dass er Krallen, aber seine Napftauscherin kein Fell hat.

»Ich? Du! Ist dir nichts heilig? Die krummbeinige Flohtöle, ich krall sie um! Sie hat auf dir gelegen, ohne Zweifel«, echauffiert sich Dru weiter. Pro forma putzt er seine linke Vorderpfote.

Seufzend erhebt sich Selma. Sie reibt über ihre Oberschenkel. »So wird das nichts.«

»Genau! Ruf sie an, die mit dem violetten Tschako! Sag ihr, sie soll ihren Schnüffler abholen. Heute noch! Er ist ein Beziehungskiller.«

»Ich habe einen Termin beim Zahnarzt. Bis später«, informiert Selma Dru und verlässt den Raum.

Sie hätte mir wenigstens eine CD einlegen können, bemitleidet sich der Kater in Gedanken, nachdem er sich am Fensterbrett niedergelassen hat, und es ihm, trotz akrobatischster Verrenkungen, nicht gelingt, einen sehenswerten Lokalfernsehkanal zu ergattern. Es schneit wie gestern, und Dru weiß, was auf anderen Bildschirmen des Hauses zu dieser Tageszeit geboten wird. Er ist derart im Bann erfolgloser Zappversuche, dass er vor Schreck zusammenzuckt, als schwungvoll die Klinke heruntergedrückt wird und die Tür zu seinem Exil aufschwingt.

»Du kannst den Mund wieder schließen, *allright?*«, schlägt Detective vor. Verhalten wedelnd steht die Hündin mitten im Zimmer.

Elektrisiert plustert sich Dru auf das Doppelte seiner Größe auf. Zwei gekonnte Sätze, dann steht er unmittelbar vor dem Eindringling. Die Pupillen der leuchtend gelben Augen zu Schlitzen verengt, peitscht sein Schwanz um den athletischen Körper. »Raus hier! Das ist mein Revier!«, faucht er zwischen blendend weißen Zähnen hervor.

»*Indeed.* Dachte nur, es wäre dir unter Umständen zu langweilig in deinem Quartier. Revier, Verzeihung«, entgegnet Detective unbeeindruckt und lässt Dru, ohne ihn eines weiteren Blickes zu würdigen, stehen.

Drus Hinterlauf schnellt hervor und kratzt sein linkes Ohr (nach wie vor der beste Weg, einen klaren Kopf zu bekommen), dann setzt er Detective ins Wohnzimmer nach. Just im Moment, in dem er sie von hinten anspringen will, vollführt die Spanieldame eine 180-Grad-Blitzwende und steht Nase an Nase mit Dru. »Raus aus meinem Revier!«, wiederholt der schwarze Kater in geduckter Haltung mit angelegten Ohren lautstark seine Forderung. »Haus, Garten und ein zumindest 200 Meter breiter Streifen drum herum.« Aus schwermütig samtbraunen Augen sieht ihn Detective an. »Ich weiß, dass ihr Tölen langsam von Begriff seid, aber sperr die Kuschelschlapperohren auf, *Kleine!*, sonst mach ich aus deinem Riechkolben Carpaccio: Nimm den Wedler zwischen die Zottelbeine und zieh Leine!«

»*Not possible*, es ist abgeschlossen. Schlüssel und Leine hat dein Frauchen«, erwidert Detective, die Lefzen leicht hochgezogen.

Drohend, mit gesträubtem Rückenhaar, macht Dru einen Buckel. Warnend brummt er, bevor er sich auf die Hinterbeine stellt und die Mordinstrumente seiner Vorderpfoten ausfährt. Er versucht, sein Versprechen einzulösen, und attackiert die empfindliche Hundenase, während die Widersacherin knurrend nach seinen Ohren schnappt. Schlussendlich ineinander verkeilt, rollen sie über den Holzdielenboden – ein kratzendes, beißendes Katze/Hund-Bündel. Die jaulend-fauchende Dampfwalze bringt auf ihrem Weg nicht weniger als zwei CD-Ständer, ein *Louis-Quinze*-Tischchen samt Uhrenbeweger und eine Vase (genauer gesagt Selmas Lieblingsbodenvase) zu Fall. Nur für einen Moment lässt der Scherbenregen die Kontrahenten innehalten, bevor sie sich erneut aufeinander stürzen, um ihr vernichtendes Werk fortzusetzen.

Benommen von den zahnärztlichen Künsten kommt Selma nach Hause. Fast stolpert sie im Eingangsbereich über einen Stiefel ihres Mannes. Nicht, dass bei Weingarts peinliche Ordnung herrschen würde, aber er gehört da nicht hin, genauso wenig wie all die anderen Schuhe, die herumliegen, als wäre das Schuhregal unter Beschuss eines mittelschweren Granatwerfers geraten.

Hunde und Schuhe, geht es Selma durch den Kopf. Mit mulmigem Gefühl steigt sie die Treppe hinauf. Sofort sticht ihr die offene Tür zu Drus unfreiwilligem Exil ins Auge. »Dru? Detective?«, ruft sie, aber es bleibt totenstill. Der mehrere Meter lange Teppichläufer im Gang kauert sich, auf ein ziehharmonikaartiges Bündel komprimiert, an die Tür zum Badezimmer. »Dru, Schätzchen! Wo bist du?« Zunehmend nervös kontrolliert Selma Raum für Raum, als sie aus dem Wohnzimmer ein zaghaftes Jaulen hört, dem sie unverzüglich folgt. Detective liegt in schuldbewusster Manier inmitten von blauen Scherben, die die Hausherrin unschwer als die Überreste ihres Vasenstolzes ausmacht. Über ihre Hundeschnauze ziehen sich rote Striemen, aus denen träge Blut sickert. »Drusus!«, ruft Selma wieder, diesmal mit einem unüberhörbaren Anflug von Hysterie in der Stimme, während sie unter Kästen, Couch und Tische blickt. Plötzlich hört sie ein Fiepen. »Dru?« Es fiept erneut und ein schwarzer Kopf mit schräg abstehenden Ohren taucht zwischen den Geländerstäben der Büchergalerie auf. Selma eilt die Wendeltreppe empor, erleichtert nimmt sie Dru auf den Arm. »Na, bei dir noch alles dran?«, fragt sie. Behutsam lässt sie ihre Finger durch das dichte Katzenfell gleiten. *‚Doch kein Klischee, das Katze/Hund-Ding‘*, kommen Selma Willis Worte vom Vorabend in den Sinn, während sie Dru hinunter ins Wohnzimmer trägt. »Du meine Güte, wie bist du nur herausgekommen? Die Sache mit der Klinke war doch nie deine Stärke. Der Anreiz macht's, was?« Als sie in Detectives Nähe kommen, beginnt Dru erneut zu brummen. »Es hat aufgehört zu schneien. Die Sonne kommt raus, mein Großer. Schätze, ein kleiner Spaziergang würde deinem Gemüt nicht schaden«, beschließt Selma kurzerhand, öffnet die Wintergartentür und setzt ihren Kater in den Schnee. »Geht kalt herein, bis später! So, jetzt zu dir, meine Kleine«, hört Dru Selma noch sagen und schon ist die Tür wieder geschlossen.

Mit Desinfektionsspray, Wattepads und Notfallstropfen ausgestattet, nähert sich die Schriftstellerin vorsichtig ihrem Pflegegast. »Darf ich?«, fragt sie, schiebt mit dem Fuß einige Scherben zur Seite und setzt sich neben Detective auf den Boden. Die Hündin winselt, robbt näher heran, um ihre Schnauze auf Selmas Oberschenkel zu legen. Selma lächelt. »Abgemacht, dann fang ich jetzt an. Zur Einstandsmarkierung von gestern sind drei dazugekommen. Ich tupfe das Blut weg, dann kommt Desinfektionsspray, um auf Nummer sicher zu gehen. Und danach Notfallstropfen, die immer ratsam sind. Okay?«

Detective stößt ein kurzes Bellen aus. »*Yes*, danke.«

»Und ich dachte schon, du bist stumm«, sagt Selma mehr zu sich selbst und beginnt mit der Verarztung. »Dru ist mitunter ein ziemlicher Rüpel, tut mir leid. Aber das hier, wird deiner Schönheit keinen Abbruch bescheren. Versprochen!«

»*Never mind.* Herrchen hat mich darauf vorbereitet, dass man in unserem Beruf so einiges wegstecken muss.«

Nachdem sie Detective versorgt hat, räumt Selma unter den bekümmerten Blicken der Hündin auf. Zuerst, beständig seufzend, Unmengen blauer Tonscherben. Danach, die Überreste des Uhrenbewegers. Zum Glück haben Willis Zeitmesser, wie es scheint, allesamt keinen Schaden genommen. Als sie sich anschickt, die im ganzen Wohnzimmer verstreuten CDs einzusammeln, erhält sie tierische Hilfe. Vorsichtig trägt Detective ihr ein Stück nach dem anderen zu.

»Du bist mir ein Schatz!«, wird sie von Selma bewundert. »Könntest du das Dru beibringen?«

Unvermittelt bellt die Spanieldame und lässt dabei Mark Knopfler fallen. Wedelnd und winselnd rennt sie in den Wintergarten, um dort aufgeregt gegen die Tür zu springen.

»Was ist denn, Süße? Dru soll sein Temperament ruhig noch eine Weile kühlen!«, ruft ihr Selma hinterher, die annimmt, dass es ihren Kater zurück in die warme Stube zieht. *Wenn das so weiter geht, wartet wohl doch die Hundepension auf dich. Sicherer wäre es allemal.*

Aber Detective lässt nicht locker. Bellend läuft sie zwischen ihrer Gastgeberin und Wintergarten hin und her.

»Ist ja gut.« Mit einem geräuschvollen Schnaufen legt Selma die gesprungenen Teile einiger Covers zur Seite. »Ich komme!«

Schnell wird klar, was Detectives Aufmerksamkeit erregt hat. Gefolgt von einem riesigen Hund, schießt Dru wie ein schwarzer Pfeil durch das Pulverweiß des Gartens. Aus der Sicherheit seines umzäunten Reviers hat er den stinkenden Monsterköter, dem er insgeheim den Namen *Baskerville* gegeben hat, im Herbst einige Male veräppelt. Aber jetzt, wo der Winter das Kommando an sich gerissen hat, kann das Untier mühelos die Gartenmauer über eine Schneerampe überwinden.

Entsetzt öffnet Selma die Tür, durch die Detective unverzüglich ins Freie entwischt. Da die Schneeberge auf der Natursteinterrasse nicht abgeschaufelt sind, ist es unmöglich für Selma, in den Garten zu gelangen und sie muss tatenlos zusehen, wie die zarte Spanieldame mit fliegenden Ohren ihrem vierfach so großen Artgenossen an die Kehle springt. Dieser schüttelt sie zwar ab wie eine lästige Zecke, doch das selbstlose Manöver verschafft Dru Zeit, sich zu verdrücken. Unter Selmas gellenden Schreien ergreift das Monster die Flucht.

Stocksauer hastet die Autorin durch das Haus hinunter zur Straße. Die obligatorische Schuhsuche bringt eine ungewollte Verzögerung. Als sie in der Einfahrt steht, fehlt von *Baskerville* und seinem verantwortungsresistenten

Besitzer jegliche Spur. »Verdammt! Da wird der smarte Fetisch wieder mal ein paar Extradaumenstreicheleinheiten benötigt haben, und flugs ist das Hundchen vergessen«, zischt Selma. Mit verschränkten Händen die Oberarme reibend, begibt sie sich zurück ins Haus. »Aber ihr gelangt noch in meine Gasse, verlasst euch drauf!«

Auf der Treppe kommt ihr die freundlich wedelnde Detective entgegen. »Du tapferes Mädchen!«, ruft Selma aus und geht vor der Hündin in die Hocke. »Lass dich anschauen, keine neuen Blessuren? Sieht nicht so aus. Du Brave, du Feine, du Mutige«, lobt sie und krault mit beiden Händen intensiv Detectives plüschigweiche Schlappohren. »Komm, lass uns nach Dru sehen!«

Der Kater ist bereits durch die offengebliebene Tür in den sicheren Schutz seines Heimes zurückgekehrt. Mit kleinlaut zur Seite abstehenden Ohren sitzt er in einer respektablen Pfütze geschmolzenen Schnees im Wohnzimmer.

»Gott sei Dank, da bist du ja!«, begrüßt ihn Selma heilfroh. »Lass dich ansehen! Du taust, mein Großer. Ich hole dir ein Handtuch, dann werfe ich uns ein paar Scheite in den Ofen.«

»In Ordnung, danke«, piepst Dru mit klappernden Zähnen.

Wenig später liegt der schwarze Kater - von Selma in einem cremefarbenen Handtuch zu einer Art Schaumrolle gedreht - vor dem prasselnden Feuer. Er stiert in die Flammen, während man um ihn herum weiter versucht, den wohnlichen Urzustand wieder herzustellen. Fürsorglicherweise verzichtet Selma auf die Zuhilfenahme des Staubsaugers, wohlwissend, dass er den seelischen Aufruhr ihres tierischen Hausgenossen zusätzlich anheizen würde. Als sie sich, nach getaner Arbeit und einem Mittagssnack, zum Schreiben zurückziehen will, macht Dru nach wie vor keine Anstalten seinen Flauschkokon zu verlassen.

»Okay«, gibt sich Selma geschlagen und legt eine gehörige Menge Tannenholz nach, »Ich bin nebenan. Aber wenn ich nur das kleinste Fauchen deiner selbstlosen Retterin gegenüber höre, ist wieder Exil angesagt, mein Lieber. Aber diesmal: mit *umgedrehtem* Schlüssel.«

»Wird eine dramatische Passage heute«, gurrt Dru ohne den Blick von den züngelnden Flammen zu nehmen.

»Sprichst du *with me*?«, tönt es sanft unter dem Couchtisch hervor.

»Mit wem sonst? Komm näher ran ans Feuer, damit ich meine Stimme nicht über Gebühr strapazieren muss. Ich neige zu Heiserkeit, wenn ich nass werde.«

Mit ungläubiger Miene erhebt sich Detective und trippelt vorsichtig in Drus Nähe.

»Na, komm schon! Ich trage eine Zwangsjacke aus Frottee, ich werde dich nicht kratzen.« *Vorerst nicht*, fügt Dru unhörbar hinzu.

Wachsamen Blickes lässt sich die Hundedame in angemessenem Katzenabstand vor dem Holzofen nieder. »*Wonderful* Musik«, schwärmt sie und streckt die Hinterbeine aus.

»Ja, griechische. Genaugenommen: Stamatis Spandoukakis. Wie gesagt, Selma hört die CD gerne, wenn es in ihren Büchern ernst wird. Sie nennt das: Dramativation.«

Detective nickt, bevor sie die Schnauze flach auf den Boden legt. »Du hast *really* Glück mit deinem Frauchen«, sinniert sie melancholisch.

»Du meinst mit Selma? Ich weiß.« *Aber sie ist nicht und wird nie dein Frauchen,* denkt der Kater, sagt aber stattdessen: »Du vermisst dein Männchen, nicht wahr?« Dru hat schon gehört, dass die Wauwaus den Begriff *Herrchen* verwenden, aber logisch ist es nicht, denn dann müsste *Frauchen* doch ein *Dämchen* sein.

»*You* meinst Herrchen? Ja, er fehlt mir unglaublich«, stimmt die Spanieldame mit einem tiefen Seufzen zu. »Ich hoffe, er wird bald wieder gesund. Du weißt *surely*, dass er nicht mehr der Jüngste ist.«

Unschwer zu übersehen, aber Schnüffler sind zäh. Der kratzt schon aus purer Neugierde nicht ab.

»Dennoch bin ich so dankbar, hier sein zu dürfen. *Believe me*, die Hundepension ist eine bescheidene Alternative. Herrchen und Frauchen dieser Welt reden sie nur *beautiful*, um ihr Gewissen zu beruhigen.«

»Deswegen legst du dich so ins Zeug«, murmelt Dru flapsiger als gewollt, muss er sich doch eingestehen, dass der Gedanke an eine vergleichbare Einrichtung für Katzen bei ihm ebenfalls nicht für wohlige Schauer sorgt.

»*Pardon*?«

»Ach nichts. Was soll dieses englische Geschwafel eigentlich? Hast du eine gescheiterte Schlagersängerkarriere hinter dir?«

Detective hebt schmunzelnd die Brauen. »*I am* ein King Charles Spaniel.«

»Na und!?«

»Das ist eine *english* Rasse.« Die Hündin macht eine bedeutungsschwangere Pause, doch als sie merkt, dass sich der Groschen bei ihrem eingewickelten Kaminkumpanen nicht auf den Weg macht, geschweige denn, fällt, erklärt sie weiter: »Ein Tribut an den Stammbaum. Nichts, was man sich aussuchen kann. Englische *family*, englische Worte. Französische Rasse, französische Worte.« Skeptisch sieht Dru sie aus leuchtendgelben Augen an. »Aber bei *cats* ist es genau so. Weißt du das *not*?«

»Jetzt mal halblang, Hundchen. Quatsche ich etwa so albern daher?«

»Nein, du *not, but* ...« Im Bewusstsein, sich auf gefährlichem Terrain zu befinden, sucht Detective nach passenden Worten. »Gibt es denn keine Rassekatzen in Au?«, fragt sie behutsam.

»Zuchtwracks?« Dru zuckt mit den Ohren und wendet seinen Blick wieder dem Feuer zu. »Könnte sein, dass ich mal einen trapezköpfigen Orientalen oder plattnasigen Perser aus meinem Revier gejagt habe. Da war wenig Zeit zum Quasseln.«

»Verstehe. *And you*, woher stammst du?«

»Ich bin der kleine Schwarze aus *Aristocats*.« Der Kater mustert seine Gesprächspartnerin von der Seite. »Nein? Das glaubst nicht mal du. Zweiter Versuch: Ich entstamme der traditionellen Mühlviertler Kurzhaar-Zucht, k. u. k. versteht sich«, deklamiert Dru augenrollend. »Das sieht man doch, oder?«

Detective legt ihre Runde Stirn in Falten.

»Mann, Susi! Das Leben ist ein Kampf, für viele der Spezies Katze zumindest. Meine Mutter war nicht einmal erwachsen, als ein Streuner vorbeikam, der sie schwängerte. Sie war jung, unterernährt, und alle meine fünf Geschwister kamen tot zur Welt. Doch ich lebte, und Mama (*ich erinnere mich nicht mehr daran, wie sie aussah, nur an ihren Geruch nach Heu und Milch*) kümmerte sich um mich, so gut wie irgendmöglich, bis die Menschen, für die sie die Mäuse und Rattenpopulation in Schach hielt, meiner gewahr wurden.« Dru hält inne, blickt auf seine Pfoten. »Nun, mein Fell hat die falsche Farbe.« Sein Verstand findet keinerlei Erklärung dafür, warum er all das erzählt, insbesondere, *wem* er es erzählt. Tritt die Degeneration letztendlich sogar unter seinesgleichen ihren Siegeszug an?

Begleitet von einem traurigen Winseln hebt Detective den Kopf. »*Colour*?«

»Exakt. Schwarz ist kein Renner bei den Zweibeinern. Zu finster. Bringt Unglück, sagen sie. Wenn die vor einem auf der Straße stehen, darf unsereiner nur von rechts nach links hinüber gehen – oder umgekehrt – das kann ich mir nicht merken. Habe auf alle Fälle schon beides versucht. Nie was passiert.«

Kopfschüttelnd fragt die Hündin behutsam: »Und *how* bist du zu den Weingarts gekommen?«

»Klassisch: entsorgt, gefunden, Tierheim, Adoption.«

»Oh!«

»Vergiss es! Kein Grund für die Dackelblickmasche. Ich hatte Glück. Mehr als die meisten. Da du ja jetzt meinen Stammbaum bis zu den Wurzelenden hinab kennst, flöte doch mal ein wenig von dir«, wechselt Dru das Thema, erneut um cooles Desinteresse in seiner Stimme bemüht. »Detective ... Was ist das für ein Name, für ein Hündchen wie dich? Hat den der Wagner verbrochen?«

Über das Spanielgesicht huscht Überraschung. Drus Geschichte steckt Detective noch in Geist wie Knochen, und ‚Schalter umlegen und etwas anders quatschen' zählt nicht zu ihren Gaben. »*Yes*, mein Herrchen hat mich so getauft«, antwortet sie leicht verschnupft. »Geboren wurde ich allerdings als *Ethel from Treeshire*.«

»Ethel? Nicht dein Ernst!«, lacht Dru auf.

Detective leckt über ihre Vorderpfoten. »Ich entstamme einem E-Wurf. Meine Geschwister tragen die Namen Edgar, Elvis *and* Ellen. *From Treeshire*, versteht sich.«

Glück für dich, dass es nicht der Z-Wurf war. Sonst wären deine Beinchen so krumm, dass die Wampe selbst nach einer Null-Diät am Boden streifen würde, kommentiert Dru, aber nur im Geiste.

»Herrchen hat *similar* reagiert, als seine Kinder mich samt meinen Papieren bei ihm ablieferten. Lächelnd hat er sich zu mir herunter gebeugt und gesagt: ‚Hunde tragen bei mir den Namen ihres Berufes, kleine Ethel. Deshalb heißt du ab sofort Detective.' Alle seine *dogs* waren Detectives.«

»Lauter Schnüffler, ich weiß. Der Job scheint euch entgegenzukommen. Aber, soviel in meine Lauscher gedrungen ist, waren die eine Kleinigkeit größer als du.«

»*All of them* Deutsche Schäferhunde. Sieben insgesamt«, übergeht die Hündin das Größenthema. »Da hättest du die der Herkunft geschuldeten Worte nicht bemerkt.«

»Hätte ich, glaube mir.« Drus Mundwinkel zucken. »Und du bist demnach ebenfalls eine Schnüfflerin?«

»*Detective, yes.* In Ausbildung, zugegebener Weise. Stellen, bellen, beißen - das sind die Säulen meines Berufes. Darauf baut *everything* auf.«

Zwicken, wohl eher.

»Und bei dir, was hat es mit *Dru* auf sich?«

»Ist die Kurzform des lateinischen Namens Drusus. Ist aber kein Beruf«, fügt der Kater mit spöttischem Unterton hinzu.

»Wäre auch ziemlich *new*, das Katzen wie du einem Job nachgehen.«

Ein rotzfreches Lächeln kräuselt Drus Lippen. »Katzen wie ich? Es gibt keine Katzen wie mich. Es gibt *nur* mich, *my dear.*«

»Das tut mir leid. Es ist immer *fine* jemanden zu kennen, der auf der gleichen Wellenlänge ist. So sagt man doch, nicht wahr? Gleiche Wellenlänge.«

Dru lacht erneut auf. »Vergiss es. Ich bin Einzelgänger. *Überzeugter* Einzelgänger.«

»Drusus war der *brother* von Kaiser Tiberius«, versucht Detective, das Gespräch nonchalant zum Ausgangspunkt zurückzulenken.

»Schlaue Maid. Hat man dem E-Wurf einen History-Chip eingepflanzt oder liest dein Herrchen laut in Selmas Büchern?«

»Zweiteres. *He* besitzt alle ihre Rom-Romane.«

»Das hat schon die Lilabehutete aus seiner Mischpoke geträllert. Denke, es war nicht unerheblich in Bezug auf Selmas Spontandemenz«, Dru räuspert sich ausgiebig und spricht dann gedehnt weiter, »Selmas Entscheidung, dir Obdach zu geben.«

»Constanze ist diplomatisch. Das sagt zumindest mein Herrchen über die *wife* seines Sohnes.«

»Klingt enthusiastisch in meinen Lauschern.«

»Herrchen hat kaum Kontakt zu seinen Kindern. Und seit ... seit sie ihn in die neue Seniorenresidenz oben auf dem *windy* Hügel stecken wollen, noch weniger. Er sagt, dort weht der Hauch des Todes und er habe nicht vor, nach einem Leben wie dem seinen – er wurde insgesamt dreimal angeschossen! –, an einer Lungenentzündung zu sterben.«

»Obwohl es dort sicher spannend zugeht.«

Mit leicht schräg gehaltenem Kopf mustert Detective Dru.

Hoffnungslos verliebt in *Ich-weiß-etwas-was-du-nicht-weißt*-Situationen, gönnt sich der Kater eine bedeutungsschwangere Pause. »Nein, ernst gemeint«, erklärt er und schleckt über Nase und Vorderpfoten, weil die ungestillte Neugier anderer auf ihn wie eine Droge wirkt, von der es gilt, jedes Stäubchen aufzusaugen. »In Altersheimen gibt es mehr Eifersuchtsdelikte, als sonst auf der Welt. Nicht gewusst? Demnach der perfekte Platz für einen Schnüffler.«

»Woher weißt *you* das?«, fragt Detective.

»Von Kathi, der Mama von Selma. Kathi hat etliche Freundinnen, die in ein Heim übersiedelt sind«, packt Dru, im Bewusstsein, dass der hündische Respekt dem Menschen gegenüber, jeglichen Zweifel im Keim ersticken wird, bedächtig aus. »Auf zehn Weibchen kommt ein Männchen in solchen *Residenzen*. Da kann es schon ein wenig haarig werden, dem Ruf der Natur zu folgen, vor allem, wenn man ihn davor Jahrzehnte nicht mehr gehört hat. Ich bin nicht sicher, sind es die Pillen, mit denen die Insassen vollgestopft werden oder die Ausdünstungen des Laminatbodens. Irgendetwas geht hinter den nicht versperrbaren Zimmertüren vor.«

Plötzlich scheint Detectives Blick abwesend. »Bisher haben wir dort oben nie ermittelt«, erklärt sie nachdenklich.

»Dann wird es Zeit. So wie Herrchen heimkommt, rein in die Thermowäsche und rauf auf den Hügel!« Dru spitzt die Ohren. »Was ist denn mit Spandoukakis passiert?«

Die Antwort erfolgt durch Selma, die genervt das Wohnzimmer betritt.

»Schon wieder Stromausfall. Einmal schneit es drei Flocken, und *bumm*, alles bricht zusammen. Leute! Seid froh, dass wir einen Holzofen haben«, sagt sie und schmeißt weitere Scheite in die Glut.

»Zum Glück ist Willi nicht hier«, bemerkt Dru trocken. »Seit er *Blackout* liest, sind Stromausfälle für ihn nicht mehr das, was sie früher waren.«

Selmas Blick bleibt an der maunzenden Katzenschaumrolle hängen.

»Dru, mein Großer, du schwitzt schon auf der Nase! Meinst du nicht, dir ist warm genug?«

»Könnte sein. Bin vermutlich ausrollbereit.«

»Du stehst kurz vor einem Hitzschlag, komm raus da!«, bestimmt Selma. Kopfschüttelnd hockt sie sich neben ihn und entfernt seinen dampfenden, cremefarbenen Froteewickel. »Katzen und Wärme ... aber man kann's übertreiben.«

Gähnend stöhnt Dru: »Ihr habt ja keine Ahnung, ihr Kaltblüter«, während er keinesfalls den straffsten Buckel seiner Karriere hinlegt.

»Und? Haben wir Hunger?«, fragt Selma proforma, als sie in die Küche geht und sich anschickt, Drus Porzellanschüssel, wie Detectives Blechnapf, für eine neue Füllung vorzubereiten. »Ich brauche auch irgendetwas«, murmelt sie. »Diokletian ist noch immer nicht ausreichend subtil, nicht verschlagen genug. Da hilft nur Schokolade.«

»Mach mal eine kleine Zeitreise in die Gegenwart, meine Gute. Subtil, verschlagen, grausam, neidisch, gemein, brutal ... Menschliche Vorbilder dafür findest du an jeder Ecke, im Hier und Jetzt«, rät Dru, bevor er Selma an Detectives Seite in die Küche folgt.

Die Schriftstellerin nimmt einen Frischhaltebeutel aus dem Kühlschrank und füllt die Hälfte des Inhalts in Drus Schüsselchen.

Hechelnd staunt Detective: »Du bekommst Frischfleisch? *Beef Fillet*?«

»Exzellent beobachtet, Schnüffler. Der Dosischmatz bekommt mir nicht.«

»Das wollte ich Herrchen ebenso *clear* machen.«

»Und?«

»*Nothing*. Gescheitert.«

»Da gibt's nur eins: Hungerstreik. Denkst du, die Zweibeiner essen jeden Tag Dosenfleisch oder Mettwurst? Die veranstalten solch einen Wirbel ums Futter, dass sie für die kleinsten Portionen die meisten Hauben vergeben – was ich bis heute nicht verstehe. Und unsereins verwöhnen sie mit zu Tode konservierten, zusatzstoffgeschwängerten Mahlzeiten, sodass Tierchens Vitaminhaushalt selbst dann noch tadellos ist, wenn die kühle Gartenerde schon lange jedes Kuscheldeckchen abgelöst hat? Nicht mit mir!«

»*From HappyHunzi* bekomme ich Sodbrennen«, erklärt Detective nachdenklich.

Zufrieden darüber schmunzelnd, die Saat des Widerstandes selbst dem obrigkeitshörigen Teil der Haustierwelt einpflanzen zu können, gibt sich Dru interessiert: »Hatte ich bisher nicht, aber wenn du es sagst.«

Selma schlurft zu Drus angestammtem Fressplatz in der Diele, stellt sein Futter auf das dafür vorgesehene Tablett. »Dachte mir, ihr wollt nebeneinander essen, jetzt, wo ihr euch, wie es scheint, besser versteht«, verkündet sie freundlich und positioniert Detectives mit Trockenfutter gefüllten Napf einen knappen Meter daneben auf dem Boden. »So, und jetzt lasst es euch schmecken!«

Dru entfährt ein kleines Fauchen. »Hältst du uns für eine *Susi-und-Strolchi*-Parodie?«

Warnend hebt Selma den Zeigefinger. »Nimm dich zusammen und entsinne dich meiner Worte, Drusus!

E X I L«, buchstabiert sie. Dann verschwindet Selma wieder Richtung Küche.

»Obwohl Spaghetti gar nicht *bad* wären, sicher besser als das staubtrockene Zeug«, konstatiert Detective, nachdem sie ihre Schnauze in gelbe, grüne und rostrote Kringel gesteckt hat.

»Was raspelst du? Mit vollem Munde spricht man nicht. Hast du das in der royalen britischen Kinderstube etwa nicht gelernt?«, echauffiert sich Dru. *Die Sippschaft deines Schnüffelgreises sollte Schadenersatz fordern.*

Die Hundedame lässt sich nicht beirren. »*Of course.* Gilt aber nur für Konversation mit Menschen«, kontert sie und schluckt das notdürftig eingespeichelte Einerlei, das an Sand mit Spinatgeschmack erinnert, hinunter. »Ich sagte, Spaghetti wären *not* übel.«

Dru hat in Windeseile sein klein geschnittenes Rinderfilet verdrückt, ausgiebig leckt er sich das Mäulchen. »Spaghetti? Alle Engländer sind italophil, wenn es ums Essen geht. Und jetzt mal ehrlich, was bleibt ihnen schon anderes übrig? *Minced meat* in Minzsauce?« Der Kater kichert.

»Du hast *Susi und Strolchi* nie gesehen, *right?*«

»Bei Garfields Bart! Nein!«

»Die beiden essen Spaghetti *with* Fleischsauce bei ihrem ersten Date.«

»Und danach Tiramisu gefolgt von etwas Parmesan, damit sich die verfilzte Wampe angenehm schließt.«

Detective schüttelt den Kopf, dass die Ohren wackeln, während sie durch einen gekonnten Nachreinigungsgang ihren Napf zum Glänzen bringt.

»Ich habe *Aristocats* gesehen«, betont sie. »Ist *necessary* zur Horizonterweiterung und zur Überwindung althergebrachter Klischees. Sollte Pflichtprogramm in jeder Hundeschule werden.«

»Klischees? Hundchen, Hundchen ... War das etwa ein Klischee, was *Baskerville*, dieser aus dem Mund stinkende Flohsack, mit mir in meinem eigenen Garten vorhatte?«, fragt Dru und schmeißt dass postmahlzeitliche Putzritual an.

»Er ist *lousy* erzogen und erfüllt von der Grundangst.«

»Und was ich deiner Nase angetan habe?«

»Du bist *lousy* erzo... – nein, ich korrigiere: Du bist unerziehbar und erfüllt von der Grundangst.«

Dru, der sich ausführlich der Reinigung seiner Brust widmet, hält einen Moment inne. »Den ersten Teil deiner Begründung verstehe ich als Kompliment. Der zweite schmeckt doch etwas schal, findest du nicht? *Baskerville* hat die Grundangst, ich habe die Grundangst. Nehme an, Selma und Willi haben die – lass mich raten – Grundangst. Kommt mir vor wie eine ressourcenschonende Wald- und Wiesenpsychodiagnose. Letztendlich haben alle dasselbe und kommen mit der Universalpille über die Runden.«

»Die Grundangst kennen nur Katzen und *dogs*.«

Hundi wünscht ein Duell auf geistiger Ebene? Gegen Unbewaffnete anzutreten, gilt nach wie vor als unsportlich – ein plumper Faustschlag sollte reichen. »Wusste nicht, dass der gute Sigmund so viel verbockt hat, dass er als Hund wiedergeboren wurde«, meint Dru also, derweil er sich abwechselnd die Vorderpfoten nass leckt und sie sich über Gesicht und Ohren reibt.

»Bequemlichkeit und Ignoranz – unschöne Eigenschaften. Aber bei deiner Spezies *unfortunately* weit verbreitet«, seufzt Detective und beginnt ihr Fell mit den Zähnen nach Parasiten durchzuharken.

»Bequemlichkeit ist ein *Daseinszweck* – versuch gar nicht erst, es zu verstehen –, aber *Ignoranz* weise ich kategorisch zurück.«

»Und warum müsst ihr, *for example*, immer so viele Verkehrsopfer betrauern, die denken, sie wären schneller und stärker als Autos?«

»Dich beißt wohl ein Floh, Detective, Wettl vom Baumgau oder wie immer du dich nennst!«, faucht Dru. »Der einzige Grund, warum ihr nicht die Straßengräben der Welt ziert, ist dieses peinliche Würgeband – wenn's ultradicke kommt, mit Steinchen von Swarovski! Ihr müsst den Menschen ja ständig auf der Pelle kleben, ihnen Theater- und Kinobesuche mit *Ich-bin-ja-so-allein*-Geheule versauen und sie zu Silvestermuffeln stempeln, damit ihr kriecherischer *bester Freund* nicht mit der falschen Pfote ins neue Jahr stolpert.«

Detective schmunzelt verhalten. »Grundangst, *that's it.*«

»Verschon mich mit dem kryptischen Gequatsche, ist ja ärger, als das meiner rolligen Artgenossinnen! Du gehörst der Spezies *Hund* an, schon vergessen? Die große Familie der Canidae: simpel – schwerfällig – direkt.«

Wird notwendig sein, damit du es kapierst. »Hund verdrängt *cat* aus dem Herz ihres Menschen oder umgekehrt. Das ist die Grundangst, die uns quält und das sogenannte *Klischee* immer neu befeuert«, erklärt die Spanieldame. Bestätigend schleckt sie zweimal über ihre malträtierte Schnauze.

»Lächerlich«, knurrt Dru lautstark mit gesträubtem Nackenhaar.

Selma ist zur Stelle. »He, du hast ja deinen Appetit wieder gefunden!«, freut sie sich beim Anblick des blank geschleckten Hundenapfes. »Komm!«, fordert Selma Detective mit hin und her schwingender Leine auf, »Wir drehen eine Runde! Und Dru überlegt währenddessen, ob er es für sinnvoll erachtet, sich zu beruhigen.«

Ja, ja, Selma ... mach mit dem Pfostenpisser gemeinsame Sache! Sieh zu, wohin es dich bringt, meckert Dru im Geiste und maunzt Detective hinterher: »He, Ethel!«

Erwartungsfroh hechelnd dreht sich die Spanieldame um. »*Yes?*«

»Tu deinen Schlapperlappen zurück ins Maul, und beantworte mir eine Frage: Warum hast du mir geholfen?«

»*The* Hausgeruch.«

»Was?«

»Wir sind Teil eines Rudels, gehören zum selben Haus. Haben ...«, Detective stockt, »Haben vorübergehend *the same* Geruch. Wie wär's mit einem schlichten ‚*Thank you*'?«

»Bei allem Respekt«, grummelt Dru, »Ich rieche keinesfalls wie du!«

Leicht kopfschüttelnd folgt Detective Selma die Treppe hinunter.

»Danke«, wispert der Kater, nachdem die Haustür ins Schloss gefallen ist.

Als Selma Weingart und Detective die verschneite Gasse in Richtung des kleinen Wäldchens und der Fischteiche hinabstapfen, kommt ihnen Frau Hinterberger entgegen. Mit in die Jahre gekommenen Skistöcken und Flechtkorb bewaffnet, hat die alte Dame die nahegelegene Fleischhauerei im Visier.

»Ah! Ihr habt jetzt dem Wagner seinen Hund«, spricht sie Selma anstatt eines Grußes an. »Wissen Sie, wie es dem Wagner geht?«

»Grüß Gott, Frau Hinterberger! Ja, vorübergehend. Nein, weiß ich leider nicht«, antwortet Selma laut und deutlich. »Vorsicht! Da vorne kommen Autos!«, warnt sie, und drängt sich mit Detective nahe an die meterhohe, frisch ausgefräste Schneemauer, die die ganze Gasse wie eine Bobbahn aussehen lässt.

Frau Hinterberger kneift die Augen zusammen. »Ha! Die Polizei wieder«, stellt sie fest und macht Platz. »Die waren gestern schon einmal da, sind aber nicht ausgestiegen«, erklärt sie mit verschwörerischem Unterton, nachdem der Streifenwagen, gefolgt von einem dunkelgrünen Audi mit Linzer Kennzeichen, im, der Verkehrssituation geschuldeten, Schneckentempo an ihnen vorbeigerollt ist. »Nehme an, denen hat es zu heftig geschneit und Sonntag war auch ...«

»Höchstwahrscheinlich brauchen wir speziellen Schutz, jetzt wo Wagner sich eine Auszeit nimmt«, nuschelt Selma in ihren Wollschal.

Jedoch verfügt Frau Hinterberger über ein unerwartet scharfes Gehör. »Ich finde es wichtig, wenn einer immer Augen und Ohren offenhält. Man braucht doch nur die Zeitung aufzuschlagen, etwa nicht?«

Selma zupft an ihrer Unterlippe, um ein Grinsen zu vertuschen. *Ja, ja, Revolverblatt im WC-Format. ‚Familie sieht beim Grillen seelenruhig zu, wie das Nachbarhaus ausgeraubt wird.'*

»Ist der Winter doch gekommen«, wechselt die Hinterberger unvermittelt das Thema, weil sich keinerlei Anzeichen von Zustimmung auf Selmas Gesicht ausmachen lassen. Das Wetter, als zeitloser Dauerbrenner, erscheint ihr geeignet. »Kaum zu glauben, dass es vor zehn Tagen frühlingshaft, ohne ein Eishäutchen auf den Teichen, war. Würde mich nicht wundern, wenn kommendes Wochenende schon das erste Eisstockturnier stattfände. Sie und Herr Weingart sind doch Schützen, soviel ich weiß!?«

Selma nickt. »Der Schnee ist halt ein bisschen hoch«, gibt sie zu bedenken.

»Aber wo! Wenn das Eis dick genug ist, kann der Franzl mit dem Traktor auf den Teich. Dann sind die Bahnen ratzfatz ausgeräumt.«

»Na ja. Lassen wir uns überraschen.«

»Da braucht's keine Überraschung, Frau Weingart. So ist das bei *uns* in Au. Wir da heroben sind gewöhnt an einen ordentlichen Winter.«

Das ist Selma auch. Doch obwohl sie auf der richtigen, der nördlichen Seite der Donau (aus Mühlviertler Sicht) geboren und aufgewachsen ist, reichen in Au 10km Entfernung schon aus, um den Status eines Zugezogenen, eines sogenannten *Zuagroasten* zu erlangen. Und den behält man. Wahrscheinlich lebenslang, sollte man nicht zufällig einen der zehn gängigen Auer Namen tragen. Das würde es leichter machen.

Selma lächelt und Herta Hinterberger lächelt zurück. »Dann schau ich mal, dass ich ein Grillhenderl für meine Enkerl erwische«, sagt die alte Dame, bevor sie sich von Selma verabschiedet.

»In Ordnung. Einen schönen Tag, Frau Hinterberger!«, antwortet Selma und setzt ihren Spaziergang fort. »Da hatten wir Glück«, flüstert sie nach einigen Schritten an Detective gewandt. »Die muss schnell wieder nach Hause auf ihren Beobachtungsposten. Die Polizei in unserer Gasse – und dann zum zweiten Mal! Das gibt es schließlich nicht alle Tage.«

All das wegen der altersbedingten Sinnestäuschung einer männlichen Miss Marple, denkt Vincenz Braun, als er neben dem Einsatzfahrzeug parkt und die Tür seines dunkelgrünen Audi A4 öffnet. »Ist das der richtige Teich?«, ruft er.

»Der größte, hat der Karl gesagt. Das ist er. Steigen'S ruhig aus, Herr Bezirksinspektor, sind ja nur ein paar Schritte«, antwortet Herbert Kaar von der örtlichen Polizeiinspektion.

Den Kragen seines Kamelhaarmantels aufgestellt und mit einem in Erdtönen gestreiften Schal umwickelt, steigt Braun aus dem Wagen. »Verdammt viel Schnee! Kann man sich in Linz unten gar nicht vorstellen.«

»Ja, ein halber Meter in den letzten 24 Stunden.« Belustigt nimmt Kaar die feinen, im Schnee versinkenden Lederhalbschuhe wahr. »Flachländler«, flüstert er seinem Kollegen zu, öffnet die Heckklappe des VW Touran und nimmt zwei Schneeschaufeln heraus. Eine davon drückt er Johann Kaiser in die Hand. »Dann wollen wir mal, Hans!«

Die beiden winterlich ausgerüsteten Polizisten stapfen gefolgt von Braun, der nach wenigen Schritten im kniehohen Schnee weiß, dass das Ende seiner Lieblingsitaliener gekommen ist, Richtung Teichufer.

»Bei den Birken hat's geheißen«, erklärt Kaar. Er deutet nach rechts.

Braun niest. »Birken«, knirscht er, weil ihm klar wird, dass das Teichufer nahezu zur Hälfte birkengesäumt ist. »Geht es etwas genauer?«

»Nein, bedaure. Der Karl erinnert sich nur vage. Und bevor der alte I-Tüpferl-Reiter nicht sicher ist, dass es angenommen beim 47. Stamm war, sagt er lieber gar nichts.«

»Das können wir vergessen, Bertl«, stellt Kaiser, der vorangeht, fest. »Da ist jede Spur verweht. Und wenn wir zwei das Eis entlang des Ufers auf einer Länge von 500 Metern abschaufeln, wird's vorher finster.«

»Traktoren mit Schneeschaufeln sollten hier doch zu finden sein«, wirft Braun leicht genervt ein.

Mit dem Stil seiner Schaufel deutet Herbert Kaar auf ein klassisches grau-weiß geflecktes Mühlviertler Gehöft auf der Anhöhe vis-à-vis. »Sicher, der Maier Franz. Er bewirtschaftet den Teich im Winter, macht Eisstockbahnen, verkauft ein bisschen Tee und Glühmost an die Schützen. Aber das Eis wird nicht dick genug sein für einen Traktor – ist ja erst seit ein paar Tagen so kalt.«

Johann Kaiser nickt. »Sonst hätte der Franzl längst seine Bahnen ausgeschaufelt«, stimmt er dem Kollegen zu.

Vincenz Braun haucht in die Handflächen seiner rot angelaufenen Hände, die Falte zwischen den flachsblonden Augenbrauen vertieft sich. »Also, fordern wir Verstärkung an«, beschließt er, und zieht sein Smartphone aus der Manteltasche.

»Warten'S! Da wäre noch eine andere Möglichkeit«, räumt Kaar ein. »Der Karl hat einen Hund ... und der war dabei.« Der Polizist befreit sich mit den Zähnen von einem der Handschuhe. Mit zunehmender Hektik kramt er in seiner überfüllten Brusttasche. »So ein Schmarrn!«, flucht er leise.

»Ist im Auto, Bertl«, erklärt sein Freund und Kollege. Schmunzelnd hält er ihm sein Handy entgegen. Nach all den Jahren, nahezu ein Running Gag zwischen den beiden.

Kaar poliert die Handyoberfläche an seinem linken Ärmel. Wie immer, bevor er *fremdtelefoniert.* »Ich brauch' den Karl«, sagt er.

»Unter Karl 3«, entgegnet Kaiser. »Wünsch' ihm baldige Besserung von mir!«

Kaar wählt und Karl Wagner, der aufrecht in seinem Spitalbett sitzt, hebt nach viermaligem Klingeln ab. Er hätte durchaus schon nach dem ersten Mal abheben können, aber er mag die Klänge. Es ist die Titelmelodie der Fernsehserie *Die 2.* Carla, seine Enkelin, hat sie ihm im vergangenen Sommer eingestellt, sich der unbestimmten Hoffnung hingebend, er würde sein Handy dann weniger oft zu Hause vergessen.

- »Servus, Hans!«, sagt er mit dem Bild von Roger Moores fabelhaftem Aston Martin in diesem abscheulichen Ockergelb vor Augen.
- »Hallo Karl! Ich bin's, der Herbert.«
- »Ah, Servus!«
- »Wie geht's? Was macht die Pumpe?«
- »Pumpt.«
- »Freut mich zu hören«, antwortet Kaar und kommt danach sofort zum Thema, weil er weiß, dass von Wagner kein detaillierterer Gesundheitsbericht zu erwarten ist. »Wir sind am Teich.«
- »LKA?«
- »Anwesend.«
- »Friedrich?«
- »Nein, jemand Neues. Ein Bezirksinspektor. Karl, es hat von gestern auf heute Unmengen rausgeschmissen, sodass beim besten Willen nichts mehr zu sehen ist und für den Traktor ist das Eis noch zu dünn. Dachte mir, dein ...«
- »Detective ist bei der Schriftstellerin auf Nr. 77«, fällt Wagner Herbert Kaar ins Wort. »Meine Schwiegertochter hat sie dort deponiert.« *Da mein Sohn es vorgezogen hat, in Wien zu bleiben.*

- »Darf ich sie mir ausborgen, bevor ich einen ganzen Trupp zusammenstelle?«
- »Versuch es.«
- »Danke dir. Wir halten dich auf dem Laufenden, Karl.«
- »In Ordnung«, antwortet Wagner.
- »Alles Gute! Auch vom Hans!«
- »Danke.«

Als er hört, dass Kaar aufgelegt hat, flüstert er: »Ich wünsche dir Glück, meine Kleine.«

»Sein Hund ist auf Au 77«, verkündet Kaar und gibt Kaiser sein Handy zurück.

»Ah, bei den Weingarts! Dann hab' ich mich doch nicht geirrt. Wir sind erst auf der Straße an ihr und dem Hund vorbeigefahren.«

»Du kennst die Familie?«, fragt Kaar seinen Kollegen. »Das sind doch *Zuagroaste,* genau wie der Wagner.«

»Kennen ist übertrieben. Sie hatte ...«

»Sind das auch Wiener?«, unterbricht Kaar.

»Nein, nein. Sie zumindest redet völlig normal, sind scheinbar eh aus der Gegend. Auf alle Fälle hatte sie, also die Frau Weingart, einen Totalschaden letztes Jahr – das war, denke ich, während deines Skiurlaubes. Dass sie unverletzt geblieben ist, war verdammtes Glück, sag' ich dir.« Kaiser grinst. »Und nach dem Protokollieren hab' ich die Weingart nach Hause gefahren. Meine Erinnerung an ihren Kater ist recht lebhaft. Hätte gedacht, der frisst mich.«

»Okay, meine Herren«, schaltet sich Braun, der es kaum erwarten kann, die Sitzheizung unter seinem Allerwertesten zu spüren, ein. »Sollten sich alle Fragen der Herkunft geklärt haben, würde ich sagen, auf zu Nr. 77! Vielleicht ist die zugereiste Frau Weingart ja schon wieder daheim.« *Gott, diese Provinzler!*

Bei offenem Garagentor ist Selma im Begriff Detectives Pfoten zu reinigen, als das Polizeiauto und der dunkelgrüne Audi, denen sie vor einer guten halben Stunde ausgewichen ist und die sie nachher am Waldrand parken sehen hat, in ihre Einfahrt biegen. Zwei Polizeibeamte und ein auffallend großer, blonder Mann mit roter Nase und durchnässten Halbschuhen steigen aus. Selma beobachtet, wie einer der Uniformierten dem Rotnasigen zunickt, bevor dieser auf sie zukommt.

»Vincenz Braun«, stellt er sich mit nasaler Stimme vor und präsentiert seinen Ausweis. »Kripo Linz.«

»Weingart«, erwidert Selma, während ihre Finger in der Hand des Gegenübers zu Eis gefrieren.

Braun nickt. »Freut mich, Sie kennenzulernen. Das sind meine Kollegen von der örtlichen Polizeiinspektion,

Inspektionskommandant Herbert Kaar und Gruppeninspektor Johann Kaiser.«

Selmas Blick bleibt an Kaiser hängen. »Wir kennen uns, nicht wahr?«

»Genau, Frau Weingart«, bestätigt der rundliche Polizist freundlich. »Ich hoffe, Sie sind immer pomale unterwegs.«

»Bin ich, so wie damals auch«, antwortet Selma. Nach wie vor gelingt es ihr bei keiner Autofahrt, ihren Unfall auf der B126, der sich dieser Tage zum ersten Mal jährt, auszublenden.

»Wir haben Ihre Adresse von Karl ...«, beginnt Braun von der Kripo Linz. Plötzlich wird ihm bewusst, dass er seinem Mister Marple nicht einmal einen Nachnamen zuordnen kann.

»Wagner«, hilft Kommandant Kaar aus.

»Von Karl Wagner«, wiederholt der Kriminalbeamte gepresst.

Augenblicklich drängt sich Detective dicht an ihr Ersatzfrauchen.

Vorsichtig fragt Selma: »Geht es ihm schlechter?«

»Nein, im Gegenteil. Er ist bald wieder der Alte«, ergreift Herbert Kaar das Wort. Der Polizist sieht von Selma hinunter zu Detective, die seinen Blick aus tellerrunden Augen erwidert. In beruhigendem Tonfall erklärt er: »Wir sind wegen des Hundes gekommen.«

»Ja? Wollen Sie sie mitnehmen?«

»Nein, nein, nur kurz borgen. Sie könnte uns bei einer Sache helfen, unten, bei den Teichen. Du kennst mich doch, oder?«, wendet er sich an Detective. »Ich bin mit deinem Herrchen bekannt.«

»Und Herr Wagner ist damit einverstanden?«, vergewissert sich Selma.

»Freilich, der ...«

»Ist er«, fällt Braun Kaar angespannt ins Wort, der daraufhin mit den Augen rollt.

Da hat man euch einen aus der Stadt auf's Auge gedrückt, denkt Selma belustigt. Sie geht in die Hocke. »Süße«, spricht sie Detective an und krault dabei ihre Schlappohren. »Du bist gefragt, wie es aussieht. Also drehst du nochmal eine Runde mit den drei Herren hier zu den Teichen – da wolltest du doch vorhin schon länger bleiben, glaube ich – und dann ist Relaxen angesagt. Ich warte auf dich«, versichert Selma, während sie die Hündin anleint und an Herbert Kaar übergibt.

»Was ist denn mit ihrer Spürnase passiert?«, fragt der Auer Polizist.

Selma hebt die Augenbrauen und seufzt: »Wir haben einen Kater.«

Eine knappe Stunde später reißen Dru prellende Zischgeräusche aus seinem komatösen Schlaf auf der Küchenanrichte. »Selma?«, fiept der Kater die Gestalt an der

Espressomaschine an, und macht einen Buckel von Format.

»He, Großer! Dachte schon, du wirst gar nicht mehr wach«, erwidert Selma, da Dru zum ersten Mal in drei Jahren ihre Rückkehr versäumt hat. »Zucki gefällig?«

Hastig schluckt Dru das ihm angebotene Katzenzuckerl hinunter. Ohne kauen, also keine Geschmacksexplosion geflügeliger Art. Er spitzt die Ohren und verlässt im Geräuschlos-Modus seinen Schlafplatz. In geduckter Haltung, mit bebender Nase schleicht er an Selma, die sich ein Schmunzeln nicht verkneifen kann, vorbei ins Wohnzimmer.

Dann such mal schön, mein Großer.

Nachdem Dru selbst sämtliche Nebenräume einer lautlosen Prüfung unterzogen hat, kehrt er zurück in die Küche. »Wo ist sie?«, maunzt er mit peitschendem Schwanz.

»Was ist denn los, mein Schatz?«

»Stell dich nicht blöd! Wo ist sie? Schlappohrbehangene Runkelrübe, filetierter Rüssel, stumpfe Krallen.«

»Was enerviert dich denn so?«

Für einen Moment durchströmt Dru der mollig-plüschige Verdacht, alles nur geträumt zu haben, und er greift zur Realitätsprüfung noch einmal in die Vollen: »Die Wettel aus dem E-Liminations-Wurf mit Bette-Davis-Geglotze und royalem Degenerationssprachfehler! Ist sie weg?«

»Vermisst du etwa deine Freundin?«, reagiert Selma mit zuckersüßer Stimme auf das ohrenbetäubende Gezeter ihres Katers. »Da kann ich dich beruhigen. Unsere Miss Holmes wird lediglich von Mr. Watson Gassi geführt, um *Milldistrict Yard* zu unterstützen. Bis zum Fünf-Uhr-Tee erwarte ich sie zurück.«

Ein sich näherndes Tatütata unterbricht die angeregte Unterhaltung. Dru und Selma finden sich zeitgleich am Küchenfenster ein. Drei sirenenbestückte, aufgeregt blinkende Einsatzfahrzeuge brausen tutend unter Drus Hauptobservatorium die enge Straße hinunter.

»Sogar die Feuerwehr«, bemerkt Selma. »Sieht aus, als wäre Miss Holmes erfolgreich gewesen, Dru. Was immer die Bullen da unten gesucht und scheinbar auch gefunden haben.«

»Oder sie ist hin. Im *Dienst* gefallen.«

»Ich fürchte, wir werden es früh genug erfahren.«

- »Eine Tote in Au? Nicht zu fassen! Bist du noch dran?«
- »Bin ich, Heidi«, antwortet Selma. Gerne hätte sie das sich im Kreis drehende Telefongespräch schon vor

zwanzig Minuten beendet. Aber Heidi, die eigentlich eine Freundin von Selmas Mutter ist, hat einen untrüglichen Spürsinn in Bezug auf den falschen Zeitpunkt ihrer vierteljährlichen Marathontelefonate.

- »Jetzt kommen die Toten schon zu dir. Das ist ein Zeichen.«
- »Was?«
- »Du hast mich schon verstanden. Schreib einen Krimi darüber, Selma!«
- »Heidi, nicht heute«, seufzt die Historienautorin, weiß aber, dass es vergeblich ist. Heidis Bestrebungen Selma in eine Krimiautorin zu verwandeln sind legendär und auf das sprachlose Pietätsgefühl, das für gewöhnlich die Gewalttätigkeit der Realität auslöst, ist bei der Freundin ihrer Mutter nicht zu hoffen.
- »Komm schon! Toga, Schwert, Helm, Katapult – schmeiß alles in eine Kiste. Und wirf von mir aus ein paar Mottenkugeln hinterher, falls du das Zeug doch wieder brauchen solltest. Nur einen einzigen Krimi, gib dir einen Ruck! Ehre die Gegenwart mit deinem Genie, Selma. So eine Gelegenheit kriegst du nie wieder!«
- »Das hoffe ich, Heidi. Das hoffe ich von ganzem Herzen«, erwidert Selma zunehmend verärgert. Der kurze Bericht von Kommandant Kaar, der Detective zurückgebracht hat, steckt ihr gewaltig in den Kno-

chen. Nicht, dass das Römische Reich kein Schlachtfeld gewesen wäre, aber das Blut war getrocknet.

- »Ja, ja. Hör nur bloß nicht auf die, die es gut mit dir meinen. Egal, dann sehen wir uns also am Donnerstag!«
- »Wie bitte?«
- »Ah! Hat dir deine Mutter nichts gesagt? Ich sage dir, auf die Kathi musst du aufpassen. Der Alzi, der Alzi. Gib ihr Ginkgo, Lecithin oder ein Thymus-Präparat; am besten, alles zusammen.«
- »Was gesagt?«
- »Nun, es hat mich nach frischer Mühlviertler Luft verlangt, raus aus dem Nebel. Deshalb habe ich meine Wohnung in Linz verhökert und wohne – jetzt halt' dich fest! – seit kurzem in der neuen Seniorenresidenz, ganz in deiner Nähe. Da bleibt uns in Zukunft mehr Zeit zum Quatschen! Ich mache jetzt Schluss. Wundert mich, dass *du* es nie eilig hast, Liebes! Musst du nicht kochen? Lässt du Willi verhungern?«
- Selma umklammert mit Daumen und Mittelfinger ihre Schläfen. »Ich habe Ente à l'Orange im Rohr. Dazu gibt's weiß getrüffeltes Selleriepüree«, flunkert sie.
- »Unter der Woche? Du bist nicht bei Trost. Ciao, Selma! Die Nageldesignerin wartet. Und denke an meine Worte!«
- »Ciao, Heidi«, verabschiedet sich Selma, obwohl die Verbindung bereits beendet ist. »Und gib acht, dass

das *Miss-Piggy*-Rosa (die mit achtzig nicht unbedingt unreife Heidi, nimmt in Outfitdingen neuerdings an ihrer zwanzigjährigen Enkelin Maß) nicht allzu ins Violett abdriftet und alle Glitzersteinchen so perfekt sitzen wie bei Mara oder Tara, Sara, Lara – werde ich mir nie merken. Schreib einen Krimi, schreib einen Krimi«, äfft Selma Heidis rauchig-krächzende Stimme wieder und wieder nach.

Mit tellerrunden Augen baut sich Dru vor Selma auf. »Bist du ein Papagei? Bist du ein Papagei?« Er weiß, dass Telefongespräche mit Heidi dazu prädestiniert sind, bemerkenswert emotionale Spuren auf seiner Zweibeinerin zu hinterlassen, aber das ist eine neue Kategorie. In jeder Hinsicht sogar, denn zum ersten Mal hat Heidi, Drus Meinung zufolge, recht.

Das Handy meldet sich erneut und der schwarze Kater sieht sich gezwungen, die Fragen zu Selmas potentieller Verwandlung in ein Federvieh vorerst einzustellen.

- »Hi, Mama.«
- »Hallo, Selmerl. Heidi hat mich angerufen.«
- »Dazu hatte sie noch Zeit?«
- »Bei einem Mordfall?«, schnaubt Selmas Mutter Kathi.
- »Todesfall, Mama.«

- »Wie auch immer. Heidi hat sich schon von Unwichtigerem aufhalten lassen. Und jetzt erzähl, erzähl mir alles!«
- Selma seufzt. »Du bist doch sicher schon top informiert.«
- »Papperlapapp. Du kennst doch die Heidi – immer im Stress. Ihre Berichte sind ebenso ungenauer, wie unkritischer Natur. Heißt: Sie bringt alles durcheinander und übertreibt maßlos. Wird in letzter Zeit ein bisserl wunderlich, die Gute.«
- »Hat sie detto von dir behauptet.«
- »Was? Dass ich wunderlich werde?«
- »Nein, eher vergesslich. Alzi halt.«
- »Die spinnt«, entrüstet sich Kathi. »Alle Alzis glauben, die anderen wären welche. Ergibt sich aus der Natur der Sache.«
- »Du hast mir nicht gesagt, dass sie in *unsere* Seniorenresidenz gezogen ist.«
- »Hätte dich nur beunruhigt. Dachte mir, du erfährst es bald genug. Aber wenn wir schon dabei sind: Ich habe versprochen, dass wir sie kommenden Donnerstag besuchen.«
- »Danke für die Info, Mama. Heidi hat mich bereits vorsorglich auf den neuesten Stand gebracht.«
- »Siehst'd Selmerl, jetzt bist du genervt. Es wäre völlig ausreichend gewesen, wenn ich es dir übermorgen gesagt hätte. Glaubst du etwa, ich hab' eine Freude

damit? Ist außerdem mein Tarocktag, da bin ich sowieso in Eile.«

- »Warum seid ihr überhaupt befreundet?«, fragt Selma spontan, weil sie die enge Verbindung zwischen den beiden unterschiedlichen Damen nie verstanden hat.
- »Weil es immer schon so war. Und wir bleiben es, bis wir vergessen, wer die andere ist«, antwortet Kathi trocken. »Du lenkst ab. Also, was war genau los in Au?«
- »Die Leiche einer jungen Frau wurde gefunden. Im Teich, unter dem Eis.«
- »Mein Gott! In eurem Eisstockteich?«
- »So ist es. Wagners Hündin hat sie entdeckt.«
- »Das Pflegekind. Doch nicht, als du ...«
- »Nein«, unterbricht Selma ihre Mutter. »Die Polizei hat sie sich ausgeborgt. Herr Wagner dürfte schon gestern etwas gesehen haben, *vor* seinem Herzinfarkt.«
- »Gütiger Himmel, der arme Mann! Obwohl, der beste Tod, den er sich vorstellen kann, wäre im Dienst, hat er mir letzten Sommer anvertraut.«
- »Der Schnüffler hat mit dir gesprochen?« Kathis kompromisslose Kontaktfreudigkeit beeindruckt Selma seit vierzig Jahren, selbst wenn sie ab und an nervig ist.
- »Warum nicht? Ist ein patenter Mann. Ein wenig brummig, aber patent. Ein General in Ruhe, wenn mir die Hinterberger keinen Blödsinn erzählt hat. Früher

hatte er angeblich ein Haus in Leonfelden. Er kennt deine Romane. Habe ich dir das nicht gesagt?«

- »Nein, aber seine Schwiegertochter.« *Ein halbes Jahr später.*
- »Hmm. Erzähl weiter. Weiß man, wer die Tote ist? Gibt es eine Spur?«
- *'Jung, hübsch, tot. Das ist alles, was wir bisher wissen. Mal sehen, ob die Vermisstenanzeigen zur Identifizierung führen'*, hallen Herbert Kaars Worte durch Selmas Erinnerung. »Nicht, dass ich wüsste, Mama. Au ist vorerst großräumig abgeriegelt und unten am Teich wimmelt es nur so vor Polizisten und Schaulustigen. Jeder von null bis hundert ist auf den Beinen.«
- »Nur du nicht.«
- »Wie bitte?« Selmas altes Ersatzhandy läutet. »Entschuldige, Mama. Es ist Willi. Ich rufe dich zurück.«

- »Hi, Schatz«, schnauft Selma.
- »Hallo, Liebes! Alles in Ordnung? Hab's schon ein paarmal versucht.«
- »Ja, ja. Nur Heidi und nahtlos anschließend Mama.«
- »Na fesch!«, kommentiert Willi amüsiert. »Ich fürchtete schon, unsere uneinigen Mitbewohner hätten dich zu Fall gebracht. Wollte dir nur sagen, dass ich im Stau stehe. Und das seit geraumer Zeit, obwohl ich kurz vor der letzten Haarnadelkurve bin. Keine

Ahnung, was da los ist. Der Verkehrsfunk hüllt sich in gewohntes Schweigen, bis auf die fünfundfünfzig Staus in Wien, versteht sich. Hat sich wieder einmal ein LKW über die Böschung gebeamt? Hast du was mitbekommen? Selma? Bist du noch dran?«

- »Bin ich. Im Eisstockteich wurde eine Leiche gefunden, Willi.«

Nach dem Abendessen (zu Drus Enttäuschung entpuppte sich die Heidi angekündigte Ente à l'Orange als triviales Brathuhn):

»Au – eine Mühlviertler Gemeinde in Aufruhr. Die schockierten Einwohner verfolgen eine Bergung der örtlichen Feuerwehr. Geborgen wird der Leichnam einer jungen, nur mit einem dünnen Baumwollnachthemd bekleideten, Frau.

Erste polizeiliche Ermittlungen ergaben, dass es sich bei der Toten im Eis, die heute Nachmittag in einem Teich in Au, einer Gemeinde im Bezirk Urfahr Umgebung, gefunden wurde, um die vierundzwanzigjährige Krankenpflegerin Luisa Crnkic aus Wels handelt, die seit vierzehn Monaten vermisst gemeldet ist. Zuletzt wurde Crnkic am 16. November 2017 von ihrer Freundin gesehen, als sie sich deren

PKW lieh, um einen tschechischen Schönheitssalon, nur wenige Kilometer hinter der österreichischen Staatsgrenze, aufzusuchen. Primäre Untersuchungen der Todesursache machen ein Fremdverschulden unwahrscheinlich.

Und jetzt zum Wetter. Der Winter hält Oberösterreich weiterhin in seinen eisigen ...«

Willi schaltet den Fernseher aus und die Stereoanlage ein. Seufzend sucht er nach einer bestimmten CD.

»Weiß nicht, welche du suchst. Aber möglich, dass sie bei den *Coverlosen* gelandet ist«, erwähnt Selma beiläufig, während sie sich vom Sofa erhebt.

Verständnislos sieht Willi seine Frau an. »*Simply Red*.«

Mit erhobenen Augenbrauen kommt diese auf ihn zu. »Wir hatten einen Zwischenfall heute Vormittag. Ist untergegangen, verständlicherweise. Covers, Bodenvase, dein Uhrenbeweger, ein paar Striemen mehr auf Detectives brillanter Spürnase. Dru hat sein Exil verlassen, während ich beim Zahnarzt war.«

Willi schluckt. Aufgrund der Ausnahmesituation ist es ihm bisher nur unterbewusst aufgefallen, dass beide Tiere frei im Haus umherlaufen. »Wie das?«, fragt er.

Selma zuckt mit den Achseln, während sie die im Fernsehschrank zwischengelagerten hüllenlosen CDs durchforstet. »Scheint, er hat nach dreieinhalb Jahren das Schnallending kapiert.«

»Und jetzt vertragen sie sich?«

»Keine Ahnung, ist noch nicht ganz raus«, murmelt Selma. Spontan entscheidet sie, Detectives heldenhafte Rettungsaktion in ihrem Garten – die mutmaßliche Trendwende in der Beziehung der beiden tierischen Mitbewohner – vorerst außen vor zu lassen. »Ah! Da ist der alte Mick«, verkündet sie stattdessen und legt die CD ein.

»Danke dir. Tut mir ernsthaft leid um die blaue Vase, Schatz.« Nur zu genau weiß Willi, wie sehr Selma an dem alten Erbstück gehangen ist.

»Und mir um deinen Uhrenbeweger.«

Willi macht eine abschwächende Geste. »Ist ersetzbar.«

Schwanzwedelnd kommt Detective auf ihre Leihfamilie zu. Willi geht in die Hocke und beginnt die Hundedame zu kraulen. »He, du große Heldin! Oh là là! Dein Näschen sieht verwegen aus. Hat dich aber nicht gebremst, was!?«

Ein dezentes »Wuff« und erhöhte Wedelfrequenz bestätigen dies.

Selma lässt sich auf einen der Rattanstühle im Wintergarten fallen. »Herr Wagner muss vorher schon irgendwen verständigt haben. Es scheint, er pflegt anhaltend gute Kontakte zur Polizei.«

Bewaffnet mit zwei Gläsern, gefüllt mit Pinot noir – der

schuhen alles absperren, und ich wurde *again* angeleint«, wispert die Spanieldame.

»Was wolltest du finden?«, äfft Dru den Flüsterton nach.

»Irgendetwas. Der Tatort ist der beste Zeuge. Eine Leiche *without* weitere Hinweise ist wie eine verkehrte Schnitzeljagd«, sagt mein Herrchen. »Man steht am Ende und muss die Spur *back* verfolgen.«

»Kannst du nicht beim nächsten verdauungsfördernden Ritualmarsch mit Selma deinen scheckigen Fellwanst über die Absperrung wuchten?«

Ein kurzes Zucken durchfährt Detectives Lefzen. »*No Chance.* Tagelang nicht.«

»Dann ist der Fall klar. Die Nicht-Kriecher, die Unabhängigen, die *IFDM* treten auf den Plan.«

»*The IFDM*?«

Dru grinst. »Exakt. Die *Intelligenten Freunde des Menschen.* Sie treten auf den Plan, wenn den sogenannten *Besten Freunden* der Schmäh ausgeht.«

3

Wels, Montag, 11. Februar 2019

»Au – eine Mühlviertler Gemeinde in Aufruhr. Die schockierten Einwohner verfolgen eine Bergung der örtlichen Feuerwehr. Geborgen wird der Leichnam einer jungen, nur mit einem dünnen Baumwollnachthemd bekleideten, Frau.
Erste polizeiliche Ermittlungen ergaben, dass es sich bei der Toten im Eis, die heute Nachmittag in einem Teich in Au, einer Gemeinde im Bezirk Urfahr Umgebung, gefunden wurde, um die vierundzwanzigjährige Krankenpflegerin Luisa Crnkic aus Wels handelt, die seit vierzehn Monaten vermisst gemeldet ist. Zuletzt wurde Crnkic am 16. November 2017 von ihrer Freundin gesehen, als sie sich deren PKW lieh, um einen tschechischen Schönheitssalon ...«

»Mein Gott!«, stöhnt Tom auf.

Isolde stellt den Fernseher auf lautlos. Sie löst ihren Pferdeschwanz, in ihren grünen Augen schwimmen Tränen. Beruhigend legt sie die Hand auf den Rücken des in sich zusammengesunkenen Mannes neben ihr auf dem Sofa. Vor knapp zwei Stunden hat ihn Luisas Mutter angerufen. Seitdem weiß auch Isolde, dass ihre beste Freundin tot ist. »Soll ich dir etwas geben, Tom?«

Der junge Mann mit dem wirren haselnussbraunen Haar sieht sie verständnislos an.

»Für die Nerven, zum Runterkommen.«

»Nein, danke«, flüstert Tom in einem Ton, der Isoldes Angebot einen nahezu unmoralischen Beigeschmack verleiht.

»He, vertrau mir, ich bin schließlich Krankenschwester.«

Tom schüttelt energisch den Kopf. »*Au.* Ich bin zigmal vorbeigefahren. Was ... was, wenn Lu die ganze Zeit dort war? Warum habe ich nichts gespürt?«, stammelt er tränenerstickt. »453 Tage, 453 verschissene Tage habe ich mir ausgemalt ... und dennoch gehofft ...« Er rauft sich das Haar, nimmt die Hände vor sein Gesicht. Dann knickt er ein, als hätte man ihm die Wirbelsäule entfernt, fällt zurück in die weiche Polsterung des Sofas und beginnt hemmungslos zu schluchzen.

»Nicht, Tom, nicht«, will ihn Isolde beruhigen. Sie umarmt Tom mit beiden Händen, drückt ihn an sich. Ganz fest. Ihr eigener Herzschlag ist nicht lauter als seiner. Behutsam küsst sie eine Träne von Toms Wange, er lässt sie gewähren. Endlich.

453 Tage lang hat Thomas Richter Luisa schmerzlich vermisst. Selbst nachdem Isolde ihm alles erzählt hatte.

Tom erinnert sich an den vorigen Winter, das Frühjahr. 100erte, 1000ende Flugblätter mit Lus Gesicht in Oberösterreich und in Tschechien. An Plakatwänden, an Masten, an Häusern, in Geschäften, in Restaurants, in Bars. Lus letzte Strecke. Er ist sie abgefahren. Zusammen mit ihren Eltern, mit Freunden, allein. Zu jeder Tageszeit, bei jeglicher Witterung. Unzählige Menschen hat er nach ihr gefragt. Freundlich, wütend, bettelnd, frustriert. Allesamt Stimmen in seiner Erinnerung. Stimmen ohne Gesicht.

Wie ein schwerer Stein zieht er Tom zu Boden. Der Ring um seinen Hals. Der Ring, der Schuldige, der all das verursacht hat. Bis heute hat er ihn nicht abgelegt. Niemals. Er hasst und liebt ihn zugleich.

4

Zur selben Zeit

- »Herrschaftszeiten, Schmalzl! Sag mir, dass das nicht wahr ist!« Am anderen Ende der Leitung bleibt es still. »Ich glaube das einfach nicht! *Wann* hat denn der gnädige Herr vorgehabt, mich zu informieren?« Wieder keine Antwort. »Sprich gefälligst mit mir!«
- »Ich dachte, wir finden sie noch.«
- »Und Jori? Das Auto?«
- »Verschwunden. Futsch.«
- »Denkst du, er informiert die Polizei?«
- »Der Jori? Da müsste er schön blöd sein. Ich suche unsere Leute sorgfältig aus, Doc.«
- »Ach, tatsächlich?«
- »Ja.«
- »Zweifelsohne werden die Bullen Fragen stellen, alles wieder aufrollen. Und dieser Jori kam mir immer schon zu zart besaitet vor.« Erneut Stille. »Schmalzl?«
- »Ja, Doc. Du wirst sehen, alles löst sich in Wohlgefallen auf. Für Jori steht zu viel auf dem Spiel. Manch-

mal ist er halt, wie sagt man so treffend bei uns, ein *Haschale.*«

- »Eine Vermisste ist eine Sache, Schmalzl. Eine Tote, eine völlig andere.«
- »Die Geschichte mit der war nicht meine Idee, Doc. Du erinnerst dich sicher. Aber, halb so schlimm. Die Spur führt nach Tschechien, nach wie vor. Wieder war ich sorgfältig.«
- »Und was, du Sorgfältiger, machen wir mit Zwickli? Der Knabe wird langsam nervös. Dir ist bewusst, *wer* bei ihm angemeldet ist. Maximal zwei Wochen kann er die OP verschieben. Also, lass dir was einfallen!«
- »Alle Backöfen sind voll. Da geht nix. Oder willst du auf die Kohle verzichten?«
- »Ich sage es dir noch einmal, Schmalzl, lass dir schnell was *einfallen* – und melde dich, wenn es erledigt ist.«

5

Au, Dienstag, 12. Februar 2019

Nach einem herzhaften Frühstück und verkürzten morgendlichen Dehnungsübungen läuft Dru am darauffolgenden Tag die Treppe hinunter ins Erdgeschoss. Seinen ureigenen Leitspruch ‚Was du morgen kannst besorgen, verschiebe doch auf übermorgen' missachtend, maunzt er die Haustür an.

»Dein Ernst? So bald?«, fragt Selma. »Bist du heute wieder abenteuerlustig?«

»Na komm! Mach auf, bevor ich es mir anders überlege«, antwortet Dru, die Dezibel kontinuierlich erhöhend. »Mach auf!«

Selma dreht den Schlüssel um. »Okay, okay, mein Großer«, gibt sie sich geschlagen. »Aber gib acht, dass dich der Monsterhund nicht wieder aufgabelt!«

»Baskerville? Der Stinkköter hat doch einen an der Klatsche. Das Überraschungsmoment war gestern auf seiner Seite, weiter nichts. Glaub mir, passiert nie wieder!«

Mit zusammengekniffenen Augen dem Wind trotzend, macht sich Dru querfeldein auf den Weg zu den Teichen. Durch die Sonnenstunden des gestrigen Tages und den Frost der darauffolgenden Nacht ist die Schneedecke leicht vereist und ermöglicht ein problemloses Vorankommen. Obwohl er bemüht ist, es zu vermeiden, kreuzt Pauli, der kuhfleckige, aus dem tiefsten Niederösterreich importierte 10-Kilo-Opportunist der Siedlung, seinen Weg. Pauli. Ein stets zuverlässiger Henker guter Stimmung und Ausgeglichenheit.

»He, Dru! Traust di a amoi aussa*«, grüßt der Nervtöter mit steil aufgerichtetem Schwanz und dem ihm angeborenen unterbelichteten Grinsen.

Dru ignoriert ihn und setzt seinen Weg fort. Pauli gilt nicht unbedingt als Vorzeigebeispiel eines Mitglieds der *IFDM*. Selbst im fortgeschrittenen Alter jagt der scheckige Fettsack noch den eigenen Schwanz. Dru hat es gesehen.

»Suachst de Leich? De haum's gestan scho weggfiad.«

»Ist mir nicht entgangen«, brummt Dru.

»Host das ghert? Aufbrezeln woit si de lassn, bei de Behm drübn. Ob hiatzt de Blechkolonn, de da am Wochenende oiwei vorbeiwoizt, kiatzer wird?«

»Länger.«

* Die hochdeutsche Variante der Dialektpassagen (Szenen mit Kater Pauli) finden Sie im Anhang.

»He, Oiiida! Bist auf an Reißnogl tredn?«, fragt Pauli, während er mit rhythmisch hin- und herschwingendem Schwabbelbauch neben Dru hertrottet.

Dru knurrt. »Lass mich zufrieden, Pauli!«

»He?«

‚Wähle die Sprache deines Gegenübers, wenn du verstanden werden willst‘, kommt Dru eine von Kathis angewandten Alltagsweisheiten in den Sinn. »He, Pauli, Oiiida! I wü heit ned quatschn.«

»Wos sogst´n des ned glei, he«, zeigt sich Pauli verständig. Sofort lässt er sich hinter Dru zurückfallen. »I versteh di, Oiiida. Hob scho ghert, dass du hiatzt mit da Winslbirn vom 84er-Heisl auskuma muast! Do warad i söm a ogschloapft. A Schaund, so wos, a Schaund!«, ruft er ihm hinterher.

Von der intellektuellen Last erzwungener Kommunikation befreit und einer zunehmend steifer werdenden Brise aerodynamisch perfekt geformt, erhöht Dru sein Tempo. Doch der gutmütige Neandertaler war nicht alles, was der Morgen zwischenkätzisch zu bieten hat. Die grauschnauzige, struppige Muzi – Drus‘ Erfahrungen mit dem Fahrgestell seiner Artgenossinnen zufolge, zweifelsohne der weibliche Methusalem der Zone – macht auf dem Holzstoß unter dem großen, frei stehenden Mostbirnenbaum, zum Jazz der sich sicher fühlenden Vögelein, ihre morgendliche

Komm-ich-noch-mal-in-die-Gänge?-Gymnastik. Aber Muzi ist nicht voll bei der Sache. Sie entdeckt Dru just im Moment, als dieser sich schon wieder am Rande ihres getrübten Blickfeldes wähnt. Mit einem respektablen Vorzeigesatz (der geschätzt, eine Spritzenkur beim Tierarzt einbringt) verlässt sie ihr Podest und rennt ganzkörpergeplustert auf Dru zu.

»Dru, alter Stubenhocker!«, krächzt das fellummantelte Knochengestell. Unerwartet angriffslustig baut sie sich vor dem Kater auf. »Recht weit weg von zu Hause, für einen wie dich. Putz dich aus meinem Revier!« Die feuchte Aussprache beschert ihrem welken Schnurrbart eine dekorative Tröpfchenverzierung.

»Ist nicht deins«, kontert Dru emotionslos. Seit er sich erinnern kann, verwechselt die betagte Katzendame das eine oder andere.

Muzi lässt sich nicht beirren. »Ist es doch, ist es doch, ist es ...«

Genervt unterbricht Dru sie: »Geh aus dem Weg, *Grizabella*! Lass dir dein *Alzikatz* und *Schnurrlecithin* verabreichen – oder was immer sonst du vergessen hast, heute zu schlucken!«

Doch Muzi erweist sich als unbeugsam wie Sitting Bull. »Buh, buh, buh«, ätzt sie. »Wer im Glashaus sitzt ... Die Wühlmäuse grüßen deine beiden Dosenöffner doch mit Vornamen, du Schwachosi, du *Nahrungsallergiker*! Das gab es in meiner Jugend nicht.«

»In der Steinzeit gab es auch keine Luftverschmutzung.«

Muzi faucht. Sie gestattet Dru einen so detaillierten Blick auf das abgebrannte Dorf in ihrem Maul, dass er imstande wäre, eine versicherungstechnisch einwandfreie Schadensmeldung abzugeben. Mit angelegten Ohren hebt sie die rechte Vorderpfote und fährt die Krallen aus – so ist es zumindest gedacht. Sichtbar werden hingegen nur fünf, ohne Sinn für das Optische, gekürzte Stummel. Für Dru wäre es ein Leichtes, Muzi aus dem Weg zu fegen, doch angesichts ihrer stumpfen Waffen hält er inne.

»He! Du woast bei da Krallikūre?«, vernimmt er hinter sich Paulis entwaffnend klare Frage.

Beschämt lässt Muzi die Pfote sinken und blickt zu Boden. Vor einem Jahr ist der Kätzin das erste Mal eine Kralle derart schmerzhaft eingewachsen, dass sie seitdem vierteljährlich zur Krallenpflege in die Tierarztpraxis gebracht wird.

Mit Imponiergehabe baut sich Pauli vor der reifen Katzendame auf. »Cool, he! Da totale Luxus, he«, gurrt er bewundernd. Kurz zwinkert er Dru von der Seite zu. »Mia geht des a dermoßen am Sack, des ewige Gwetzat, Zupfat und Kieflat und so schen wia bei dia, werdn de Mein trotzdem nia.«

Muzis Stimmung scheint sich schlagartig zu bessern. Sie reckt ihren einstmals grazilen Hals und riskiert einen trüben, doch geübten Augenaufschlag. Die unmissverständliche Aufforderung, umschmeichelt werden zu wollen.

Sie soll ein Prachtexemplar, eine getigerte Schönheit gewesen sein, hat man Dru zugetragen. Viele haben sich einst Pfote über Schnurrhaar in sie verliebt. Muzi hat zwar nicht jeden erhört, aber alle überlebt. Doch das letzte Zucken an ihrem Liebeshimmel ist Jahre her, und fand in Form einer erfolglosen *#MeauToo*-Kampagne gegen den bornierten Perserkater des Gemeindearztes statt. Aber selbst dieser plattgesichtige Mädchenschänder befindet sich mittlerweile auf Wühlmausniveau.

»He, kum mit z'Haus!«, entschärft Pauli, der Gefleckte in den besten Jahren, die Situation endgültig. Er scheint der praktische Typ zu sein, und dementsprechend fällt das Umschmeicheln von Großmütterchen bodenständig aus. »Sei ned botschad! Dahoam is bachlworm und heit gibt´s Wirschtl. De sand weich und gschmackig. Kaunst ans haum, wauns'd wüst. He, Oiiida, tuat ma lad, oba fia olle reichts ned«, wendet er sich verschwörerisch an Dru, der nicht umhinkann, den im neuen Licht erscheinenden Nervtöter (dieser ungeahnte Diplomat!), mit einem *Hast-was-gut-bei-mir,-Kumpel*-Blick zu bedenken.

»Wie freundlich«, schnurrt Muzi und folgt Pauli, ohne Dru weiterer sabbernder Aufmerksamkeit zu würdigen, in Richtung dessen Heimstatt.

Ihre Stimme klingt, als hätte sie in den letzten paar Minuten eine Semesterpackung Kreide verschluckt, denkt Dru verblüfft, während er Muzis aufreizend wippendes knochiges Hinterteil, neben Paulis, zwischen seinen Hinterläufen hin- und herbaumelnder, Fettschürze, davontrotten sieht. De facto, das Einzige, was beim Neandertaler noch baumelt.

Nachdem Dru während der letzten beiden Tage inbrünstig über die potentielle Schönheit der Welt ohne Kläffer nachgedacht hat, erscheint ihm aktuell der Sinn einer dichten Besiedlung durch Artgenossen ebenfalls höchst zweifelhaft, und er sieht sein Credo einmal mehr bestätigt: Ein geräumiges, beheiztes Heim, ein artgerecht gefüllter Napf, Leckerlis en gros, ein umzäunter Garten, und einfühlsame Streichler, die dieses Anforderungsprofil aufrecht erhalten und ihn vergöttern. Doch man hat Dru dazu gebracht, sein Credo hintanzustellen. All das nimmt er auf sich, um einer treuherzig dreinguckenden Dummtöle mit Aufklärungstick zu beweisen, dass seine Art spielend im Kläffermetier etwas auf die Reihe bekommt.

So vor sich hin sinnierend, erreicht der schwarze Kater den größten der Fischteiche. Das rechte Ufer ist weiträumig mit leuchtenden Netzen und Plastikbändern abgesperrt, aber ansonsten, erscheint so früh am Morgen einstweilen alles still. Für die Erstinspektion der Fundstelle wählt Dru die Vogelperspektive. Mühelos schlägt er seine Krallen in den Stamm einer der Birken, die der Absperrung als gewachsene Pfosten dienen. Im Nu ist er oben, und versucht von einem Ast, der sich unter seinem

Gewicht auf tolerable Weise biegt, das darunterliegende Terrain zu sondieren.

‚Der Tatort ist der beste Zeuge', hat Hundchen vermeldet. Etwas schweigsam mitunter, aber Dru würde ihm auf die Sprünge helfen.

Erstens: Sehcheck

Spuren, nichts als Spuren – hauptsächlich menschliche – und ein gewaltiges Loch im Eis, auf dem sich über Nacht schon wieder ein dünnes Häutchen gebildet hat. Jede Menge kleine abgerissene Zweige, Opfer des heftigen Sturmes vor zwei Tagen.

Zweitens: Geruchscheck

Dru hat Muzis säuerlichen Muffelduft in der Nase hängen und befeuchtet fortwährend sein Riechorgan, um Millionen Zellen den Befehl zu erteilen, selbst dem winzigsten Detailaroma der frostigen Luft auf den Zahn zu fühlen. Und wahrhaft, neben all den hinlänglich bekannten Geruchskomponenten eines Wintercocktails, tut sich eine weitere auf. Dru kennt sie, kennt sie aus der frühesten Kindheit, kennt sie von seinem jetzigen Leben. Vom Papier, mit dem die besorgte Fleischhauerin Drus Kalbsleber zusätzlich umwickelt, damit Selmas Einkaufstasche nicht ungewollte Schattierungen annimmt. Von dem Papier, das den Job erfüllt hat, und danach ein paar Tage im Müll liegt. Ein letztes Mal leckt er über seine glänzend schwarze Nase, und kein Zweifel bleibt zurück: Was hier dem frischen, winterlichen Duft den flüchtigen Hauch einer erdenden Note verleiht, ist Blut.

Getrocknetes Blut.

Genauer genommen, getrocknetes Blut auf Papier.

Mit seiner Spezies anhaftendem weltmeisterlichen Gleichgewichtssinn hastet Dru im Retourgang den Ast zurück, danach den Stamm hinunter in die abgesperrte Zone und läuft los. Der Geruch kommt vom Schilf, das den Teich, an seiner zum Wald gewandten Seite, säumt. An dem naturbelassenen Dickicht angekommen, erkennt er schnell, dass das büschelartige, steif gefrorene Schilf selbst für ihn unpassierbar ist, und er betritt den Teich, um von dort aus, das verwachsene Ufer genauer in Augenschein zu nehmen. Das Odeur nimmt vehement zu, stiehlt der sauberweißen Winterluft ihre Unschuld. Drus Augen weiten sich, als er, nur zwei Katzenlängen von sich entfernt, ein höchst mitgenommenes, blutverschmiertes Faltprospekt entdeckt. *Das letzte Schnitzel, Schnüffler*, denkt er klopfenden Herzens.

Schlaff hängt das bunte Papier im Schilf, wie die präparierte Mahlzeit einer Spinne. Der Kater schleicht so nahe wie möglich heran und versucht mit den Krallen seiner Vorderpfoten dem Dickicht die Beute zu entreißen. Beim dritten Versuch gelingt es ihm, einzuhaken und das Fundstück zu bergen. Zeit für eine nähere Begutachtung gönnt er sich nicht, denn mit der Ruhe kann es jederzeit vorbei sein. Darauf bedacht, dem potentiellen Corpus Delicti nicht weiter zuzusetzen, nimmt er es angewidert zwischen die Zähne und begibt sich in forciertem Trab auf den Rückweg. Diesmal wird er freiwillig mit *Katzidol* das Mäulchen spülen. Hoffentlich schafft er es, Selma dies zügig zu vermitteln.

Wieder Land unter den Läufen spürend, entscheidet Dru spontan, einen anderen Rückweg einzuschlagen. Was, wenn dem 10-Kilo-Charmeur das Ausmaß seines Opfers bewusst geworden ist, und er die fingierte Brautwerbung zu Gunsten eines weiteren Würstels vorzeitig eingestellt hat? Klappe: die Zweite – Muzi. Darauf will Dru gut und gerne verzichten. *Durch das Wäldchen bergan, und dann auf der Direttissima über das große Feld nach Hause,* überlegt er. *Das ist die sicherste Variante.*

»Hallo, Dru!«, fiept es plötzlich hinter ihm.

Vor Schreck lässt der Kater den Prospekt fallen.

Sie ist ein Schmuckstück, ein Vorzeigebeispiel gelungener Schildpattfärbung. Tiefschwarze, schlanke Beine mit falben Pfoten. Körper und Gesicht (bis auf Kinn und Kehle, die Mutter Natur zur einen Hälfte schwarz, und zur anderen, leuchtend falb gefärbt hat) gleichmäßig hellbraunschwarz gemustert. Die Augen klar und bernsteinfarben, wie Willis geliebter Single Malt Whiskey.

»Coco?«

»Aber ja! Erkennst du mich nicht?«, fragt sie schüchtern lächelnd und tapst näher heran.

Um einen freundlichen Tonfall bemüht, erwidert Dru ihr Lächeln. Es ist ansteckend. »Du bist gewachsen, Kleine.«

»Ich weiß«, zirpt Coco mit kindlichem Stolz.

»Und machst große Ausflüge«, fügt der Kater hinzu.

Cocos Ohren vibrieren angespannt. Sie blickt zu Boden. »Du hast was verloren«, wechselt sie unvermittelt das Thema. »Eine Werbung?«

»Ja, ich steh' auf diesen Scheiß«, antwortet Dru. Spontan stellt er eine Pfote auf den Folder.

Das Katzenmädchen liest stockend die ersten erkennbaren Zeilen: »Wir suchen Dich! Haarverlängerungs- und Permanent Make-up Models für ... für ...«

Sofort weiß Dru, dass dies, sollte die Kleine die durchschnittliche Geschwätzigkeit ihrer Artgenossinnen teilen, den diffamierenden Gerüchten seine Sexualität betreffend, erneut Nahrung spenden wird. *Und alles nur wegen* ... Nein, er hat jetzt wahrlich keine Zeit, daran zu denken. »Egal wofür. Ich muss los, Coco. War nett, dich wiederzusehen«, verabschiedet er sich mit unverbindlichem Ton und nimmt, das Würgen in der Kehle ignorierend, seine Fracht erneut auf.

Mit großen Bernsteinaugen sieht Coco ihn an. »Finde ich auch, Dru.«

»Also, bis bald«, lispelt der Kater zwischen den Zähnen hervor. Dann setzt er sich in Bewegung.

»Bis bald!«

Wenig später macht Detective auf den Heimkehrer vor dem Wintergarten aufmerksam.

»Lenk sie ab!«, gibt Dru der Hündin zu verstehen, als Selma die Tür öffnet.

Aufgeregt springend umkreist Detective daraufhin ihr Leihfrauchen, und der schwarze Kater schießt ins Haus.

Sofort hält Selma nach dem vermeintlichen Grund für Drus Hochgeschwindigkeitsrückkehr Ausschau. »Schon wieder dieses Monster?«, murmelt sie. Doch im Garten ist nichts zu sehen. Wohlwollend streicht sie über den runden Kopf der Spanieldame und schließt die Tür. »Scheint, er hatte Sehnsucht nach dir«, flüstert sie Detective zu, während diese weiterhin ihr Ablenkungsmanöver durchzieht. »He, he, Süße! Alles fein. Lass mich mal in Ruhe einen Fuß vor den anderen setzen. Dru!«

»Dein intelligenter Freund ist zurück!« Gurrend trabt Dru auf Selma zu. Mit steil aufgerichtetem Schwanz umschmeichelt er ihre Beine, sein untrügliches Zeichen hochgenommen werden zu wollen.

»Was hast du denn da?« Selma, die im Begriff ist, den Kater auf den Arm zu nehmen, zupft ein kleines Papierstückchen aus dessen Maul. »Pfui Teufel!« Demonstrativ spuckt Dru zwei weitere Exemplare aus. »Du erinnerst mich ein wenig an Onkel Alfons und seinen Kautabak. Selbst, wenn es nicht *genehm* ist, mein Großer, diese Vorstellung ruft *Katzidol* auf den Plan. Was hast du gefressen? Einen Mäuse-Clochard und seine mit Mord und Totschlag bedruckte Bettdecke?«

»Ich vertrage keine Mäuse, das müsstest du wissen. Aber Mord und Totschlag kommt potentiell hin.«

Ohne weitere Aufforderung folgt Dru Selma zur Mundhygiene ins Bad.

Nach erfolgter Behandlung wird Selma durch ihr Handy abberufen. Dru begibt sich umhüllt von katzenuntypischer Atemfrische in die Diele, wo Detective schwanzwedelnd vor dem Kratzbaum auf ihn wartet.

»*Nice* Versteck!«, begrüßt sie den Kater anerkennend.

Coolnessgeschwängert stellt sich Dru auf die Hinterläufe. »Dachte, Selma hätte bei diesem Anblick nur *Mistkübel* im Sinn.« Mit der rechten Pfote holt er den lädierten Folder aus der Höhle seines Kratzbaums und streicht ihn unter Detectives aufmerksamen Blicken notdürftig glatt. »Wohlan, Miss Holmes! Zeit für den Riechkolbenscan«, fordert er die Hündin auf. »Sag mir, wofür ich mindestens drei Mahlzeiten lang meinen Geschmackssinn geopfert habe!« Triumph, Genugtuung und Despektion bilden den dissonanten Hauptakkord seiner Stimme.

»*Already* passiert. Wusste ich schon, als dein Frauchen die Tür geöffnet hat.«

Dru spitzt die Ohren. »Alsdann, schlappohrige Kassandra! Lass mich an deinen Prophezeiungen teilhaben!«

»*No doubt*, du hast das letzte Schnitzel gefunden. Es trägt den Geruch, der am Teich in der Luft lag, als man meinen Einsatz beendete. *Congratulation*!«

»Aber es muss nicht ...«

»Ist es aber, bei Lassie!«, unterbricht Detective unerwartet selbstbewusst. »Es ist *the same* Blut, das ich am Ufer unweit der Toten freigelegt habe.«

Der Kater ist beeindruckt, sucht es aber zu verbergen. Nie hätte er dem Spürsinn eines Hundes eine so hohe Drehzahl zugetraut. »Und was jetzt? Selma wird nicht ewig telefonieren.«

»Wir verstecken es *again* und warten auf mein Herrchen.« Detectives Fell kräuselt sich über der runden Stirn, ihre Augen werden glasig.

»Na, klar! Dein Tatterich wird schon alles richten, gesetzt den Fall, er hält durch. Vergiss nicht, *wer* es gefunden hat: ein Nicht-Kriecher!«

»Hast du einen *better* Plan, Mäusequäler?«, blafft die Hündin zurück.

6

Linz, Dienstag, 12. Februar 2019

Obwohl er sich an der Titelmelodie von *Die 2* nicht satthören kann, legt Karl Wagner die Kuchengabel zur Seite und hebt nach dem ersten Läuten ab.

- »Wird aber auch Zeit, Bertl«, begrüßt er den Kommandanten der Polizeiinspektion Au vorwurfsvoll. »Ich habe mir den ganzen Zirkus im Fernsehen ansehen müssen.«
- »Hallo Karl! Wie geht's dir?«
- »Alles schon wieder Schnee von gestern«, lügt Wagner.
- »Äußerst aktuelle Metapher«, antwortet Herbert Kaar mit einem Blick aus dem Fenster. Am anderen Ende er Leitung bleibt es still. »Tut mir leid, aber es ist dermaßen was los bei uns – die ganzen Befragungen der Anrainer. Angeblich bekommen wir Verstärkung aus ...«
- »Nicht der normale Au-Trott, was?«, unterbricht ihn Wagner.

- »Allein der *Au-Trott* ist dieser Tage schon recht flott. Reihenweise Unfälle. Kaum ist Winter, haben alle das Fahren verlernt«, stöhnt Kaar.
- »Haben sie genauso bei Regen. Erzähl mir was Neues!«
- »Dein Hund hat sie schnell wiedergefunden.«
- »Perfekt. Todesursache?«
- »Keine Offensichtliche, und die Obduktion wird in diesem Fall dauern. Hängt davon ab, wie lange sie im Teich gelegen hat.«
- Karl Wagner ärgert sich über seine vorschnelle Frage, weiß er doch aus Erfahrung, dass gefrorene Leichen oft tagelang nicht obduziert werden können. Andererseits ist es erst seit kurzem kalt, und die Eisschicht war dünn. »Spuren?«, will er wissen.
- »Nur etwas Blut am Ufer.«
- »Von der Toten?«
- »Ist anzunehmen. Sie hatte Schürfwunden und kleinere Platzwunden an Stirn und Schläfen. Wird aber noch genau untersucht.«
- »Verunfallte, zurückgelassene PKW?«
- »Keine im Umkreis von 30 Kilometer.«
- »In dem Aufzug ist bei so einem Wetter niemand freiwillig unterwegs. Und wenn, nicht lange.« Karl Wagner schluckt. »Sie galt vierzehn Monate als vermisst. Wie beurteilst du ihren Zustand?«
- »Gut.«
- »Wie noch?«

- »Gepflegt, denke ich.«
- »Denkst du?«
- »Mein Gott, Karl! Die junge Frau ist ...«
- »Tot, ich weiß«, fällt Wagner seinem Gesprächspartner erneut ins Wort. »Und das ist nicht zu ändern.« Er hat das Gesicht des Mädchens unter dem Eis genau vor sich. Schön. Friedlich. Als würde sie schlafen. Er fühlt den Schmerz in seiner Brust, der ihm den Atem geraubt, und es ihm um ein Haar unmöglich gemacht hätte, nach Hause zurückzukehren. Nach Hause, wo, wie immer, sein Handy lag.
- Kommandant Kaar rauft sich das Haar, sagt nichts.
- »Bertl?«
- »Ja.«
- »Der Tod ist sinnlos. Der eines jungen Menschen umso mehr. Aber es liegt an euch, dass der Tod dieses Mädchens gegebenenfalls nicht ungesühnt bleibt. Also!«, fordert Wagner den Polizisten auf, sich zu erinnern.
- »Sie war auffallend groß und schlank. Sehr hübsch. Die Haut, weiß wie Schnee. Hüftlanges Haar, ein Oktopus-Tattoo am linken Schulterblatt und jeder ihrer Fingernägel«, berichtet Kaar mit tonloser Stimme, »wies eine andere Farbe, ein unterschiedliches Muster auf.«

- *Oktopus, Krake*, denkt Wagner. *Fruchtbar, intelligent, geringe Lebenserwartung.* »Die synthetischen Kunstnägel, die sie heutzutage alle haben?«
- »So ist es. Kenne ich von meinen Töchtern. Wenn du mich fragst, sieht es nach einer freiwillig Vermissten aus.«
- »Unter Umständen. Bis etwas schief gelaufen ist.«
- »Karl, der Hans hat grad das LKA am Rohr. Ich ruf' dich wieder an.«

»Das ist doch nicht mehr nötig!«, herrscht Karl Wagner die Krankenschwester an, die im Begriff ist, eine neue Infusion anzuschließen, während die Titelmelodie von *Die 2* erneut erklingt. »Geben Sie mir besser mein Handy!«

»Kann warten. Bitte still halten«, antwortet sie mit stoischer Ruhe. »Wenn's wichtig ist, probiert man es doch mehr als einmal, oder?«

Die Miene des Patienten verfinstert sich. »Sie müssen es ja wissen«, brummt er verärgert.

Lächelnd kontrolliert die Schwester die Tropfgeschwindigkeit. »Wird wieder so eineinhalb Stunden dauern. Brav liegen bleiben!« Ohne weitere Worte nimmt sie Wagners mittlerweile verstummtes Handy vom Esstischchen, legt es auf seine Bettdecke, und verlässt danach das Krankenzimmer. Noch bevor sie die Tür schließt, klingelt es wieder.

- »Stör' ich dich?«, fragt Inspektionskommandant Herbert Kaar, während er sich in seinem Bürosessel abwechselnd ein wenig nach links und dann wieder nach rechts dreht.
- Karl Wagner, der Patient wider Willen, versucht, sich in seinem Bett etwas aufzusetzen. »Aber wo. Und?«
- »Der Neue vom LKA war dran. Dieser Braun. Ist übrigens ebenfalls ein Wiener.«
- »So, so. Und was sagt er, der Herr Bezirksinspektor?«
- Kaar schluckt. »Es ging wesentlich schneller als gedacht. Die ersten Ergebnisse aus der Gerichtsmedizin sind da.«
- »Und?«
- »Kälteschock – sofortiges Ertrinken.« Herbert Kaar hört, wie Wagner den Atem durch die Nase ausstößt. »Des weiteren«, fährt er fort, »scheint Luisa Crinkic vor ihrem Tod zumindest ein Jahr nicht mehr im Freien gewesen zu sein. Und sie war vollgepumpt mit ...«
- »Wer hat das Gutachten erstellt?«, unterbricht Karl Wagner den Polizeibeamten aus Au.
- »Der Boss selbst.«
- »Passt. Der Hollerer versteht die Sprache der Toten. Drogen, oder?«
- »Wenn ich einmal ausreden dürfte, wüsstest du es schon. Sie war vollgepumpt mit Hormonen, Narkotika und Beruhigungsmitteln. Die Menge haut einen 150-Kilo-Mann locker auf die Bretter.«

- »Hm ... Hormone hast du gesagt? Welche?«
- »Sexualhormone.«
- »Zur Verhütung?«
- »Nein. Dr. Hollerer nimmt das Gegenteil an. Ihre Eierstöcke sind zystenübersät. Seine Interpretation geht in Richtung einer exzessiven Kinderwunschtherapie.«
- Karl Wagner schaut auf die Infusionsflasche, die nach wie vor fast voll ist, und atmet tief durch. »Hatte sie einen Partner, einen festen Freund, bevor sie verschwand?«
- »Ja, ich erinnere mich an ihn. Genau sogar. Netter Junge. Ein Wirtschaftsstudent der Linzer Uni. Hat nach dem Verschwinden seiner Freundin auf eigene Faust alle Polizeistationen zwischen Wels und Vyšší Brod abgeklappert. Sein Name ist ... Moment, ich hab' die Vermisstenanzeige und das ganze Drumherum von den Welsern angefordert. Liegt noch im Drucker.«
- »Richter. Thomas Richter«, hört Wagner die Stimme von Gruppeninspektor Johann Kaiser aus dem Hintergrund. Kaars Kollege und Freund verfügt über ein bemerkenswertes Namensgedächtnis, das muss man ihm lassen.
- »Thomas Richter«, wiederholt Herbert Kaar und lässt sich wieder in den Sessel fallen, der unter seinem Gewicht beständig lauter werdende Quietschlaute von sich gibt. Er weiß, dass er damit früher oder später

zusammenkrachen wird, denn bei der Anschaffung und Verteilung neuer Büroeinrichtung, wird die Polizeiinspektion Au meist zuletzt bedacht.

- »Habe ich gehört.«
- »Ja, dem Hans sein Hirn sollte man haben.« *Und deine Ohren,* fügt Kaar im Geist hinzu. »Aber laut Braun gibt es eine Zeugenaussage ihrer besten Freundin - die, die sie als vermisst gemeldet hat -, in der es heißt, Luisa Crinkic hätte gleichzeitig eine Liebesbeziehung zum Oberprediger irgendeiner dubiosen Sekte unterhalten.«
- »Ach ja? Solange das nicht die Eltern behaupten«, antwortet Wagner trocken, weil ihm der Fall Fritzl* in den Sinn kommt.
- »Mach' dir morgen selbst ein Bild. Der Hans und ich kommen nachmittags auf Spitalbesuch. Mitbringen darf man ja so und so nie etwas Vernünftiges, also kopieren wir dir den ganzen Vermissten-Akt. Dann hast du was zum Lesen.«
- »Spart euch den Weg in die Stadt, ihr findet mich auf Au Nr. 84. Morgen Vormittag gehe ich nach Hause. Also, wenn ihr etwas Gutes tun wollt, schaufelt meine Einfahrt frei«, antwortet der Patient.

* Eine nähere Beschreibung aller im Roman erwähnten österreichischen Kriminalfälle finden Sie im Anhang.

- »Bist du verrückt geworden?«, entfährt es Kaar. »Es sind nicht viel mehr als 48 Stunden vergangen, seit ...«
- »Ich habe Tabletten. Wir sehen uns morgen!«, fällt Wagner dem Auer Inspektionskommandanten stimmgewaltig ins Wort. Abrupt beendet er danach das Gespräch.

Auf die Tiraden, dass die selbstverordnete Entlassung – von der, außer Kaar, bisher niemand weiß – unverantwortlich, gefährlich, unter Umständen tödlich ist, möchte er sich nicht einlassen. Selbst bei seiner Familie wird er es nicht tun. Aber zuerst will Karl Frau Weingart anrufen, ihr sagen, dass er Detective morgen abholt. Seine diplomatische Schwiegertochter, Constanze, hat ihm die Handynummer aufgeschrieben und in sein steril-metallenes Nachtkästchen gelegt. Diese Zettelwirtschaft! Carla wird ihm wieder einige Nummern einspeichern müssen, wenn sie das nächste Mal auf Besuch kommt.

Carla, Karls Enkeltochter.

Obwohl sie einen kleinen Sohn hat, absolviert sie zur Zeit eine Spezialausbildung bei der Kripo Wien. Sie will in seine Fußstapfen treten. Carla wird sich den Hintern nicht im Notariat ihres Vaters breit sitzen. Sie ist eine Abenteurerin, kommt nach Helene, ihrer Großmutter. Bis auf die

Tatsache, dass ihr wenig an der Vergangenheit liegt, ist sie ihre Reinkarnation.

Auch, wenn sich die beiden nie kennengelernt haben.

7

Wels, Dienstag, 12. Februar 2019

Vincenz Braun parkt seinen Audi vor einem einstöckigen Haus an der Peripherie von Wels, der zweitgrößten oberösterreichischen Stadt. 17:00 Uhr ist vereinbart, zehn Minuten hat er noch Zeit. Ab morgen wird man ihm einen Welser Kollegen, einen frisch gebackenen Gruppeninspektor – der Name klingt spanisch, ist ihm aber entfallen – zur Seite stellen, obwohl er bevorzugt alleine ermittelt. Doch im Moment wünscht er sich fast, der Neue wäre schon hier.

Mehr als 11.000 Vermisstenanzeigen hat es seit dem Verschwinden von Luisa Crinkic in Österreich gegeben. 97 Prozent der Fälle klärten sich während des ersten Abgängigkeitsmonats auf. Nur zehn Fälle wurden nicht gelöst. Luisa war einer von ihnen. Bis gestern.

Das Schlimmste ist die Ungewissheit, ist eine gängige Floskel, die man im Zusammenhang mit vermissten Personen gebraucht. Doch das Ungewisse birgt auch Hoffnung. Hoffnung, die es für Luisas Eltern nicht mehr gibt.

Von Anfang an hat sich Braun gegen diesen Fall gesträubt. Hat es für absurd gehalten, dass er selbst, der vermeintlichen Entdeckung oder vielmehr, den Visionen eines über neunzigjährigen Mannes – kurz bevor dessen Herz ausgesetzt hatte – im tiefsten Mühlviertel nachgehen sollte. Primär wäre dies eindeutig in die Zuständigkeit der örtlichen Polizeiinspektion gefallen. Doch Jörg Friedrich, sein Boss, selbst kurz vor der Pensionierung und in letzter Zeit etwas kränkelnd, hat ihn in die Pflicht genommen. Die männliche Miss Marple, wie Braun den greisen Ermittler aus Au insgeheim scherzhaft nennt, ist gut angeschrieben bei Friedrich. Mehr als das.

»Nichts, worauf der Karl uns jemals aufmerksam gemacht hat, ist mit rechten Dingen zugegangen, und keine seiner Leichen ist zufällig oder freiwillig eine geworden. Er hat den siebten Sinn dafür, und so viel Erfahrung, Braun, wie Sie nie haben werden«, waren Friedrichs Worte.

Seit gestern Nachmittag weiß Braun, wer *der Karl* ist, beziehungsweise, wer er einmal war. Er wundert sich, dass man ihn bislang nicht darüber in Kenntnis gesetzt hat. Zuerst hielt er es für einen Zufall, als der Inspektionskommandant dieses Mühlviertler Nestes vor dem Haus der Schriftstellerin das erste Mal Karls vollen Namen nannte.

Karl Wagner.

Wagner ist schließlich ein alltäglicher Name. Aber Vincenz Braun hat sich erkundigt. Seine männliche Miss Marple ist niemand geringerer als General Dr. Karl Wagner, hochdekorierter Ermittler mit Musterlaufbahn und letztendlich Leiter des Wiener Bundeskriminalamtes in Ruhe. In Ruhe seit 30 Jahren. Dutzende große Kriminalfälle waren während seiner aktiven Zeit Tagesgespräch. Die meisten davon, bevor Braun geboren wurde.

Bereits 1957 war Wagner angeblich maßgeblich an der Großfahndung zur Ergreifung des Frauenmörders Alfred Engleder* beteiligt. Ebenso fiel die Klärung der Lucona-Affaire*, die Festnahme des Serienmörders Jack Unterweger*, und die Verurteilung der Lainzer Todesengel* – zum Ende seiner beruflichen Laufbahn – in Wagners Ära. Sein Spitzname, der seinerzeit fast offiziellen Status genoss, war: der Vergitterer.

Vincenz Braun niest. Selbst die geballte Symptomunterdrückung insgesamt dreier Säckchen *Neo Citran* kommt gegen die Unterkühlung, die ihm sein Ausflug ins Mühlviertel beschert hat, nicht an. Er blickt auf seine Armbanduhr. Eine Patek Philippe. Ein Geschenk aus einem anderen Leben.

Zwei Minuten vor fünf. Zeit, auszusteigen.

Es ist nicht schwer, unter vier Klingelschildern den Namen Crinkic zu finden. Leider. In diesem Fall hätte sich

Braun ein Wolkenkratzer gewünscht. Der Türöffner wird betätigt, er betritt das Stiegenhaus. Das Haus wirkt, wie schon von außen, neu und gepflegt.

»Wir sind im ersten Stock. Kommen Sie herauf!«, hört er eine weibliche Stimme.

»Marina Crinkic?«, fragt Braun die zierliche Frau mit dem honigblonden Pagenschnitt und den verweinten blauen Augen, die in der offenen Tür steht. Er zeigt ihr seinen Ausweis.

»Ja«, antwortet sie mit gedämpfter Stimme. »Die Mutter.«

»Vincenz Braun, Landeskriminalamt Linz.«

»Treten Sie ein!«, hört Braun die raue Stimme eines Mannes aus dem Wohnungsinneren. Unsere *Betreuerin* hat uns gesagt, dass Sie kommen.«

»Mein Mann«, erklärt Marina Crinkic und schließt hinter dem Kriminalbeamten die Tür.

Im geräumigen, hochwertig möblierten und äußerst aufgeräumten Wohnzimmer sitzt Goran Crinkic, Luisas Vater, auf einem nilgrünen Kunstledersofa. Leeren Blickes begrüßt er Braun. Dann starrt er wieder in ein großes, dem Geruch zufolge, mit frischem Kaffee gefülltes Mickey-Mouse-Häferl, das er mit beiden Händen zwischen seinen Knien hält.

Höflich fordert Marina Crinkic den Gast auf, Platz zu nehmen. »Darf ich Ihnen etwas anbieten, Herr Inspektor? Auch Kaffee? Oder bevorzugen Sie Tee?«

Früher muss sie überaus apart gewesen sein, doch jetzt sieht die blonde Frau verhärmt aus. Bei weitem älter, als sie den Informationen zufolge ist.

Braun streicht sein flachsblondes Haar zurück. »Gern«, antwortet er. »Kaffee und ein Glas Wasser wären sehr freundlich.«

»Milch, Zucker?«

»Beides, bitte.«

Von seinem Fauteuil aus wandert Vincenz Brauns Blick durch den Raum. Neu, sauber, formell. Nichts Privates. Er kennt Hotelzimmer, die mehr Persönlichkeit ausstrahlen. Das einzig Lebendige scheint das Brummen der Espressomaschine zu sein, das jetzt aus der Küche ins Wohnzimmer dringt.

»Wohnen Sie schon lange hier?«, fragt er den Hausherrn.

Goran Crinkic schluckt. »Ein knappes Jahr«, antwortet er, ohne vom Mickey-Mouse-Kaffeehäferl zwischen den Knien aufzusehen. Das graumelierte, dichte Haar hängt wirr in seine Stirn, wird eins mit dem aschfahlen Gesicht darunter. »Sie müssen Fragen stellen, ich weiß. Aber warten wir auf meine Frau«, sagt er mit alkoholschwerer Zunge.

»Tun wir«, verspricht Braun und verhält sich still, bis Marina Crinkic mit einem Tablett das Wohnzimmer betritt. Tassen und Gläser klappern aneinander. Braun springt auf, um es ihr abzunehmen, doch sie will sich nicht helfen lassen. Mit zitternden Händen serviert sie am Couchtisch Kaffee, Wasser, Milch und Zucker und lässt sich dann in den Fauteuil links von Braun fallen. Schwarze Spuren zeichnen sich auf ihren Wangen ab. In einer nahezu trotzigen Art wischt sie mit dem Ärmel darüber.

»Ich weine nicht, wenn ich Wimperntusche trage. Mache ich nie«, erklärt sie mit der Verletzlichkeit eines Kindes. Aus großen, geröteten Augen sieht sie den Linzer Kriminalbeamten an.

Braun räuspert sich, nimmt einen Schluck Wasser, bevor er sich der Zubereitung seines Kaffees widmet. Ein Schuss Milch, drei Stück Zucker.

»In der Vermisstenanzeige steht, dass Ihre Tochter bis zu ihrem Verschwinden bei Ihnen gelebt hat«, eröffnet Braun das offizielle Gespräch. Konzentriert rührt er in seiner Tasse um. Sich in Situationen wie dieser auf einfachste Tätigkeiten zu fokussieren, beruhigt ihn nach wie vor.

Frau Crinkic blickt ihren Mann, der nach wie vor in sein pinkfarbenes Häferl stiert, von der Seite an. Sie ringt um Fassung.

»Ja, hat sie. Damals, im alten Haus in Lichtenegg, einem Stadtteil auf der gegenüberliegenden Seite«, antwortet sie mit bebender Stimme. »Luxuriös war es nicht gerade, aber es hatte Platz. Unser Betrieb – wir erledigen Malerei-, Anstrich- und Lackierungsarbeiten – befindet sich heute noch in den Nebengebäuden.« Sie holt ein Taschentuch aus ihrer Hose, schnäuzt sich. Braun fällt auf, dass es aus Stoff, und mit einer rudimentären, rosafarbenen Stickerei versehen ist. »Wir haben es genossen, sie etwas länger zu Hause zu haben und für Luisa (es fiel ihr sichtlich schwer, den Namen der Tochter auszusprechen) war es das Beste, denn sie absolvierte eine Ausbildung. Sie hatte nicht genügend Geld für eine eigene Wohnung.« Frau Crinkic fängt Brauns fragenden Blick auf. Tränenerstickt erklärt sie: »Unsere Tochter war gelernte Friseurin, aber aufgrund einer Chemikalienallergie hat sie sich zur Pflegeassistentin umschulen lassen.«

»Hier in Wels?«, fragt Braun gedämpft.

»Nein, da war es nicht möglich. In Vöcklabruck. Es gefiel ihr. Sie hatte glänzende Beurteilungen und ...«

»Jetzt ist sie die *Schöne aus dem Eis«,* beteiligt sich der Vater plötzlich am Gespräch. »Meine Tochter.« Seine dunklen, blutunterlaufenen Augen sind starr auf Braun gerichtet. In der versagend rauen Stimme schwingt pure Verzweiflung. Aber auch Verachtung.

Der Kriminalbeamte hat die Schlagzeilen am Morgen gelesen. Seit er diesen Beruf ausübt, erscheint ihm die sensationslüstern-verharmlosende Blumigkeit der Berichterstattung einiger Tageszeitungen weitaus mehr zum Kotzen als früher.

Trotz seines schwer angeschlagenen Zustandes ist Goran Crinkic offensichtlich bemüht, deutlich zu sprechen. Völlig akzentfrei, im Gegensatz zu seiner Frau. »Weil irgendein perverses Schwein sie dort versenkt hat, als er ihrer überdrüssig, oder sie ihm zu unbequem wurde«, keucht er.

Vincenz Braun nimmt einen Schluck Wasser. »Sie gehen demnach nicht davon aus, dass sich Luisa freiwillig aus ihrem alten Leben zurückgezogen haben könnte«, wendet er sich in kalmierendem Tonfall an beide Elternteile.

Die Mutter schüttelt nur den Kopf, der Vater antwortet verbittert: »Niemals. Das haben wir dieser Betreuerin, dieser ... (‚Frau Waranek', hilft Marina Crinkic ihrem Mann aus) nach Lus Verschwinden über hundertmal gesagt. Und waren damit nicht alleine. Das steht doch sicher in den Akten.«

»Tut es, aber ich wollte es von Ihnen hören. Halten Sie Tiere, oder haben Sie früher einmal welche gehalten?«, fragt Braun völlig aus dem Zusammenhang gerissen.

Goran Crinkic ist irritiert.

Seine Frau antwortet: »Hühner. Früher, als wir noch in Lichtenegg gewohnt haben.«

»Keine Hunde, Kaninchen, Katzen?«, hakt der Kriminalbeamte nach.

»Nein. Wegen Luisa. Sie hat ... hatte eine Tierhaarallergie. Als sie klein war – acht oder neun Jahre – ist sie einmal mit ihrer Freundin in einem Streichelzoo gewesen und danach im Spital gelandet. Ihr Hals war angeschwollen und sie hat keine Luft mehr bekommen. Brust und Arme waren voll roter Pusteln.« Marina Crinkic seufzt auf. »Aber unsere Lu liebte Tiere, vor allem Katzen.«

Erneut wechselt Vincenz Braun abrupt das Thema. »Was ist mit Thomas Richter, dem damaligen Freund Ihrer Tochter? Pflegen Sie noch Kontakt zu ihm?«

Einen Augenblick lang presst Goran Crinkic die Lippen aufeinander. »Nein, nicht mehr«, sagt er bestimmt und nimmt einen Schluck aus der pinkfarbenen Disney-Tasse. Nach wie vor wird sie von ihm, gleich einem Rettungsanker, mit großen, behaarten Händen umfasst gehalten.

Nervös nestelt seine Frau an ihrem Stofftaschentuch herum. »Ich schon«, flüstert sie in den breiten Rollkragen ihres Mohairpullovers.

»Wie bitte?«, hakt Braun nach, obwohl er sie genau verstanden hat.

Marina Crinkic umklammert jetzt das bestickte Tuch so fest, dass die Fingerknöchel weiß hervortreten. Dann hebt sie den Kopf und bedenkt ihren Gatten mit einem gleichsam reuevollen wie eigensinnigen Blick. »Ich schon«, wiederholt sie. Marinas Stimme ist jetzt klar und deutlich.

8

Au, Mittwoch, 13. Februar 2019

Quietschlaute der Freude von sich gebend, saust Detective mit fliegenden Ohren zur Tür. Selbst Dru scheint irritiert, da ihm gewöhnlich niemand den Geschwindigkeitsrekord im Hause Weingart streitig macht.

»Süße, dein Herrchen kommt erst um 11:00 Uhr! Dauert noch eine ganze Stunde!«, ruft Selma ihr hinterher. Sie ist dabei, ein paar Abschiedsleckerlis für die liebenswürdige Spanieldame zusammenzusuchen.

Die Auer Schriftstellerin war mehr als überrascht, als Herr Wagner gestern Nachmittag anrief, und ihr mitteilte, dass er seinen Hund heute abholen würde. ‚Na, hoffentlich geht das gut. In diesem Alter!‘, hat sie sich ihrem Mann Willi gegenüber besorgt geäußert.

Der schwarze Kater hüpft schwungvoll auf die Küchenanrichte. Mit der Nase stößt er an sein Hauptobservierungsfenster.

»Katzennasen«, seufzt Selma. »Wenn man unsere Fenster ansieht, möchte man meinen, wir haben fünf von euch.«

»Garfield bewahre! Aber das ist jetzt nicht Thema. Such' schon mal deine Schuhe, Selma«, maunzt Dru mit peitschendem Schwanz. »Goodbye, Kläffer! Der Rettungswagen kommt!«

Wenige Minuten später klingelt es an der Tür. Detective bellt, Dru stellt die Ohren schräg. Die Türglocke ist und bleibt eine Dissonanz im friedlichen Alltag, selbst wenn Kater weiß, dass sie ertönen wird.

»Das kann doch nicht schon der Wagner sein«, schnauft Selma, die überall nach den Hundekeks sucht, die ihr Willi gestern aus Rohrbach mitgebracht hat. Ein kurzer Blick aus dem Fenster auf das in ihrer Einfahrt parkende Rettungsauto beweist schnell das Gegenteil. »Oh doch. Mist! Wo sind meine Hausschuhe?«

Selma findet sie nicht (Warum sollte es diesmal anders sein?) und hastet in Socken zur Tür, wo sie von der schwanzwedelnden, winselnden Hündin sehnsüchtig erwartet wird.

»Du hast den siebten Sinn, Kleine, was?«, sagt sie und schließt auf.

»Guten Morgen, Frau Weingart! Ich bin zu früh«, grüßt Karl Wagner. Er streckt Selma die Hand entgegen. Der alte Herr trägt einen eleganten schwarzen Wollmantel, sein schlohweißes, welliges Haar ist akkurat gekämmt. Der erhobene Zeigefinger seiner Linken, lässt Detective augenblicklich verstummen.

»Kein Problem. Begrüße Sie, Herr Wagner«, erwidert Selma und drückt seine Hand. »Wollen Sie nicht hereinkommen?«

»Ich will Sie nicht aufhalten. Mein Hund hat Sie mit Sicherheit ausreichend in Anspruch genommen.«

Selma macht eine beschwichtigende Geste. »Nur kurz, kommen Sie! Ich habe Detectives Sachen noch nicht zur Gänze beieinander.« Bekümmert schaut sie auf die zur Salzsäule erstarrte, nach wie vor von ihrem Herrchen ignorierte, Hündin hinunter.

Auf Wagners Zeichen hin, lässt der Rettungsfahrer in Weingarts Einfahrt das Fenster herunter.

»Ich schaffe es von hier aus allein nach Hause! Stellen Sie bitte meine Tasche einfach da vor's Garagentor«, ruft er ihm zu und folgt Selma in ihr Haus.

»Es ist nicht nötig, dass Sie Ihre Schuhe ausziehen«, erklärt die Hausherrin, der auffällt, wie schwer Karl Wagner das Bücken fällt.

»Sie tragen doch auch keine. Darf ich mich auf das Schuhbankerl setzen?«, fragt der betagte Herr. »Dann ist es leichter.«

»Aber natürlich.« Jeden anderen Besucher würde Selma nochmals versuchen, davon zu überzeugen, sein Schuhwerk anzulassen. Bei Wagner ist das zwecklos, alles an ihm erscheint ihr wie eine Hommage an die Konsequenz. »Ich habe Hausschuhe für Sie.«

Als er seine symmetrischen, doppelt gebundenen Schuhmaschen gelöst hat, und zwei verschiedenfärbige Filzpatschen an den Füßen trägt (man kauft sie gleichfärbig, doch nach ihrem Dienstantritt scheinen sich die Paare beharrlich aus dem Weg zu gehen), greift er in seine Manteltasche und zieht einen kleinen Hundekauknochen heraus. Augenblicklich kommt Leben in Detective.

»Hast du dir verdient, habe ich gehört«, spricht er seine Hündin an. »Nicht für jetzt, denn du weißt: Wir bellen nur, bevor wir stellen. Aber für die Sache am Teich, gratuliere!« Liebevoll streicht er über ihren Kopf, und überreicht der schwanzwedelnden Miss Holmes ihren Knochen, als wäre er ein Ehrenverdienstkreuz aus der Kaiserzeit.

Gut, denkt Selma beruhigt. *Ein penibler Militärschädel, aber er liebt sie.* »Wollen Sie nicht ablegen? Es ist warm in diesem Haus. Ich gebe Ihnen einen Kleiderhaken für den Mantel«, schlägt sie vor, überzeugt davon, dass ihr Gast sich nicht dazu durchringt, das edle Stück an seinem Schlaufchen aufzuhängen.

Als Wagner, gefolgt von Detective, das Wohnzimmer betritt, wirkt er wie ein Fremdkörper im Weingart'schen gemütlich-hölzernen Lebens- und Arbeitskokon. Umso mehr wundert es Selma, dass er lobt: »Gelungenes Haus, Frau Weingart! Exzellentes Raumklima.«

»Danke«, freut sie sich. »Mein Mann und ich sind nicht so die Beton&Design-Typen. Aber setzen Sie sich doch einstweilen«, bietet Selma dem Gast einen Platz am Esstisch an. »Haben Sie schon gefrühstückt?«

»Nein«, antwortet Wagner. Mit einem unterdrückten Schnaufen plumpst er auf einen der Stühle. Sofort legt sich die Spanieldame dicht neben seine Füße und schließt die Augen. »Habe ich zugunsten des Studiums eines zehnseitigen Reverses hintangestellt.«

Selma lächelt. »Mir vergeht in Spitälern auch immer der Appetit. Was halten Sie von einem Stück Zwetschkenstrudel nach Altwiener Art? Hat meine Mutter gemacht.«

»Ihre Mutter? Eine bemerkenswerte Dame, so voller Elan. Wie könnte ich da ablehnen?«

Der *nullsilbige Schnüffler* entwickelt sich zum ungeahnten Kommunikationswunder. »Kaffee dazu?«

»Verboten.«

»Tee?«

»Nur Kamille, Pfefferminz, Weißdorn ... Den Rest müsste ich nachlesen.«

»Habe ich alle drei. Welchen bevorzugen Sie?«

»Den mit Rum, bitte.«

»Wie?«

»Was denken Sie, Frau Weingart, wie ich in dieser Welt so alt geworden bin?«, fragt Karl Wagner.

Selma wähnt ein verschmitztes Lächeln in seinen Mundwinkeln zu erkennen. »Ihre Verantwortung«, erwidert sie.

Kurze Zeit später sitzen die Schriftstellerin und ihr betagter Gast gemeinsam am Esstisch.

»Vortrefflich, schlicht und ergreifend vortrefflich! Richten Sie das bitte Ihrer Frau Mutter aus«, lobt Karl Wagner den Zwetschkenstrudel und spült mit einem ordentlichen Schluck Tee nach. »Aber warum ist mein Stück dreimal so groß wie Ihres?«

»Mein Mann und ich gehen heute Abend essen. Vorgezogener Valentinstag. Wird sicher mehrgängig«, erklärt Selma.

»Verstehe. Wo ist eigentlich Ihr Kater?«, wechselt der Gast das Thema. »Meine Schwiegertochter meinte, es könnte Schwierigkeiten mit Detective und *Drusus* geben.«

Über ihre Schulter nach oben schauend, schmunzelt Selma: »Auf seinem Beobachtungsposten für *Innere Angelegenheiten*. Auf der Büchergalerie.«

Wagner folgt ihrem Blick und entdeckt Drus schwarzsamtenen Kopf zwischen zwei Geländerstäben. Kurz kneift er die Augen zusammen, um genauer zu sehen. Nur Dru bemerkt, dass die gesteigerte Aufmerksamkeit nicht ihm gilt. »Fescher Kerl«, stellt er fest. »Wie war es mit den beiden?«

Glucksend bläst Selma ihren Pony aus der Stirn. »Die Kratzer auf Detectives Schnauze sind Ihnen doch nicht entgangen?«

»So, so«, sagt Wagner in Drus Richtung. »Die sind von dir.«

Dru macht einen Satz auf das Geländer. Souverän beginnt er darauf zu balancieren. »Von wem sonst, Opa?«, maunzt er gönnerisch herab. Sich weiterhin still zu verhalten, übersteigt seine Beherrschung.

»Klingt, als wäre er stolz darauf«, deutet Wagner Drus Tonlage.

Selma verdreht die Augen. »Doch wir verzeichnen Fortschritte. Große sogar. Waffenstillstand und keine weiteren Kollateralschäden seit mehr als vierundzwanzig Stunden. Ausspeisung nebeneinander ohne gröbere Feindseligkeiten. Und, soweit ich es beurteilen kann, phasenweise rege Kommunikation.«

»Erfreulich zu hören, aber Sie haben *Melde gehorsamst* vergessen«, kommentiert Wagner Selmas Bericht. »Mein Ruf ist mir wohl vorausgeeilt?«

‚Wähle die Sprache deines Gegenübers, wenn du verstanden werden willst', eine alte Weisheit meiner Mutter, möchte sie antworten, verkneift es sich aber. Stattdessen hebt sie die Brauen und zuckt mit den Schultern.

»Habe lange daran gearbeitet«, sagt Wagner. »Kann ich noch einen Schluck Tee haben?«

»Nein, kannst du nicht, Schnüffelgreis! Denkst du, der wächst bei uns im Garten?«, tut der schwarze Kater seine Meinung kund.

»Aber selbstverständlich, ist jede Menge da!«, antwortet Selma. Erneut füllt sie beide Tassen mit dampfendem, walderdbeerengebeizten Schwarztee.

»Wissen Sie«, greift Wagner das Thema *Dru* wieder auf, derweil er seinen Tee mit Milch und ausreichend Rum verfeinert, »Ich habe keine Erfahrung mit Katzen.« Er räuspert sich. »Die einzige war während des Zweiten Weltkrieges. In Russland.«

»Kriegsgequatsche, kaum zu fassen. Und ich dachte, die ubiquitär monotone Granatenleier hätte sich mittlerweile von selbst erledigt. Bei Garfields Schnurrbart, das darf nicht wahr sein!«, zetert Dru vom Geländer herab.

»Als Soldat?« Zwischen Selmas Augenbrauen bildet sich eine Falte. Ihr Vater war ein sogenannter Nachzügler und deshalb ist sie mit Kriegsgeschichten seiner älteren Brüder und Schwäger aufgewachsen. Aber keiner von ihnen ist noch am Leben. Schon lange nicht mehr.

»Ja, sie brauchen nicht nachzurechnen. Ich war siebzehn, als ich an die Ostfront eingezogen wurde. Gehörte dem Panzerregiment 39 an. Nach der letzten großen Gegenoffensive in der Nähe von Kursk war es, nahe der ukrainischen Grenze. Ist aber sicher keine Story – so sagt man doch heute, oder? –, die Sie interessiert, Frau Weingart.«

Selma nimmt den letzten Bissen Strudel und lehnt sich zurück. »Es ist eine ganze Weile her, seit ich solche *Geschichten* gehört habe. Erzählen Sie doch, bitte!«

Unter buschigen, weißen Brauen fixieren Wagners stahlblaue Augen die Teetasse. »In Ordnung«, sagt er nach einer

Weile, ohne davon aufzusehen, und verfolgt seinen langen Lebensfaden zurück.

»Wir waren drei. Schorsch, Richard und Karl. Tagelang irrten wir herum, tagelang suchten wir nach überlebenden Kameraden. Wie viele andere, hatten wir unseren *Panther* – das war der Name eines Panzertyps – verloren und waren auf der Flucht vor den Sowjets. Ich war Fahrer. Richard, Ladeschütze, und Schorsch, Funker. Den Kommandanten sowie den Richtschützen unseres Panzers hatte es erwischt. Völlig entkräftet kamen wir zu einem halbverfallenen Hof, in dem eine Frau mit ihrem kleinen Sohn lebte. Sie ließ uns für eine Nacht im Heustadel schlafen, gab uns zu trinken. Zu beißen hatte sie selbst nichts. Da entdeckte Richard den Kater. Ein großes, rotes Tier. Das einzige Lebewesen, das in jenen Tagen wohlgenährt war. Als wir den Hof im Morgengrauen verließen, fehlten der Frau ein Kessel und der Kater.«

»Sie haben ihn ...«

Auf der Büchergalerie hört man ein Rumpeln. Dru ist nicht mehr zu sehen.

»Gekocht, ja. Viermal. Immer wieder sind wir von den Russen aufgespürt worden. Das Feuer hat uns verraten«, schnaubt Karl Wagner. »Er ist uns wochenlang aufgestoßen.« Ernst blickt er seiner Gesprächspartnerin ins Gesicht.

Selma beißt auf ihre Unterlippe. »Meine Onkel waren in Stalingrad.«

»Dann wissen Sie Bescheid. Kein Romanstoff für Sie?«, fragt Wagner trocken.

Die Autorin meint, einen Hauch Provokation in seiner festen Stimme zu erkennen. »Nein, überlasse ich anderen.«

Der alte Herr nickt, dann holt er tief Luft. »Ein Thema, das nie zur Ruhe kommt. Aber keines, das sich tagtäglich, an jeder Ecke dieser Welt, in kaum auszumalenden Formen und Facetten wiederholt.«

Selmas Blick ist fragend.

»Wie Mord, Frau Weingart. Ich spreche von Mord. Dem tiefsten, schwärzesten Abgrund der menschlichen Natur. Jeden Tag eine neue *Story*.«

»Ihnen ist bekannt, in welchem Genre ich mich bewege?«

Wagner nickt. »Respekt. Ich schätze Ihre Bücher.«

»Danke«, erwidert Selma. Verlegen streicht sie eine Haarsträhne hinter ihr rechtes Ohr. »Schon komisch, vor kurzem wusste ich nicht einmal, dass Sie meinen Namen kennen.«

Schwer atmend erklärt Wagner: »Ich bin ebenfalls nicht sicher, ob ich in den letzten dreißig Jahren jemals so viel am Stück geredet habe, wie heute.« Mit zitternden Fingern hebt er seine Tasse, stellt sie aber sofort wieder zurück.

»Wie geht es Ihnen, was macht das Herz?«, sorgt sich Selma.

»Nichts, alles bestens.«

»Tatsächlich?«

»Sehen Sie mich nicht so an! Ich klappe nicht an Ihrem Esstisch zusammen.«

»Man sagte mir, es wäre ein Infarkt gewesen.«

Wagner winkt schnaufend ab. »Constanze und mein Sohn sagen das. Ich habe lediglich die eisige Winterluft zu schnell eingezogen.« *Den Anblick zu nahe an mich herangelassen.*

»Möchten Sie Notfallstropfen?«

»Eine Bachblüten-Jüngerin? Nein, danke. Es ist kein Notfall.« Karl Wagner stützt sich mit beiden Händen auf den Tisch und erhebt sich. »Ich bedanke mich höflich für Speis und Trank. Jetzt werde ich zu Hause einmal nach dem Rechten sehen.«

»Wie Sie meinen. Haben Sie jemanden, der nach *Ihnen* sieht?«

»Machen Sie sich keine Gedanken, heute Nachmittag bekomme ich Besuch«, antwortet Wagner und schlurft in seinen verschiedenfärbigen Patschen Richtung Diele und danach die Treppe hinunter. Detective und Selma, beladen mit Hundegepäck, folgen ihm. Während der Kriminalbeamte in Ruhe, auf der Schuhbank sitzend, seine doppelten Präzisionsmaschen bindet, sagt er kurzatmig: »Ich habe ein Geschenk für Sie, Frau Weingart. Es ist zu Hause. Morgen Vormittag bringen wir es vorbei. Nicht wahr,

Detective?« Die Hündin wedelt augenblicklich mit dem Schwanz.

»Es ist keinesfalls notwendig, dass Sie mir etwas schenken«, antwortet Selma und krault der Hundedame die flauschigen Ohren.

»Detective mag Sie, Frau Weingart«, stellt der alte Herr fest, nachdem er sich hochgestemmt hat und in seinen Mantel schlüpft.

»Das freut mich. Aber, wie gesagt, ich habe es gern getan. Muss toll sein, einen so klugen tierischen Freund, wie Ihre Hündin zu haben. Hier, der Sack mit Detectives Sachen! Es sind frische Hundekekse dabei, die sie gerne hat. Soll ich Ihnen nicht tragen helfen?«, fragt die Schriftstellerin, während sie die Haustür öffnet.

»Danke, nein. Meine Tasche hat Rollen und den Sack stelle ich oben drauf.«

Unvermittelt nimmt Selma ein Knurren hinter sich wahr. »Was hast du denn da, Dru? Igitt!«

Dru spuckt Detective den vergammelten Folder vor die Nase und stellt seine rechte Vorderpfote darauf. »Nachdem dein Gehirn seit der Ankunft deines kannibalischen Kompostis in Anbetungsstarrre gefallen ist, muss ich das wohl übernehmen. Das letzte Schnitzel, dämmert was?«

Die Miene der Hündin ist schuldbewusst. »*Of course*! Danke dir.«

»Ist ja widerlich! Gib das her, Dru!«, fordert Selma und bückt sich um das zerschlissene Stück Papier.

Der Kater dreht die Knurrlautstärke auf Maximum. »Muss toll sein, einen so klugen tierischen Freund zu haben«, äfft er ihre Worte nach.

»Spinnst du?«, beschwert sich Selma bei ihrem fellnasigen Hausgenossen.

Detective bellt den Folder an, Wagner runzelt die Stirn. »Warten Sie, Frau Weingart«, sagt er mit gedämpfter Stimme, bevor er sich hinunterbeugt. Die Tiere verstummen augenblicklich. Der ehemalige Kriminalist nestelt in seiner Manteltasche und holt einen Einmalhandschuh hervor. »Solche Dinge sollte man nicht mit bloßen Händen berühren.«

Irritiert bedankt sich Selma. »Dort vorne ist die Mülltonne.«

»Und nicht in den Müll werfen. Stimmt's, Dete... », Wagner räuspert sich, »Stimmt's, Dru und Detective?« Dru fixiert den weißhaarigen Mann aus leuchtend gelben Augen, Detective winselt zustimmend. »Wir sehen uns morgen, Frau Weingart. Auf Wiedersehen!«, verabschiedet er sich.

»Ja, dann bis morgen. Geben Sie acht!«

Mit besorgter Verwunderung sieht Selma dem betagten Herrn hinterher, wie er mit der Tasche auf Rädern in der einen, und der versifften Reklame in der behandschuhten anderen Hand, gefolgt von seinem Hund, die Straße hinuntergeht. Sein Schritt wirkt nahezu beschwingt.

Kurz nachdem Karl Wagner die Haustür aufgeschlossen hat – seine Einfahrt ist mustergültig geräumt –, ertönen gedämpft *Die 2*. Der Griff in die Manteltaschen bleibt ergebnislos. Detective bellt die Reisetasche an, die noch vor der Tür steht. Mit anerkennendem Kopfnicken bedankt sich ihr Herrchen, öffnet den Zipp des Seitenfachs und holt sein Handy heraus.

- »Hallo, Konrad! Wie geht's?«, begrüßt er seinen Sohn, während er die Tasche ins Haus zieht und hinter sich abschließt.
- »Bei Gott, Papa! Wo hast Du gesteckt?«
- »Ich ...«
- Doch Konrad Wagner lässt seinen Vater nicht zu Wort kommen. »Im Krankenhaus hat man uns gesagt, dass du kurz nach 9:00 Uhr ausgecheckt hast. Jetzt ist es halb zwölf! Was ist passiert? Wo warst du?«
- »Es geht mir gut, beruhige dich. Ich war ...«
- »Du bringst mich noch ins Grab! Was ist geschehen, und wo war dein Handy? Ich habe mindestens fünfzehn Mal angerufen!«

- *Das ist öfter, als in den letzten beiden Jahren. Telefonieren lässt du doch sonst immer deine Frau,* denkt Karl Wagner, aber spricht es nicht aus. »Würdest du mich ausreden lassen, wüsstest du es schon. Mein Handy war in der Reisetasche. Und die Tasche war vor Frau Weingarts Haus.«
- »Du warst bei der Schriftstellerin?«
- »Gewiss. Ich habe meinen Hund geholt.«
- »Fast zwei Stunden?«
- »Frau Weingart hat mich bewirtet und wir haben geredet.«
- »Geredet«, wiederholt der Sohn ungläubig. »Worüber?«
- »Russland«, antwortet der Vater bewusst provokant und hört danach seinen Sohn durchatmen.
- »Papa«, stöhnt Konrad Wagner genervt. »Sag mir bitte, dass du einer Katzenhalterin nicht *diese* Geschichte aufgetischt hast.«
- Am anderen Ende der Leitung bleibt es still.
- »Ich fasse es nicht!«, platzt der Sohn lautstark heraus.
- Wagner senior kann im Hintergrund das kalmierende Gesäusel seiner Schwiegertochter hören.
- »Nach all dem, was du erlebt hast, erzählst du vom Krieg? Von Russland? Und das, wo uns diese Frau so geholfen hat mit dem Hund – willst du selbst die letzten Nachbarn vergraulen? Es ist dir hoffentlich bewusst, dass es so nicht länger weiter geht! Erinnere dich an unser Gespräch zu Weihnachten!«
- Karl Wagner hüllt sich weiterhin in Schweigen.

In seiner Villa im 19. Wiener Gemeindebezirk knallt der Sohn zornesrot sein Smartphone auf den Ebenholzschreibtisch im Arbeitszimmer. »Vergiss es!«, schnauzt er seine Frau an. Kopfschüttelnd nimmt Constanze Wagner das Handy und verlässt den Raum.

- »Karl, bist du noch dran?«, fragt sie vorsichtig.
- »Constanze«, antwortet der Schwiegervater.
- »Hat sie dich rausgeworfen?«
- »Wer, die Weingart? Nein, nein. Morgen besuche ich sie wieder.«
- »Ach ja?«
- »Ich stehe zwischen Tür und Angel, Constanze. Wir hören uns«, sagt Karl und drückt den roten Knopf.

Seufzend betrachtet Constanze das Handy, bevor sie sich einen Ruck gibt, und es in das Arbeitszimmer ihres Mannes zurückbringt.

9

Wels, Mittwoch, 13. Februar 2019

Isolde Benkoff vergräbt das Gesicht im Kopfpolster neben ihr. Zuerst wollte sie ihn gegen ihr eigenes Kissen tauschen, doch dann hat sie anders entschieden. Der Geruch ihrer Haarstylingprodukte würde das Wertvolle schnell überlagern. Aber auch so wird es schwächer. Dabei ist es erst etwas mehr als vierundzwanzig Stunden her.

Als sie am frühen Vormittag völlig fertig vom Nachtdienst aus dem Spital heimgekommen ist, standen die Bullen vor ihrer Tür. Vincenz Braun von der Kripo Linz und seine Welser Kollegin mit unaussprechlichem Namen. Isolde hat wiederholt, was sie bereits vor mehr als vierzehn Monaten zu Protokoll gegeben hat.

Doch dieser Braun ist anders. Seine Fragestellung merkwürdig, aber subtil. Mit sprunghaften Themenwechseln. Nach dem Mann, von dem Isolde ein Phantombild anfertigen hat lassen, hat er nicht einmal gefragt.

Isolde atmet den Duft des Polsters ein, dann dreht sie sich in ihrem neuen, breiten Bett auf den Rücken. Sie blickt zur Seite, auf das weiß lasierte Nachtkästchen mit dem fliederfarbenen Bilderrahmen. Thomas, Luisa und Isolde. Tom, Lu und Isi.

Isi und Lu – Isi und Tom. So war es am Anfang. Zu Beginn. Selbst wenn bis heute jeder der Meinung ist, dass Thomas Richter und Isolde Benkoff nur Freundschaft verbindet.

Aber sie weiß es besser.

Weiß, dass der Anfang das Ende sein wird.

Fast zumindest.

Thomas Richter.
Isolde vergöttert ihn seit der Volksschulzeit. Toms Eltern haben sie als einziges Mädchen aus der Klasse zu seinem zehnten Geburtstag eingeladen. In dieses Haus aus einer anderen Welt. Obwohl man Isoldes Eltern durchaus als wohlsituiert bezeichnen kann, passte das damalige Haus der Benkoffs ohne Probleme ein halbes Dutzend Mal in die Villa der Richters. Das hat Isolde beeindruckt, war aber nicht der Auslöser ihrer Zuneigung. Kleinigkeiten waren es.

Tom, der Talentierte, der in der Pause vor der Musikstunde am Klavier saß und weit besser spielte als der Lehrer. Seine damals schon schlaksige Gestalt, die langen Finger, das wirre Haar in der Stirn, die graphitgrauen, mandelförmigen Augen halbgeschlossen.

Tom, der Weltgewandte, als er sein erstes Referat hielt. Es handelte von Portofino. Er hatte den pittoresken Ort an der ligurischen Küste in den Sommerferien besucht. Wann immer danach Isolde gefragt wurde, wohin sie gerne reisen würde, antwortete sie: Portofino. Trotzdem ist sie bisher nicht dort gewesen.

Tom, der Heterogene, der immer auf der Seite der Mädchen stand, wenn das nasse Tafeltuch den unkoordinierten Flug durch das Klassenzimmer antrat und sein widerliches Odeur auf jedem Getroffenen hinterließ.

Tom, der Coole, der, trotz mehrerer Eintragungen im Klassenbuch, während des Unterrichts pausenlos Schokobananen oder ihre saisonal variierenden Derivate in sich hineinstopfte und Isolde dann und wann davon anbot. Nur ihr.

Frisch gespitzte Bleistifte. Der Duft frisch gespitzter Bleistifte in einem Federpennal. Das war Tom.

Schon damals wollte Isolde gerne neben ihm sitzen. Nur für das letzte halbe Grundschuljahr. Aber sie brachte es nicht übers Herz, es Lu zu sagen. Seit dem Kindergarten waren die beiden Mädchen unzertrennlich.

Der fliederfarbene Bilderrahmen.

»Habe für dich etwas Blau hineingemischt, Isi«, hört Isolde Luisas Stimme. Lus Faible für die Farbe Rosa ist nie erloschen. Vom Radiergummi bis zum Ballettröckchen.

Rosa. Das ist bei vielen kleinen Mädchen so. Aber bei Lu hat es nie aufgehört.

Verdammt gut sehen sie aus auf dem Bild. Alle drei. Die Mädchen sind achtzehn, Tom ein Jahr älter. Es wurde bei ihrer Maturafeier aufgenommen. Der Matura von Tom und Isi. Lu hatte die Hauptschule absolviert und zu dieser Zeit schon gearbeitet. Bei einem Friseur schräg vis-à-vis ihres Gymnasiums. Tom lachend in der Mitte. Unbeschwert. Zwei Mädchen, zwei Arme. Jeder um eines gelegt. Der rechte um die Schultern, der linke um die Taille. Isolde fixiert Toms schlanke Finger auf den Hüften der Freundin.

Das letzte Schuljahr, als Toms Orgelunterricht immer mehr Nachmittage in Anspruch nahm, hat er Lu einige Male auf seiner Vespa nach Hause gefahren. Ansonsten waren die beiden seit der gemeinsamen Volksschulzeit in keinem Kontakt gestanden, so weit Isolde wusste.

Den Sommer 2013, bevor das Leben für Tom und sie selbst neue Weichen stellte, wird Isolde nie vergessen. Ein Leben im Freien. Im Schwimmbad oder am See. Wenn Lu frei hatte, waren sie oft zu viert unterwegs, denn die junge Friseuse hatte seit kurzem einen Freund. Sascha.

Sascha war ein paar Jahre älter, Student an der TU Graz und hatte ein eigenes Auto.

»Bist du verliebt?«, wollte Isolde von ihrer Freundin wissen, nachdem sie Sascha das erste Mal zu Gesicht bekommen hatte.

Luisa hat mit den Schultern gezuckt. »Ich mag ihn, weil er mich mag.«

Sascha war an fünf aufeinanderfolgenden Tagen in den Friseurladen gekommen. Ließ sich die Haare schneiden, stylen oder kaufte Pflegeprodukte. Danach hat Lu klein beigegeben und in eine Verabredung eingewilligt. Teils aus Scham, da die eindeutig ihr geltenden täglichen Auftritte peinlich für sie wurden, aber auch, weil ihr seine Hartnäckigkeit schmeichelte.

Diese Luisa-Sascha-Tom-Isolde-Sommertage unterschieden sich von denen, die sie und Tom mit anderen Freunden oder, äußerst selten, zu zweit verbrachten. Tom machte Isolde Komplimente. Acht Jahre hat sie darauf gewartet. In der Schule nur die schönsten Haarspangen und süßesten Shirts getragen. Später dann, die heißesten Minis und aufwendiges Make-up. Jahrelang war sie mit ihm durch dick und dünn gegangen, hat ihn gedeckt, für ihn gelogen, die Unterschrift seiner Eltern auf Entschuldigungen gefälscht. Sie war immer für ihn da. Mehr nicht. Aber dann, an diesen unvergesslichen Tagen, war es soweit. Das Geturtel von Lu und ihrem Freund schien ansteckend auf Tom zu wirken. Er sagte Isolde, wie attraktiv sie sei. Cremte ihr den Rücken ein, lobte ihre zarte Haut.

Nahm sie wahr.

Nahm sie wahr als Frau.

Wie vorletzte Nacht.

Das Handy (es liegt ebenfalls auf dem Nachtkästchen) reißt Isolde aus ihren Erinnerungen.

Marina. Luisas Mutter.

'Wie ähnlich sie Luisa ist', hört die junge Frau Toms Worte in ihrem Kopf. Wann immer er sich in den letzten Monaten mit der Mutter seiner verschwundenen Freundin getroffen hat, war danach nichts mehr mit ihm anzufangen. Ohne Zweifel fühlt er sich zu Marina hingezogen.

»Marina, Marina«, flüstert Isolde. *Echt, ich hab' dich immer gemocht und das alles tut mir verdammt leid. Aber Tom ist der Falsche für deine präklimakterische Bad-Mama-Nummer. Goran wird dich mit Argusaugen bewachen, wenn da was durchsickert.* Isolde denkt an den akribischen Polizeiinspektor. *Und es wird etwas durchsickern. Du wirst einsehen, dass es verrückt ist. Völliger Schwachsinn. Ohne Zukunft. Tom gehört jetzt mir.* Instinktiv graben sich ihre Fingernägel in die Handteller. *Nein,* denkt sie, und streckt bewusst die Finger wieder aus. *Nein, nie mehr.*

Bei Marinas zweitem Versuch hebt Isolde ab.

- »Ja?«, meldet sie sich mit verschlafener Stimme und lässt ihren Kopf zurück auf das Kissen sinken.
- »Isi, hier ist Marina. Alles ok?«

- »Ist es. Ich hatte eine 24er-Schicht und bin noch im Bett.«
- »Tut mir leid. Habe ich dich geweckt?«
- »Hast du nicht. Gibt's was Neues?«
- Marina Crinkic schnäuzt sich. »Nein. Ich muss Thomas sprechen, aber er geht nicht ran. Wann hast du ihn zum letzten Mal gesehen?«
- »Am Abend, an dem du es mir gesagt hast.« *Soll ich oder soll ich nicht? Was soll's.* »Er hat bei mir übernachtet.«
- »Weißt du, was los ist? Wo er ist?«
- *Wieso lässt du ihn nicht einfach in Ruhe?* Isolde setzt sich in ihrem Bett auf. »Nein. Sorry, Marina, seitdem habe ich nichts mehr von ihm gehört.«
- »Die Polizei war gestern Abend bei uns.«
- »Bei mir waren sie heute. Standen schon vor der Tür, als ich vormittags heimgekommen bin.« Isolde hört ein Seufzen, gefolgt von einem leisen Klacken. »Marina?«
- »Ja. Ich habe nur die Tür zum Wohnzimmer geschlossen. Goran schläft am Sofa.« Marina wischt sich eine Träne aus dem Augenwinkel.
- »Verstehe. Dieser Inspektor Braun ist ziemlich intensiv. Er hat alles Mögliche gefragt.« *Sogar nach den Narben in meinen Handtellern.*
- »Uns auch. Vor allem in Bezug auf die Personen, die Luisa außer ihrem Vater und mir am nächsten standen. Dich und Thomas.«

- Bedächtig fährt Isolde mit den Fingern durch ihr Haar. »*Eure* Beziehung zu Tom schien ihn bei mir ebenfalls sehr zu interessieren.«
- »Und?«, flüstert Marina.
- »Wie bitte?«, gibt Isolde vor, nicht verstanden zu haben.
- Marinas Mund ist trocken. »Was hast du dem Inspektor erzählt?«, fragt sie gepresst.
- »Dass meines Wissens nach Funkstille zwischen euch ist. Und das, schon geraume Zeit«, lügt sie. Marina!, hört Isolde Gorans Stimme.
- »Ich muss Schluss machen, Isi! Richte Thomas bitte aus, er soll sich bei mir melden. Es ist dringend. Ciao!«

Im Schneidersitz sitzt Isolde auf dem feudalen Bett. Gedankenverloren dreht sie *Eumis* in ihr Schlafshirt. Mehrmals hat sie versucht, Tom zu erreichen, ist aber immer nur auf seiner Mailbox gelandet. Sie erinnert sich an den Tag in der Volksschule, an dem sie und Luisa Tom mit dem Wesen eines *Eumis* bekannt gemacht haben.

»Du nimmst ein Stück Trikotstoff zwischen Daumen und Zeigefinger, ziehst daran, und drehst es herum. Wenn du loslässt, entsteht so ein Zipfel. Das ist dann ein *Eumi*«, erklärte Lu mit kindlicher Präzision, während Isolde die praktische Präsentation an Toms T-Shirt übernahm.

Kopfschüttelnd, fast zornig, gleitet der Blick der jungen Frau durch ihr Schlafzimmer. Der neue Schminktisch, die beiden Tickets nach Mauritius in seiner linken Lade. Niemand weiß bisher davon. Der begehbare Schrank (sie wünschte ihn sich seit ihrem zehnten Lebensjahr), der grenzgeniale Flatscreen-Fernseher, 247 cm in der Diagonale.

Isoldes Handy meldet sich erneut.

Es ist Tom. Endlich. Er klingt fix und fertig. Er ist drauf und dran alles hinzuschmeißen, sagt er. Einfach weg, Vergangenes hinter sich lassen. Allein sein. Isoldes Magen zieht sich zusammen. Sie spürt, dass es nicht nur so dahergesagt ist. In einer Stunde trifft er sich mit dem Kriminalbeamten, seine Mutter macht ihm die Hölle heiß. Kein Durchschnaufen ist sie ihm vergönnt, keine kleine Auszeit nach alledem. Nichts ist Vera recht, nichts was Tom tut, gut genug für sie. Wie er unter Vera leidet, ihrer Herrschsucht, ihren Kontrollzwängen. Tom hat wenig Zeit, kann Isolde nicht versprechen, noch bei ihr vorbeizuschauen. Heute ist der richtersche Vater/Sohn-Abend. Er weiß nicht, wie spät es wird. Spätestens morgen will er wieder von sich hören lassen.

Marinas Anruf lässt Isolde unerwähnt.

»Soll ich oder soll ich nicht?«, fragt Isolde laut ihr Spiegelbild auf der Oberfläche des Smartphones, das, nach dem Gespräch mit Tom, immer noch zwischen ihren Beinen liegt. Mit dem Zeigefinger streicht sie ihre Augenbrauen nach oben. Buschig fühlen sie sich an nach der Verdichtung. Dreimal wiederholt sie die Frage, dann scheint alles klar zu sein. Die junge Frau stöhnt auf. »Was soll's!« Sie tippt sich auf die Nase und verlässt das Bett.

Mit vorgeschobener Lippe schlurft Isolde durch den Flur Richtung Badezimmer. Sie blickt in den großen Spiegel über dem Waschtisch. Von dem Kästchen rechts daneben nimmt sie eine Haarklammer, dreht ihr dunkles Haar im Nacken zusammen, steckt es damit am Hinterkopf fest. Dann schneidet sie sich selbst eine Grimasse im Spiegel und dreht das heiße Wasser des Duschdoms auf.

Sie muss jetzt an Tom denken.

Er ist das Wichtigste.

Er ist alles wert.

10

Wels, Mittwoch, 13. Februar 2019

»Sehen Sie, Herr Bezirksinspektor! Da vorne fährt einer aus!«, quietscht Juan Yingtao.

»Raus«, zischt Vincenz Braun kaum vernehmlich, während er an der Parklücke vorbeirauscht. »Zu klein«, kommentiert er, weil die fragenden Blicke, die der Beifahrersitz aussendet, spürbar auf ihn einprasseln.

»Groß genug.«

Genervt streicht der Kriminalbeamte sein flachsblondes Haar aus der Stirn und atmet hörbar durch die verschnupfte Nase aus, als er seinen Audi in die nächste Runde um einen barocken Häuserblock der Welser Innenstadt lenkt.

Hatte er sich gestern Abend, vor dem Besuch bei den Eltern der Toten aus dem Eis, kurzfristig nach Verstärkung gesehnt, so war dieser Wunsch seit heute sieben Uhr morgens erloschen. Der vermeintlich spanischstämmige Welser Gruppeninspektor, dessen Namen Braun sich zuvor nicht exakt merken hat können, ist eine Frau. Juan.

Nicht wie Juan de Austria, ein Held der abendländischen Geschichte oder Don Juan, eine literarische Figur. Sondern Juan, die Schöne, die Anmutige. Über die Bedeutung ihres Namens hat sie ihn in unmittelbarem Anschluss an die Begrüßung aufgeklärt.

Juan Yingtao.

Yingtao bedeutet übrigens Kirsche.

»Wir sind schon spät dran. Zwei Minuten bis zum Termin«, bemerkt Juan.

Braun sieht auf seine Armbanduhr, verdreht die Augen. Sollte Kung Fus Parklücke bei dieser Runde noch frei sein, wird er sie wohl oder übel anvisieren. »Haben Sie Kleingeld?«

Die junge Polizistin kramt in der winzigen Tasche, die sie an ihrem Gürtel trägt. »Nur einen Euro.«

Ursprünglich dachte Vincenz Braun, es wäre mehr Platz in der Provinz und erachtete dies als einen positiven Aspekt seiner Versetzung. Doch mittlerweile weiß er, dass in Bezug auf die einschränkenden und eurosaugenden Machenschaften, die sich unter der verharmlosenden Fehlbezeichnung *Parkplatzbewirtschaftung* durch Nervenkostüme wie Geldbörsen fressen, Linz locker mit der Bundeshauptstadt mithält. »Dann müssen wir wechseln lassen.«

»Der Euro reicht aber bis drei Uhr, Inspektor. Zwischen zwölf und zwei ist Gratisparken und danach: ein Euro pro Stunde.«

Der Kriminalbeamte hebt die Augenbrauen. Die Stadt Wels ist ihm eben eine Spur sympathischer geworden.

Halb zwei hat Braun mit Thomas Richter vereinbart. In einem Irish Pub, der schräg gegenüber des Stammhauses der Firma Richter liegt. Der ehemalige Wirtschaftsstudent arbeitet selbst seit einem halben Jahr im Familienunternehmen, aber ein Treffen auf neutralem Boden ist ihm, wie es aussieht, lieber.

Richter Moden. Braun hat ein wenig gegoogelt:

1880 reiste Leopold Richter, der älteste Sohn eines Innsbrucker k&k Hofhutmachermeisters nach Wien um seinen Horizont in kopfbedeckenden Modefragen zu erweitern. In einem Welser Gasthof machte er Station und begegnete Adele Stern, einer begabten Modistin. Die beiden wurden ein Paar, privat, wie beruflich. Leopold ließ sich in Wels nieder, der Tiroler Hutmachereibetrieb ging an seinen jüngeren Bruder. Mit finanzieller Unterstützung der Eltern gründeten die frischgebackenen Eheleute das Unternehmen Richter & Stern, das 1899 zur k. u. k. Hofmodewarenhandlung avancierte. 1940 erhielt die Firma ihren jetzigen Namen: Richter Moden.

In den darauffolgenden Jahrzehnten wurden insgesamt zehn Filialen in Österreich, Südtirol und Italien eröffnet. Betrieben wird es heute von Klaus Richter, dem Urenkel von Adele und Leopold, und Vater von Thomas Richter, dem Freund der Toten.

Vincenz Braun steht in Juans Parklücke. Sie ist groß genug. Als er aussteigt, findet er sich in einer dreckigen Salzpfütze wieder. »Verdammt!«, flucht er und stellt den Mantelkragen auf. Der Winter oben in dem Kaff, wo er sich vor zwei Tagen seine Lieblingsitaliener ruiniert hat, ist wenigstens erfreulich anzusehen. Sauber. Weiß. Braun muss niesen. Und saukalt.

»Taschentücher nicht vergessen!«, flötet Juan lächelnd. Sie hat kleine, verdächtig weiße Zähne, die wirken, als wären sie bisher nie mit Nahrung in Berührung gekommen. Die junge Frau schließt den Reißverschluss ihrer grauen Daunenjacke, setzt eine Strickmütze auf, und macht sich in ihren gefütterten Boots auf den Weg zum Parkautomaten.

Mit kleiner Verspätung betritt das ungleiche Ermittlungsduo den Pub. Kalter Rauch entströmt der dunklen Holztäfelung, selbst wenn jahrelang kein frischer mehr dazugekommen ist. Das Lokal ist hochwertig eingerichtet, keines von den Buden in denen es original italienische Pizza mit Kebab und Guinness gibt.

In der Nähe des Eingangs wischt eine rothaarige Kellnerin über einen gewaltigen Eichentisch, einige kleinere Tische sind besetzt. Der größte Teil des Mittagsgeschäfts dürfte demnach vorbei sein. Loreena McKennitts klare Stimme klingt aus einem ausgeklügelten Surroundsystem. Der Refrain von *Carrighfergus.*

'Musik ist anhänglich, Vinz. Sie lässt sich nicht so leicht abschütteln. Allen voran die Lieblingssongs derer, die man vergessen will', geistern Günthers Worte durch Brauns Kopf. Nahezu wehmütig wird ihm bewusst, wie lange er seinen alten Freund schon nicht mehr gesehen hat.

»Dort drüben, Herr Bezirksinspektor!«, verkündet Juan. Braun folgt ihrem Blick. In einer Nische, rechts neben der verwaisten Bar, sitzt Thomas Richter, der Freund der Toten, auf einer dunkelroten Chesterfield-Couch hinter einem ovalen Holztisch. Er nickt ihnen zu. Die beiden Kriminalbeamten kennen ihn vom Vermisstenakt und von Fotos bei Isolde Benkoff, von denen sich Braun, dem Auftrag seines Vorgesetzten Folge leistend, etliche ausgeborgt hat. Vor Richter steht eine Karaffe Wasser und ein Glas, das sich beim Näherkommen als großzügig mit bernsteinfarbener Flüssigkeit gefülltes *Original-Middleton-Whiskey*-Glas entpuppt.

»Haben Sie Hunger?«, fragt Richter mit teilnahmsloser Höflichkeit, nachdem Braun und Juan sich vorgestellt, und ihm gegenüber auf zwei massiven Stühlen Platz genommen haben. »*Beef&Guinness* ist heute das Gericht des Tages.« Der hellhäutige junge Mann mit dem gepflegten Äußeren, das im krassen Gegensatz zu seinen dunklen Augenringen und dem wirr in die Stirn fallenden braunen Haar steht, vermag Juans Gesichtsausdruck zu deuten und erläutert: »Ein geschmorter *Black-Angus*-Rindsbraten. Mit dunklem Bier verfeinert. Äußerst empfehlenswert. Der Koch ist Ire.« Ebenso bemerkt er, dass Braun auf seine Uhr sieht. »Und es gibt durchgehend warmes Essen.«

»Zweimal Tagesgericht!«, ruft die Kellnerin durch die Schwingtür in die Küche. Danach verdrückt sie sich hinter die Bar, deren verspiegelte Regale von gebrannten Highlights irischer wie schottischer Herkunft bevölkert werden. Sie holt zwei Ginger Ale aus dem Kühlschrank unter dem Tresen, Thomas Richter bleibt Whiskey und Wasser treu.

Als jeder am Tisch zu trinken hat, nimmt der junge Mann einen kräftigen Schluck aus dem *Middleton*-Glas. Er spürt die Wirkung des Alkohols auf leeren Magen. »Gibt es etwas Neues? Irgendetwas?«, fragt er ohne den Blick vom Glas zu nehmen.

»Noch nicht«, lügt Braun leicht krächzend (zu allem Überfluss beginnt sein Hals zu schmerzen), der in diesem Fall ausschließen möchte, dass bisherige gerichtsmedizinische Erkenntnisse die Befragung im Vorfeld beeinflussen.

»Noch nicht«, wiederholt Thomas Richter tonlos.

»Wir bedauern aufrichtig, dass es uns unmöglich ist, Ihnen das zu ersparen«, ergreift die frisch gebackene Welser Gruppeninspektorin das Wort. »Aber jede Kleinigkeit könnte ein wichtiges Puzzleteil in diesem Fall sein.«

Mit beiden Händen streicht Thomas Richter sein Haar aus der Stirn, blickt Juan Yingtao aus geröteten, mandelförmigen Augen an.

»Erzählen Sie uns bitte, wie Sie Luisa kennengelernt haben.«

Ungläubig schüttelt Richter den Kopf. »Das habe ich doch alles schon gesagt. Meine Aussage wurde von Ihren Kollegen vor über einem Jahr protokolliert. Ich denke, es existieren sogar Tonaufnahmen.«

»Die kennen wir«, entgegnet die zierliche Kriminalbeamtin freundlich. »Aber der Fall hat sich leider verändert. Es ist keine Vermisstenanzeige mehr.«

Thomas Richters Körper verspannt sich. Von den langen, feingliedrigen Fingern bis zu den Füßen, die in lammfellgefütterten, grauen Clarks stecken. Größe 46 oder darüber.

Braun erscheint es, wie ein Aufbäumen. Ein körperliches Auflehnen gegen die Erinnerung. Denn es sind nicht länger Erinnerungen an eine Vermisste, der potentiell weitere hinzugefügt werden können. Es sind die Erinnerungen an eine Tote. Der Kriminalbeamte wechselt einen ernsten Blick mit seiner Kollegin. »Es ist wichtig für uns, alles von Ihnen persönlich zu hören«, klinkt er sich mit nasal-heiserer Stimme ins Gespräch ein.

Geräuschvoll zieht der junge Mann die Luft ein und atmet ebenso hörbar aus, bevor er Luisas und seine Geschichte vor den beiden Kriminalbeamten ausbreitet. Sein Verstand ringt dem verkrampften Körper die Worte ab. Dennoch, denkt Braun, ist Richters Stimme angenehm. Sanft und bitter zugleich. Ein Musikstück in c-Moll.

Er erzählt, dass er Luisa Crinkic seit ihrem sechsten Lebensjahr gekannt, aber als Kind und Jugendlicher hauptsächlich Kontakt zu Isolde Benkoff, ihrer besten Freundin, gepflegt hat. Schon in der Volksschule waren Luisa und Isolde unzertrennlich. Die schlagfertige Isolde gab den Ton an. Oft antwortete sie sogar für ihre besonnene, zurückhaltendere Freundin.

Nach vier gemeinsamen Schuljahren in derselben Klasse trennten sich ihre Wege. Luisa besuchte die Hauptschule in einem anderen Welser Stadtteil, er das Gymnasium. Gemeinsam mit Isolde. Acht Jahre lang war sie seine Banknachbarin. In dieser Zeit, sagt Thomas Richter, hat er

Luisa nur zufällig gesehen. Die Worte, die er mit ihr gewechselt hat, sind an einer Hand abzuzählen.

Doch plötzlich, in der Abschlussklasse, wurde es anders. Luisa arbeitete in einem Friseurgeschäft in unmittelbarer Nähe des Gymnasiums. Sie traf sich öfter mit Isolde, wenn sich deren Freistunden vor dem Nachmittagsunterricht mit ihrer Mittagspause überschnitten. Die Mädchen verbrachten die Zeit dann gerne in einem abgefuckten Café um die Ecke, das legendäre Sacherwürstel mit Kaisersemmerl anbot. Zu Beginn war nur er manchmal mit von der Partie, doch schnell erfreuten sich die Würstel auch bei seinen Klassenkameraden (sogar den Veganern!) zunehmender Popularität. Es war offensichtlich, woran es lag. Luisa. Ihrer bildhübschen Mutter wie aus dem Gesicht geschnitten, nur um einen Kopf größer. Tom erinnerte sich genau an die zierliche Frau Crinkic. Während der Volksschulzeit hatte sie häufig als Begleitperson bei Wandertagen fungiert. Alle Kinder nannten sie damals Marina, sie war äußerst beliebt.

Wenige Monate vor der Matura erhielt er von seinem Professor mittwochs zusätzlichen Orgelunterricht, denn Tom galt als musikalisch begabt. Im darauffolgenden Herbst wollte er zum Musikstudium nach Wien. Am 3. April 2013 – er wird das Datum nie vergessen – einem für die Jahreszeit ungewöhnlich warmen Tag, verließ er abends allein die Schule. Es war kurz nach sechs. Das spießende Zündschloss seiner Vespa machte Anstalten ihm den Nerv zu ziehen, als er Luisa auf der anderen Straßenseite aus dem Friseurladen kommen sah. Er rief ihr zu, bot ihr an, sie nach Hause zu fahren. Von da an nahm er sie öfter mit. Jeden Mittwoch. Und fing, wenn auch im Stillen, Feuer.

Ein Feuer, das ihn zu verzehren drohte, als Luisa im Sommer nach seinem Schulabschluss mit Sascha aufkreuzte. Sascha. Allein der Name steckte ihm wie eine spießende Gräte im Hals. Sascha. Ein Student, ein Techniker. Alt. Sicher 5 Jahre älter als sie. Sascha fuhr einen weißen BMW X3, ein Auto, das für Tom, selbst heute, aus der sich dahinwälzenden Blechmasse heraussticht, wie eine schimmelige Erdbeere auf einem Obstteller. Sascha war überall dabei. Im Freibad, am See, im Kino. Oft waren sie zu viert. Luisa, Isolde, er und *Sascha*.

Sah Luisa nicht, was sie ihm antat? Nein, sah sie nicht. Denn sie glaubte, er wäre in Isolde verliebt. Das sollte er allerdings erst einige quälende Monate später erfahren. Im Winter 2014. Nach einem Musiknachmittag im Bösendorfer Saal des Wiener Mozarthauses, Toms Debüt in der Öffentlichkeit. Eltern und Großeltern mütterlicher- wie väterlicherseits saßen in der ersten Reihe. Luisa, Isolde und zwei seiner neuen Freunde von der Uni, Ludwig und Alex, schräg dahinter. Selbstredend war der Flügel ein Namensvetter des Saales, ein *290 Imperial*, dessen gewaltige Klangfülle schon Komponisten wie Debussy und Ravel geschätzt hatten.

Sechs junge Pianisten gaben Werke von Schumann, Schubert und Grieg zum Besten. Er war als Letzter an der Reihe. Sein zwanzigminütiger Auftritt, bei dem er aus Schumanns Fantasiestücken, Wald- und Kinderszenen vortrug, war ein Erfolg, es wurde gefeiert. Karoline, seines Vaters fünfundachtzigjährige Mutter, ließ es sich nicht nehmen, alle einzuladen. Die elegante Dame war die einzig musikalisch kompetente Person im Richter-Clan, sein Talent hatte er von ihr. Zur Einstimmung, mit unwiderstehlichen Brötchen und Champagner, war man zu Gast im *Schwarzen Kameel*, danach im Restaurant *Ofenloch*; beides Wiener Institutionen, die Tom während seines ersten Studiensemesters zu schätzen gelernt hatte.

Würde die rothaarige Kellnerin nicht in diesem Moment mit den beiden Portionen *Beef&Guinness* auftauchen, hätte Vincenz Braun Konzentrationsprobleme bekommen. Es ist unmöglich in Gegenwart eines Eingeweihten (erst recht nicht in der eines Wiener Exilanten), Namen wie *Ofenloch* oder *Kameel* in den Mund zu nehmen, ohne ihn kulinarisch abzulenken.

»Guten Appetit!«, wünscht Thomas Richter. Er kippt den restlichen Whiskey hinunter. Steifgliedrig, mit abwesendem Gesichtsausdruck erhebt er sich von der dunkelroten Ledercouch. »Essen Sie in Ruhe. Ich gehe einstweilen an die Bar.«

Vincenz Braun nickt. Akribisch befestigt er seine Serviette am Hemdkragen und wird dabei eindringlich von Juan gemustert. »Was ist?«, fragt er schroffer als beabsichtigt. »Fangen Sie an, oder lassen wir Stäbchen kommen?«

Mit hochgezogenen Brauen wendet sich die junge Kriminalbeamtin wortlos ihrem Schmorbraten zu.

Richter hat nicht zu viel versprochen, denkt Braun. Das Fleisch ist zart, die sämige, dunkle Sauce äußerst geschmackvoll. Wie wärmender Balsam legt sie sich über seinen entzündeten Rachen. Selbst die Pommes wirken von Hand geschnitten. Das hat er das letzte Mal in Griechenland erlebt.

Neben dem Bezirksinspektor wandern riesige Fleischstücke mit ungeahnter Frequenz, in einen, dafür nicht geeignet wirkenden, kleinen Rosenmund. Jeder Holzfäller wäre beeindruckt.

Juan, die einige Zeit vor dem Linzer Kollegen fertig gegessen hat, wischt energisch über ihren Mund. Seufzend lehnt sie sich zurück.

»Gesegneter Appetit«, kommentiert Braun, ohne sie anzusehen.

Juan Yingtao lächelt in sich hinein. »Keine Stäbchen, kein Sushi«, erwidert sie knapp.

Unmittelbar nachdem die Kellnerin abserviert hat, kehrt Thomas Richter, ein weiteres Whiskeyglas in der Hand, zurück auf die Chesterfield-Couch. Er stellt sein Glas auf den Tisch bevor er »Maggie! Noch Wasser bitte!« Richtung Bar ruft.

»Eine gelungene Empfehlung!«, bedankt sich Juan bei ihm. Braun pflichtet ihr bei.

Richter nickt mit aufeinandergepressten Lippen. »Ich habe nur mehr eine halbe Stunde Zeit«, sagt er. »Meine Mutter veranstaltet heute ein Meeting mit den wichtigsten italienischen Zulieferern und wünscht die Anwesenheit ihres Sohnes. Keine Sorge, ich bin geeicht«, fügt er spontan hinzu. »Zumindest seit einiger Zeit.« Der blasse junge Mann mit dem haselnussbraunen Schopf stützt die Ellenbogen auf die Knie, und legt Daumen und Zeigefinger um seine Nasenwurzel. »Die Feier nach meinem Debüt ... da sind wir stehen geblieben.«

Beim Abendessen saß Tom zwischen seinen Freundinnen aus Wels und konnte nicht umhin, Ludwigs und Alex' bewundernde Blicke zu genießen. Großmutter Karolines vielsagenden Gesichtsausdruck und das Habichtsgeschau seiner Mutter Vera hingegen, versuchte er, auszublenden.

Der runde Tisch war etwas eng für elf Personen. Man saß auf Tuchfühlung.

Es fühlte sich gut an, Isolde neben sich zu haben. Vertraut. In den unpersönlichen Universitätshörsälen hatte er seine ehemalige Banknachbarin des Öfteren vermisst.

Grundverschieden fühlte es sich an, neben Luisa zu sein. Während die Isolde zugewandte Körperhälfte sich geborgen entspannte, geriet die andere unter Strom. Jede kleine Berührung ihrer Beine, der Schultern, oder gar ihres langen, honigblonden Haares, das sich, aufgrund Toms gestikorientierter Erzählweise, mehrmals zwischen seinen Fingern verfing, drehte die Voltzahl empfindlich hinauf. »Das *muss* sie spüren!«, dachte er.

Kurz nach Mitternacht verließen sie das Restaurant, Eltern und Großeltern begaben sich angeheitert auf den Weg in ihr Hotel. Die frische Luft führte Tom den für seine Verhältnisse beachtlichen Weinkonsum vor Augen. Im warmen, essensgeruchgeschwängerten Lokal war es ihm nicht aufgefallen. Er schwankte. Die Mädchen hakten sich bei ihm unter, nahmen ihn in die Mitte. Da Ludwig und Alex nicht locker ließen, gingen die fünf auf den berühmt-unsinnigen Absacker in eine kleine, angesagte Bar in der Nähe des Stephansdoms. Die Luft drinnen war zum Schneiden, ihm schwindelte. Aber: Umfallen unmöglich. Der Laden war voll, als hätte man die Leute im Rahmen einer einfältigen *Wetten, dass..?*-Wette hineingestopft.

Ludwig alias Wickerl lud alle ein, bestellte fünf Gin Tonic. Während der Kellner die Getränke über den Tresen reichte, landete eines davon auf Isoldes Pullover. Sie nahm es mit Humor, bahnte sich mühsam einen Weg Richtung Damentoilette, derweilen Richters Wiener Studienkollegen sich in eine alkoholische Lifestyle-Diskussion über verschiedene Ginsorten und damit harmonierende Tonics verstrickten. Kein Thema für Tom, der nach wie vor die Ansicht vertrat, das Gin aus Wacholder zu sein hatte und ein Tonic, eben ein Tonic war.

»Wie geht es Sascha?«, schrie er Luisa in der dem enormen Geräuschpegel geschuldeten Lautstärke an, obwohl sie dicht neben ihm stand, einen schwarzen Trinkhalm zwischen den Lippen.

Schulterzuckend erwiderte sie: »Keine Ahnung. Wir haben uns länger nicht gesehen.« Toms Blick muss erstaunt gewesen sein, denn sie erklärte gedämpfter: »Du hast dich ja seit Silvester kaum mehr zu Hause anschauen lassen, da ist man nicht immer auf dem letzten Stand.«

Tom konnte Luisa nicht verstehen und sie wiederholte ihre Antwort direkt in sein Ohr. Ihre Lippen berührten seine Wange. Volle Voltzahl. Vor Toms Augen tanzten bunte Lichter. Er spürte, wie ein Arm sich um seine Schultern legte, ihn mühsam durch die dichte Menge zum Eingang und hinaus auf die Straße bugsierte. Gierig sog er die kalte Winterluft ein. »Sorry«, stöhnte er und stützte sich an der Hauswand ab.

»Keine Ursache. Hätte nicht gedacht, dass dich die Sache mit Sascha so umhaut«, scherzte Luisa, ihre warme Hand immer noch auf Toms Rücken.

Ruckartig drehte er sich zu ihr um, packte sie an den Schultern, drückte sie gegen die Wand. »Ach ja?«, entfuhr es ihm. Er spürte seinen Herzschlag im Hals. »Nach der Silvesterparty dachte ich, nicht mehr lange und dieser knochentrockene Algorithmusfurzer macht dir einen Antrag!«

»Spinnst du? Hör auf!« Plötzlich stand Isolde neben ihnen, sah Tom mit schreckgeweiteten Augen an. Zögernd gab er Luisa frei. »Verdammt, Tom! Trink nicht, wenn du nichts verträgst!«, schrie sie und nahm die Freundin an der Hand. »Komm Lu!«, fügte Isolde energisch hinzu, »Hier draußen friert man sich ja den Hintern ab.« Dann verschwand sie mit Luisa im Gewusel der Bar.

Mit hängenden Armen sah Tom den Mädels hinterher, lehnte sich mit dem Rücken an die Hausmauer, und ließ den Kopf mehrere Male vehement zurückfallen. Welcher Teufel hatte ihn nur geritten? Während der letzten acht Monate war er sein potentielles Gefühlsouting Luisa gegenüber in zig Varianten durchgegangen. Die Darbietung von eben, war nicht dabei. Nur zu gerne hätte Tom sich verdrückt, konnte aber nicht, weil vereinbart war, dass die Freundinnen bei ihm übernachteten. In der Dachwohnung im 8. Wiener Gemeindebezirk, in der Josefstädterstraße, seinem Maturageschenk. Die Eltern hatten sie gekauft, beide Großelternpaare die Einrichtung übernommen. Das Klavier, ein nagelneuer, mit Vogelaugenahorn furnierter Stutzflügel, war Großmutter Karolines Draufgabe gewesen.

»Und? Besser?«, vernahm er Wickerls tiefe Stimme nach einer Weile. »Daran müssen wir arbeiten.«

Tom nickte. Er mochte Wickerl, das Wiener Original, der frappant an *Fozzie Bär* erinnerte.

»G'scheiter, du schickst deine Madl wieder in die Provinz«, riet er ihm. Wissend tätschelten Wickerls Wurstfinger Toms Oberarm. Schleierhaft, wie er mit diesen *Blunzngriffeln,* wie er sie selbst zu nennen pflegte, derart virtuos die Geige beherrschte. »Da kommen's schon!«

Um zwei Uhr morgens verabschiedeten sich die drei Provinzler von den beiden Wienern und traten den Heimweg in unterschiedliche Richtungen an, obwohl Tom überzeugt war, dass Wickerl und Alex dies nicht auf direktem Wege tun würden.

Gewöhnlich schätzte Tom nächtliche Spaziergänge vom 1. in den 8. Bezirk. Die Hofburg, die Museen, die beleuchteten Prachtbauten am Ring. Nur wenige Menschen. In dieser Nacht hatte er keinen Sinn dafür. Er war dankbar, dass Isoldes neue Stiefeletten wetzten, und sie deshalb am Ring in ein Taxi stiegen. Stumm saß er auf der Rückbank neben den Mädchen. Der unsichtbare Riss, der sich durch ihre Freundschaft zog, war spürbar und eine innere

Stimme verriet ihm, dass, egal wie das Ganze ausging, nichts mehr genauso sein würde, wie es war.

In seiner Wohnung angekommen, zeigte er den Mädels ihr Zimmer. Tom überließ ihnen im Bad den Vortritt, während er in der Küche versuchte, mittels *Alka Seltzer* Magen und Kopf zu stabilisieren. Sie sprachen nur mehr das Nötigste, dann gingen sie schlafen.

Doch an Schlaf war nicht zu denken. Für Tom zumindest nicht. Er saß auf der Bettkante und sah auf seine Füße hinunter. Ein probates Mittel, wenn sich im Liegen alles dreht. Doch nachdem er nicht die restliche Nacht so da sitzen wollte, begab er sich wieder in die Küche, kramte in einer Lade nach einem Säckchen Kamillentee und setzte den Wasserkocher auf. Mit beiden Händen auf der Anrichte abgestützt, atmete er tief durch.

»Isi schnarcht und mir tut der Magen weh«, vernahm er Luisas Stimme in seinem Rücken. »Kannst du nicht schlafen?«

»Nein«, antwortete er knapp, ohne sich umzudrehen. »Willst du ein *Alka Seltzer?«*

»Das hilft bei mir nicht.«

»Verstehe. Ich brauche auch von allem die dreifache Dosis.« Tom spürte, wie sie näher kam.

Sie wechselte das Thema. »Du hast großartig gespielt heute.«

Seufzend fuhr er herum und sah in Luisas große veilchenblaue Augen. »Das letzte Stück, die *Träumerei,* war für dich. Schwachsinn!«, korrigierte er sich kopfschüttelnd, was sofort wieder Übelkeit aufsteigen ließ, »Alles war für dich! Jeder verdammte Akkord.«

»Ich dachte, du bist in Isi verliebt.«

Langbeinig, in nichts als einem rosafarbenen Longshirt, stand sie vor ihm, wirkte wie die Ruhe in Person, während Toms Herz schon wieder bis zum Hals hämmerte, und er glaubte, man müsse es sehen wie bei einem aufgebrachten Federvieh. Was war nur los mit ihm? Seine gesammelte Coolness hatte sich vor einer Wiener Innenstadt-Bar verflüchtigt und es sah nicht so aus, als ob sie es eilig hätte, zurückzukehren. Egal. Zwei Schritte und er war bei ihr, fühlte die Wärme ihres Körpers.

Behutsam nahm Tom Luisas herzförmiges Gesicht in seine Hände. »Nein«, antwortete er. »In dich, Lu. Nur in dich.«

Mit weiten, fast gläsernen Augen sah sie ihn an, hob vorsichtig die Hand, legte sie auf seine Brust. »Und ich in dich«, gestand sie.

Später dachte Tom oft, dass ihre Stimme dabei traurig geklungen hatte. Aber nicht in diesem Moment. Nicht damals um vier Uhr morgens in seiner Küche, als sie ihn mit ihrem Geständnis in einen bisher unbekannten Gefühlszustand versetzte. Mit beiden Armen hat er sie umfasst, alles, was er so lange zurückgehalten hatte, in ihr weiches honigblondes Haar geflüstert. Ihre Stirn, ihre geschlossenen Lider, ihre Wangen, ihre Nase, ihre bebenden, kühlen Lippen geküsst. Und sie ließ es zu.

Einige Zeit danach führte sie ihn an der Hand zurück in sein Schlafzimmer. Tom schwindelte mehr als zuvor. Genaugenommen hatte er Angst, sich zu übergeben.

»Alles okay?«, fragte sie besorgt.

Er nickte.

Sie wusste, dass er log. »Leg dich hin und schließ die Augen.«

Tom spürte, wie sie sich neben ihn legte. Ihre Finger strichen über sein Haar, die Wangen, den Hals, streichelten gefühlvoll seinen ganzen Körper. Luisa überall. Wie lange wusste er nicht. Plötzlich war die Übelkeit verflogen. Alles schien anders. Anders, als die Erfahrungen unter muffigen Decken beim Zelten oder im Kinderzimmer der frühreifen Tochter eines mit seinen Eltern befreundeten Ehepaares.

»Ich sehne mich nach dir. Seit einer Ewigkeit«, flüsterte er in ihre Halsbeuge und schob ihr Shirt nach oben.

Luisa und Tom. Nackt nebeneinander. Aufeinander. Ineinander.

Mit der Hand auf ihrem Schenkel wachte er irgendwann am Vormittag auf.

Seit jener Nacht waren sie ein Paar.

Thomas Richter hielt es danach nur mehr zwei Monate in Wien, dann schmiss er sein Musikstudium.

Mit stumpfem Blick lässt sich Richter auf der Couch zurückfallen. Instinktiv fährt er sich an die Brust, doch er ist nicht mehr da. Gestern hat er die Kette mit dem Verlobungsring abgelegt. Seitdem hat Thomas unzählige Male ins Leere gegriffen.

Juan nimmt einen ordentlichen Schluck vom Ginger Ale. Sie unterdrückt den Schluckauf, den dieses Getränk bei ihr verursacht. Der schlaksige junge Mann ist ihr sympathisch. Die Kriminalbeamtin sieht auf seine Künstlerhände, denkt, wie schade es ist, dass er die Musik aufgegeben hat. »Als Ihre Freundin verschwunden ist, haben Sie in Wels, in der Villa Ihrer Eltern, gewohnt und in Linz studiert, steht im Protokoll«, stellt sie fest.

»Ja, Betriebswirtschaft. Seit dem Wintersemester 2014.« Richter verschränkt die Arme. »Aber das ist ebenfalls Geschichte. Meiner Mutter ging es nicht schnell genug voran, vor allem nicht nach ... Luisas Verschwinden«, antwortet er stockend. Auf einmal wirkt er eine weitere Nuance blasser.

»Wie schade«, bedauert Juan, was ihr einen von Brauns *Ich-leite-die-Ermittlungen*-Blicken einbringt.

Richter schlägt die Augen nieder. Er hat lange Wimpern. »Egal«, seufzt er, »Völlig egal. Ich bin ein Einzelkind.

Alleinerbe. Kein Entrinnen. Und für die Textilbranche braucht man nicht zwingend ein Studium.«

»Sie hätten es übler treffen können«, krächzt Braun. »Richter Moden scheint ein Unternehmen mit Tradition und gutem Namen zu sein.«

Ein bitteres Lächeln umspielt die Lippen des jungen Mannes. »Gutem Namen«, wiederholt er. Nervös schiebt er mit dem Mittelfinger die Nagelhaut seines Daumens zurück.

Aus tränenden Augen mustert der Kriminalbeamte sein Gegenüber. »Sie haben seinerzeit angegeben, dass Sie beabsichtigt hatten, Fräulein Crinkic einen Heiratsantrag zu machen.«

Thomas Richter schluckt, sein Blick bekommt einen glasigen Schimmer. »Stimmt. Am Wochenende. Genaugenommen, am Freitag, den 17. November 2017, dem Tag nach ihrem Verschwinden.«

»Wusste Luisa davon?«

»Ja. Aber das war nicht meine Absicht. Sie hat sich bei mir zu Hause Unterlagen für ihren Kurs ausgedruckt und im Druckerfach Hotelunterlagen gefunden.«

»Wann war das?«

»Eineinhalb Wochen vorher.« Richter schüttelt leicht den Kopf, aber sein Gehirn spielt den Film trotzdem ab.

Ein sonniger Spätherbstnachmittag, an dem er an seinem Schreibtisch Volkswirtschaft büffelt. Lu, die hinter ihm steht, und die

Buchungsbestätigung kommentarlos neben die Vorlesungsmitschrift legt.

»Verdammt!«, flucht er. Seit einiger Zeit frönt Toms Laptop der unerfreulichen Eigenart jeden Druckjob einen Tag später nochmals aufzugeben. Er dreht sich zu ihr um. »Hast du es gelesen?«

»Ja«, antwortet Lu. »Du verreist. 17. – 19. November.« Sie ist unfähig, zu lügen. Eine Eigenschaft, die in Toms Familie kaum zu finden ist. »100m² Romantik-Penthouse-Suite, Terrasse, privates Pool. 30 Stück rosafarbene Rosen am Zimmer, 45 Stück beim Abendessen. Rosa Kerzen. Verlobungsring im Schokosoufflé, geheime Abgabe beim Check-in.« Sie zupft an ihrem Rollkragen, ihr Blick ist unergründlich. »Die Tussi steht wohl auf Rosa«, sagt Lu mit gespieltem Ernst, als sie sich auf seinen Schoß setzt.

»Tut sie. Aber ich will sie trotzdem«, erwidert Tom. Er schließt sie in die Arme. Sie riecht nach Jasmin Noir. Ein Duft, den nur Lus Haut zur vollen Entfaltung bringt. »Will sie auch mich?«, haucht er in ihr Haar, von dem, zu seinem großen Bedauern, seit kurzem 30 cm fehlen.

»Sagt sie dir am 17. November.«

Luisa küsst ihn lange und leidenschaftlich. Er hat seine Antwort.

»Afiesl. Ob dort dann schon Schnee liegt?«, fragt sie lächelnd, während sie sich von ihm löst.

Er weiß, dass Luisas Erinnerung an diese sonnenverwöhnte, hoch liegende Gemeinde im oberen Mühlviertel nicht die Beste ist. Als Kind hat sie sich dort einmal als Langläuferin versucht und sich prompt in einer vereisten Waldschneise den Knöchel gebrochen.

»Völlig egal«, entgegnet er. »Wir verlassen das Zimmer höchstens zum Essen.«

»Wie hat Luisa reagiert?« Thomas Richters Blick geht ins Leere. »Wie hat Luisa reagiert?«, wiederholt Braun die Frage. Seine Stimme wird immer kratziger.

Die Unterlippe des jungen Mannes auf der Chesterfield-Couch bebt. Er presst die Lippen aufeinander, atmet tief durch die Nase ein und aus. Dreimal insgesamt. »Sie war glücklich.«

»Denken Sie, dass das bevorstehende Ereignis der Anlass für Ihre Freundin gewesen sein könnte, einen tschechischen Schönheitssalon aufzusuchen? Allen bisherigen Aussagen zufolge war sie nicht der Typ für Kunstnägel, Tattoos oder Permanent Make-up.«

»Ja.« Richters Magen krampft sich zusammen, während Vinzenz Brauns Aufmerksamkeit schlagartig steigt, denn im Crinkic-Akt ist nichts davon erwähnt.

»Ich denke, es war wegen der Haare. Sie ... sie waren wieder lang. So lang wie früher, als man sie aus dem Teich ...«, erklärt er stockend, »... als man sie geborgen hat.«

Kurz tauschen die beiden Kriminalbeamten Blicke.

»Sie hat sich zuvor die Haare schneiden lassen?«, fragt Braun.

Der junge Mann nickt. Er erinnert sich genau an den Nachmittag im September 2017, an dem sie ihm das erste

Mal mit wippendem Pagenkopf entgegengekommen ist. Bist du verrückt?, hat er sie gefragt. Aus einer Laune heraus waren Luisa und ihre Mutter gemeinsam beim Friseur. Und das war dabei herausgekommen. Bei beiden.

»Und Ihnen hat es nicht gefallen?«, meldet sich Juan Yingtao zu Wort.

Der Hauch eines wehmütigen Lächelns huscht über Richters blasses Gesicht. »Ich habe ihr langes Haar geliebt«, er schluckt, »Aber Luisa war so oder so wunderschön.«

‚Eine Frau, die ihre Haare schneiden lässt, ist dabei ihr Leben zu verändern', drängt sich ein Coco-Chanel-Zitat in Brauns Gedanken. Geräuschvoll räuspert er sich, um seine Stimme aufzumöbeln. »Luisa soll sich, der Aussage Frau Benkoffs zufolge, schon einige Zeit mit einem anderen Mann getroffen haben. Haben Sie etwas bemerkt?«

Richters Miene verhärtet sich. »Nein«, antwortet er. Kopfschüttelnd sieht er in die hellblauen Augen seines Visavis.

Kurz nickt der Kriminalbeamte, dann wechselt er das Thema. »Ihre Eltern? Wussten sie von Ihren Heiratsabsichten?«

Im Moment als Braun seine Frage wiederholen will, senkt Thomas Richter zustimmend den Kopf. »Aber sie waren weniger glücklich.« Recht lebhaft kommt ihm der Familienstreit in den Sinn, den er mit der Offenbarung seiner Zukunftspläne ausgelöst hat. Aber Luisa war es wert. Sie war perfekt. Er hätte alles für sie riskiert. Sie liebte ihn um seiner selbst willen. Nur ihn, dachte er damals.

»Wie würden Sie das Verhältnis Ihrer Eltern zu Fräulein Crinkic beschreiben?«, bohrt der Kriminalbeamte weiter.

»Kühl. Es war kühl. Aber das wissen Sie sicher schon. Für den guten Namen ist nicht schnell etwas gut genug.« Thomas Richters braunes Haar fällt ihm über die Augen, abwesend streicht er es zurück. *‚Deine Familie hasst mich'*, geistert Luisas glockenhelle Stimme durch seine Gedanken. *‚Deine Oma, weil du Wien geschmissen hast. Deine Mutter, weil mein Stammbaum nicht der richtige ist, die Crinkic-Sippe wenig Kohle hat und aus einem Dutzend anderer Gründe. Aber ich denke, in erster Linie hasst Vera mich, weil du mich liebst. Nicht einmal meine Eltern werden begeistert sein, und dafür habe ich keine Erklärung. Ziemlich Romeo-und-Julia-like.'* *‚Nicht ganz'*, erinnert er sich seiner eigenen Worte. *‚Deine Mutter mag mich. Da bin ich sicher.'*

»Isolde Benkoff wäre besser gewesen?«

Richter schnaubt, seine graphitgrauen Augen verengen sich zu Schlitzen. »Für meine Mutter vermutlich schon. Die beiden sind befreundet.« Er sieht den allzeit akkurat mit korallenrotem Lipliner nachgezogenen Mund seiner Mutter. Sieht ihn auf- und zugehen. Wie oft sie ihn seit Luisas Verschwinden an Isolde erinnert hat. Isolde dies, Isolde das. ‚Triff doch Isolde!', ‚Ruf sie an!' Tom blickt auf seine Armbanduhr. »Hören Sie, ich muss jetzt wirklich los.

Wenn Sie weitere Fragen an mich haben, oder Ergebnisse, sprechen wir uns gerne ein anderes Mal.« Er ruft den Namen der Kellnerin und macht ein kreisförmiges Zeichen in ihre Richtung.

»Unterhalten Sie eine sexuelle Beziehung zu Frau Benkoff?«

Thomas Richter, der im Begriff ist, das Whiskeyglas für den letzten Schluck an die Lippen zu setzen, sieht seinem verschnupften Gegenüber in die Augen. »Nein. Wir sind nur Freunde. Seit der Volksschule, wie ich schon sagte.«

»Und zu Marina?« Richters Gesichtsausdruck zufolge hätte der Kriminalbeamte genausogut nach der Bevölkerungsdichte auf der Venus fragen können. »Marina Crinkic. Luisas Mutter«, konkretisiert Braun.

Ohne auszutrinken, stellt der zukünftige Erbe des Richter-Imperiums sein Glas mit einem unbeabsichtigten Knall zurück auf den Tisch. »Was? Wie kommen Sie darauf?«, erwidert er in einem Tonfall, als sei er nicht sicher, ob Braun ihn auf den Arm nehmen wolle.

»Völlig unerheblich. Bitte beantworten Sie meine Frage.«

»Nein, natürlich nicht. Wie absurd«, antwortet Richter offensichtlich irritiert und erhebt sich von der dunkelroten Couch. Bitter fügt er hinzu: »Aber wenn Sie meine bescheidene Meinung interessiert, Herr Bezirksinspektor, sind das kaum Themen, die zur Aufklärung dieses Falls führen werden. Suchen Sie nach dem Sektentypen mit dem

Luisa sich abgegeben hat! Frau Yingtao, Herr Braun, ich darf mich verabschieden. Sie haben meine Nummer.«

»Ja, danke«, erwidert die junge Gruppeninspektorin. »Auf Wiedersehen!«

Braun nickt und streckt ihm seine Visitenkarte entgegen. »Hier, für alle Fälle. Rufen Sie mich an. Jederzeit!«

Mit steifen Fingern nimmt Thomas Richter das Kärtchen entgegen, zwingt sich zu einem schmalen Lächeln. Bedächtig, als würde ihn eine zentnerschwere Last niederdrücken, verlässt er den Pub.

Juan Yingtao blickt auf Brauns Armbanduhr. »Zwanzig vor drei«, stellt sie fest. »Noch Zeit für einen Kaffee?«

Der blonde Kollege nickt abwesend. »Großer Brauner.«

»Zwei große Braune und die Rechnung bitte!«, ruft Juan der Bedienung zu. Mittlerweile sind die beiden Kriminalbeamten die einzigen Gäste. »Sie messen dem Mann, mit dem Luisa Crinkic vielleicht ein Verhältnis hatte, keine Bedeutung bei, nicht wahr?«, wendet sie sich wieder an Braun.

»Nein.«

»Darf ich fragen, warum? Es wurde sogar ein Phantombild von ihm erstellt.«

Braun zuckt mit den Achseln. »Weil ich ihn für ein Phantom halte.«

Maggie, die rothaarige Bedienung, serviert den Kaffee. Als die junge Kriminalbeamtin nach der Rechnung verlangt, versichert ihr die Kellnerin, dass Herr Richter bereits alles bezahlt hätte. »Und die Braunen gehen auf's Haus!«, schließt sie mit einem ehrlichen Lächeln, dem der größere Abstand zwischen ihren beiden Einsern das gewisse Etwas verleiht.

Juans Vater ist Zahnarzt. Sein Hauptgeschäft sind Regulierungen. *Dabei macht ein wenig Irregularität sympathisch,* denkt die Gruppeninspektorin.

»Wir werden Gelegenheit bekommen, uns zu revanchieren«, krächzt Braun. *Wenn das so weiter geht, bin ich morgen aphon.* »Haben Sie einen Blick auf Frau Benkoffs Bücher geworfen?«

Juan wirkt verwundert.

»Haben Sie nicht. *Die Welt der Sekten. Die Psychologie des Bösen. Die wahre Geschichte des Charles Manson.* Eine Biographie über Sharon Tate, und so weiter.«

»Sharon ...?

»Tate«, wiederholt Braun. »Sie war Ende der sechziger Jahre ...«

»Vor meiner Zeit«, unterbricht ihn Juan und gießt das Sahnekännchen schwungvoll in ihre Kaffeetasse.

Vincenz Brauns flachsblonde Brauen schieben sich dichter zusammen, bilden eine kleine Falte über der Nase.

Vor deiner Zeit ist so ziemlich alles. »Vor meiner auch, wenn es Sie interessiert. Sharon Tate war damals eine bekannte Schauspielerin und die zweite Frau von Roman Polanski, dem Regisseur. Sie wurde in ihrer Villa in L.A. gemeinsam mit mehreren Freunden im Auftrag von Charles Manson, seines Zeichens ein bekanntes Sektenoberhaupt, brutal abgeschlachtet. Der Fall gehört zur Allgemeinbildung. Vor allem in unserem Beruf«, schließt er, bevor er seine Serviette notgedrungen als Taschentuch missbraucht.

»Werde ich mir merken«, antwortet Brauns Kollegin. Nachdenklich schürzt sie die Lippen. »Die Benkoff könnte sich nach Luisas Verschwinden für diese Themen interessiert haben, schließlich war sie ihre beste Freundin.«

So wie man eine Fliege, die um den Kopf schwirrt, verscheucht, winkt Braun ab. »Ich dachte, Sie kennen den Vermisstenakt. Das Phantombild ist am 6. März 2018 erstellt worden, da war Luisa Crinkic nahezu vier Monate abgängig.«

Juans exakt gezupfte Augenbrauen schnellen nach oben. »Dann hat Isolde Benkoff erst viele Wochen danach, diesen Mann der Polizei gegenüber erwähnt?«

Braun nickt.

»Und gemäß Protokoll hat ihn niemand sonst jemals gesehen, noch von ihm gehört«, sinniert sie laut.

»So ist es.« Nachdenklich fährt Vincenz Braun mit der Hand über sein glatt rasiertes Kinn. *Ideen entstehen aus dem täglichen Umfeld: die Bücher. Sie legt bewusst eine falsche Fährte.*

Aber warum so spät? Was ist Anfang März 2018 passiert? Worin liegt der Nutzen?

»Und Sie haben sie heute Vormittag nicht darauf angesprochen?«

Während er heißen Kaffee getrunken hat, ist Brauns Stimme zurückgekehrt. Aber jetzt, da die Tasse leer ist, wird sie es nicht mehr lange machen. Er räuspert sich. »Nein«, antwortet er heiser. »Dafür war es zu früh. Sonst hätte sie komplett zugemacht. Ich ...« Die Stimme des Kriminalbeamten versagt.

Juan schiebt die Ärmel ihres Pullis hoch. »Sieht nicht gut für Sie aus, Herr Bezirksinspektor«, stellt sie mit mitleidigem Blick fest.

Brauns Handy klingelt. Er hebt ab, bringt aber keinen Ton heraus.

»Soll ich?«, bietet Juan ihre Hilfe an.

Braun nickt, deutet auf die Herkunft des Anrufes und überlässt ihr sein Smartphone.

- »Bezirksinspektor? Braun, sind Sie dran? Ich kann Sie nicht verstehen!«, tönt es aus dem Lautsprecher.
- Juan Yingtao erkennt die Stimme ihres Vorgesetzten. »Ich bin's, Chef.«
- »Yingtao? Was ist los bei Ihnen? Wo ist Braun?«
- »Neben mir. Er hat eine Erkältung und seit ein paar Minuten seine Stimme verloren.«

- Hartwig Pfeisl gibt einen undefinierbaren Laut von sich. »Marina Crinkic, die Mutter der Toten, ist vor fünf Minuten zur Tür hereinspaziert. Sie sagt, sie will eine Aussage machen. Aber nur im Beisein von Bezirksinspektor *Braun* von der Kripo *Linz*.«
- Juan sieht ihren Ermittlungspartner mit großen Augen an. »Sind in zwanzig Minuten da, Chef! Bis dann«, antwortet sie und beendet das Gespräch.

»Die Crinkic ist am Revier, Herr Bezirksinspektor«, erklärt Juan, während sie Braun das Handy zurückgibt. »Sie will etwas zu Protokoll geben. Aber nur in Ihrem Beisein.«

11

Wels, Mittwoch, 13. Februar 2019
Zur selben Zeit

Klaus Richter sitzt hinter seinem Schreibtisch. Gedankenverloren betrachtet er Vera, die vor ihm hin- und herläuft. Sie trägt ein Kaschmirstrickkleid in der Trendfarbe *Jester Red,* der Verkaufsschlager ihrer eigenen Winterkollektion. Feminine Weichheit wird dem Kleid attestiert, Klaus erinnert es eher an eine Verhüllungsaktion von Christo.

Seine Frau ist wie immer voll bei der Sache. Konzentriert sammelt sie Unterlagen für das bevorstehende Meeting mit den italienischen Zulieferern des Unternehmens. Nur die besten hat sie eingeladen oder zumindest die, die sie für die besten hält.

Und er? Er wäre gern woanders. Bei seinen Pferden, seinen Hunden. In seinem Haus am Wolfgangsee. Nichts hören, nichts sehen.

Vera hat seine Dankbarkeit verdient, das weiß er. All die Jahre hat sie alles zusammengehalten.

Für alles gesorgt.

Wirklich alles.

Doch jetzt? Er muss sie dazu bringen, loszulassen. Sein Sohn Thomas ist nun an der Reihe. Vera und er hingegen sollten sich zurückziehen, ebenso wie es seinerzeit seine eigenen Eltern getan haben.

»Unser Name ist nicht Windsor«, hat Klaus' Mutter Karoline zu ihrem Sohn an seinem 25. Geburtstag gesagt. »Wir haben nicht vor aus unserem Amt zu sterben.«

»Du bist jung, mein Sohn«, waren die Worte seines Vaters, als er ihm das Unternehmen überschrieb. »Du hast prima Ideen. Verwirkliche sie. Und du hast Vera an deiner Seite. Sie wird dich unterstützen. Deine Mutter und ich wissen, dass ihr uns stolz machen werdet. Während wir sinnlose Kreuzfahrten unternehmen«, fügte er augenzwinkernd hinzu. Als alle ihre Unterschriften geleistet und der Familienanwalt sich verabschiedet hatte, hat er ihn verschwörerisch zur Seite genommen. »Sieh zu, Junge, dass du in ein paar Jahrzehnten das Gleiche tun kannst!«

Schon damals konnte Walther Richter die Geburt eines Enkels nicht abwarten.

Eines Erben.

Eines Erben für das Richter-Imperium.

Thomas, ihr Sohn. Der Erbe. Gott allein weiß, was er sie gekostet hat. Doch der Junge war es wert.

Klaus ist überzeugt, dass Tom fähig ist, Richter Moden in die Zukunft zu führen. Dass ein frischer Wind notwendig ist. Doch seine Frau ist dagegen. Sie vertritt die Ansicht, dass das Unternehmen ohne Vera Richter nicht überleben wird. In Wahrheit verhält es sich umgekehrt. Die Vermutung hegt Klaus schon lange.

Zu Beginn war es Ehrgeiz. Vera wollte sich innerhalb der Richter Familie beweisen. Aber aktuell, und besonders im Umgang mit Tom, ist es Machtgier. Es kann nicht ohne sie gehen. Darf nicht.

Zuzusehen, wie seine Frau der Zukunft des Richter-Clans jegliches Interesse an der Arbeit vermiest, fällt Klaus schwer. Dem einzigen Kind soll das Leben nicht vergällt werden, so gestraft wie der arme Junge ohnehin schon ist. Sein Herz ist gebrochen, das sieht ein Blinder. Mehr denn je, braucht er eine Aufgabe, die ihn ablenkt, ihn ausfüllt. Kurz denkt Klaus an sein eigenes Herz. Es war auch einmal angeknackst. Und wenn er ehrlich zu sich ist, spürt er es heute noch.

Gina. An seinem ersten Tag an der Uni hat er sie getroffen. Sich verliebt. Hals über Kopf. Gina war Unbesonnenheit, Glück, Chaos, pure Lebensfreude, wahrhaftiges Gefühl und: der Schrecken seiner Eltern.

Mag sein, dass er Tom heute von ihr erzählen wird. Beim Essen. Bei ihrem vierteljährlichen Vater/Sohn-

Abend. Er freut sich darauf, wieder einmal mit seinem Jungen alleine zu sprechen.

Klaus mustert seine Frau von der Seite, während sie genervt auf ihre Armbanduhr sieht.

Vera.

Vera Heinbach.

Die Richters waren eng mit den Heinbachs befreundet. Eine österreichische Ärztedynastie. Eine angesehene Familie, eine mit Tradition, wäre da nicht die Spielsucht des Vaters und die daraus resultierende Trunksucht der Mutter gewesen. Am Ende waren die beiden Heinbach-Kinder auf sich gestellt.

»Thomas ist schon wieder unpünktlich!«, beschwert sich Vera Richter bei ihrem Mann.

»Wie die Italiener«, antwortet Klaus mit einem Augenzwinkern. Doch der Versuch, seine Frau lockerer zu stimmen, scheitert.

»Aber wir sind hier weder in Italien, noch am Balkan!«, zischt sie.

Klaus Richter zuckt innerlich zusammen. »Von ein paar Minuten geht die Welt nicht unter. Beruhige dich! Der Junge ist sicher gleich da.«

»Dir ist wohl alles egal! Von nichts kommt nichts, mein Lieber. Scheint, ich bin die Einzige in der Familie, die das behirnt!«

»Du *weißt*, dass er sich mit der Polizei trifft.«

Vera verdreht die Augen. »Ja, aber ich weiß *nicht*, wofür es gut sein soll. Das Crinkic Gör ist abgehauen, hat ihn sitzen lassen – und wir waren erleichtert, du erinnerst dich sicher. Was geht es uns an, wenn sie ein Jahr später in einem Teich ertrinkt?«

Mitgefühl aufzubringen, ist nicht Veras Stärke, das ist Klaus bewusst. Und selbst gegen die Milde des Alters scheint seine Frau völlig resistent zu sein.

Vera bläst sich die Haare aus der Stirn. Das untrügliche Zeichen, dass ihr Blutdruck steigt. »Thomas muss zusehen, dass er was lernt. Es fehlt ihm an Ausdauer, an Disziplin. Wir werden schließlich nicht ewig leben. Das könntest du ihm heute Abend mal verdeutlichen!«

»Es fehlt ihm an Verantwortung, Vera. Das ist alles.«

»Nicht dein Ernst? Wieder dieses Thema?«

»Ich war in seinem Alter, als ich die Firma übernommen habe.«

»Aber du warst anders, wesentlich reifer. Hattest nicht ...« Vera hält inne. »Und du hattest mich.«

»Du unterschätzt Tom gewaltig.«

Vera atmet schwer. »Ach ja?«

»Er ist innovativ, aufmerksam und ...«

»Vergiss es!«, fällt sie ihrem Mann nahezu hysterisch ins Wort. »Er ist nicht so weit. Noch lange nicht. Es ist müßig, darüber zu sprechen.«

Klaus Richter entscheidet, vorerst zu schweigen. Seine Frau ist heute gereizter als üblich. Er sollte mit Max reden. Veras Bruder ist ein Frauenversteher, auch wenn er selbst nie verheiratet war. Vielleicht deshalb. Dennoch war und ist die Meinung ihres Bruders letztendlich stets die einzige, die seine Frau ernst nimmt.

12

Klagenfurt, Mittwoch, 13. Februar 2019
Fünf Stunden zuvor

Ulla schwankt gegen die Wand der Umkleidekabine. Jedes Mal wird es schlimmer. Sie hat Schwierigkeiten, in ihre Jeans zu schlüpfen. Also lässt sie sich auf die kleine Bank fallen, und atmet tief durch. Im Sitzen ist es leichter. Draußen wartet ihr Arzt auf sie. Eine Kapazität, der Beste auf seinem Gebiet. So oder so, versucht sie sich zu beruhigen, er wird wissen, was zu tun ist.

Jetzt sitzt Ulla mit ihm in seinem Besprechungszimmer. Ein Elsbeerenschreibtisch gigantischen Ausmaßes trennt die beiden. Nichts an ihrem Gegenüber verrät der Enddreißigerin, wie die Untersuchung ausgegangen ist. Ist sie oder ist sie nicht?

Die Finger seiner gepflegten Hände ineinander verschränkt, sieht Dr. Dr. Maximilian Heinbach die Patientin an. »Bedaure, Frau von Trist. Sie sind nicht schwanger.«

Ulla greift sich an die Kehle, ihre Unterlippe zittert. »Wie kann das ... wie ist das möglich? Die Spritzen, ich habe sie vorschriftsmäßig genommen. Alle. Exakt zur vorgeschriebenen Uhrzeit.«

Der Gynäkologe räuspert sich, blickt auf seine Finger. Teilnahmslos, als würde er überlegen, wann die nächste Maniküre anstünde.

»Gut. Na dann ...«, stammelt Ulla. »Ich versuche es noch einmal. Alles auf Anfang. Diesmal wird es funktionieren, ich weiß es. Es wird klappen. Es muss.«

Dr. Dr. Heinbach greift nach der Wasserkaraffe auf seinem Schreibtisch. Rosenquarz und Bergkristall schwimmen darin. Er selbst hält nichts von diesem Mumpitz, aber bei den Patientinnen kommt es an. Bedächtig füllt er ein Glas und reicht es Ulla. »Bitte, meine Liebe, nehmen Sie einen Schluck!«

Fahrig umklammert die Patientin das Glas, führt es an ihre bebenden Lippen. Ein kleiner Schluck. Noch einer. Sie fühlt, wie ein Tropfen ihr Kinn entlang rinnt. Egal. Völlig egal.

»Es war die letzte Therapie. Ich habe es Ihnen und Ihrem werten Gatten schon im Vorfeld gesagt. Jeder weitere Versuch wäre unverantwortlich«, sagt der Arzt.

Ulla sieht ihn an. Sein unnahbares, attraktives Gesicht verschwimmt. Durch den Schleier ihrer Tränen.

»Aber, Frau von Trist«, der doppelte Doktor macht eine kurze Pause, um die Aufmerksamkeit seiner Patientin zu steigern, »Verehrte Ulla, das muss nicht das Ende Ihres Kinderwunsches sein. Es gibt Frauen, die sich sehnlichst

Kinder wünschen, aber keine bekommen. Und es gibt Frauen, die Kinder bekommen, aber keine wollen.«

Abermals atmet Ulla tief durch. Dreimal. »Sie wissen, dass für meinen Mann, für seine Familie, keine Adoption in Frage kommt. Niemals«, fügt die brünette, schlanke Frau bitter hinzu.

Der braungebrannte Arzt legt seinen Kopf leicht schief. »Keine ungewöhnliche Sichtweise in Kreisen wie den Ihren«, erwidert er, während er sich selbst Wasser einschenkt. »*Und* auch nicht ihre *letzte* Möglichkeit.« Als der Leiter der renommiertesten Kinderwunschklinik Österreichs sein Glas an die Lippen setzt, mustert er sein Visavis aus dunklen Augen.

»Nein?«, fragt Ulla.

Zufrieden stellt Dr. Dr. Maximilian Heinbach fest, dass sich in den durch Trauer und Enttäuschung dominierten Stimmakkord seiner Patientin ein Ton der Hoffnung mischt.

13

Au, Mittwoch, 13. Februar 2019

Wie angekündigt, statten die Polizeibeamten Kaar und Kaiser ihren *Spitalbesuch* in Au Nr. 84 ab. Bewaffnet mit sechs vollreifen Schlierbacher Schlosskäsen, einem Striezel Bauernbutter, einem frischen Laib Krustenbrot und dem Crinkic-Akt, treffen sie um halb drei nachmittags bei Karl Wagner ein. Der Hausherr öffnet eine Flasche 2013er Veltliner Smaragd aus Weissenkirchen und verhält sich einen Hauch geselliger, als es die beiden Auer Gesetzeshüter gewöhnt sind.

»Wie gesagt, Karl, ich hab‘ dir das E-Mail, das gestern am späten Abend noch aus Linz gekommen ist – du erinnerst dich, der Bericht vom neuen Bezirksinspektor –, hinten zum Akt gesteckt«, sagt Inspektionskommandant Herbert Kaar zum Abschied.

Karl Wagner nickt. »Danke, für euren Besuch.«

»Übertreib's nicht mit dem Lesen, Karl«, mahnt Kaiser, »Denk an deine ...« Er spricht nicht weiter, schlägt sich aber zweimal in der Herzgegend auf die Brust.

»Vergesst ihr nicht, das Prospekt dem Hollerer zu geben!«, erinnert der Patient, der sich selbst aus der krankenhäuslichen Fürsorge entlassen hat, ohne auf Johann Kaiser einzugehen.

Kaar klopft auf seine Aktentasche, in der sich Drus potentielles Beweisstück befindet. »Wird heute noch erledigt«, erwidern die beiden Polizisten gleichzeitig. Bereits im Gehen deuten sie eine Salutation an.

Kopfschüttelnd schließt Karl Wagner die Haustür. Gefolgt von Detective, die ihr Herrchen mit Argusaugen bewacht, begibt er sich zurück in die Küche. Er räumt Gläser und Teller in den von der Frau seines Sohnes verordneten Luxusgeschirrspüler (einer, der länger wäscht, als man braucht, um ein Zehngangmenü in angemessen moderatem Tempo zu genießen) und knüllt dann Käseverpackungen und Brotsackerl zusammen.

»Detective, Kübel!«, weist er seine Hundedame an, die sogleich mit der rechten Vorderpfote das Pedal des Mülleimers nach unten drückt, sodass der Deckel aufspringt. Karl bedankt sich, wirft das Knäuel in die blaue Metalltonne und verlässt die Küche.

»So, Kleine. Jetzt nehmen wir uns den Fall vor. Wo ist denn der Akt?«, fragt der Kriminalbeamte in Ruhe, während sein Blick durchs Wohnzimmer schweift. »Ich hab' dem Kaar ausdrücklich gesagt: Leg‘ ihn mir auf den Couchtisch. Und wo ist er? Nicht dort.« Wagner folgt Detectives Bellen ins Vorzimmer. »Ah!, der Kommandant hat scheinbar daheim die Schlapfen im Wohnzimmer«, konstatiert er und nimmt den Crinkic-Akt von seinem Schuhschrank. Kurz berührt Wagner den dahinter angebrachten Heizkörper und schüttelt den Kopf. Er ist immer noch eiskalt, obwohl man beim vorwinterlichen Heizungsservice seine volle Funktionalität bestätigt hat. »Na komm!«, fordert er Detective auf, ihn zurück ins Warme zu begleiten, wo er sich auf einem riesigen, braun/creme-gestreiften Ohrensessel niederlässt.

‚*Da kippt dir der Kopf nicht zur Seite, wenn dich schwierige Fälle übermannen*‘, erinnert sich Karl an die Worte seiner Frau. ‚*Zu feudal*‘, hat er geantwortet. ‚*Nicht, wenn man sein Leben darin verbringt*‘, war Konrads Meinung seinerzeit dazu.

Der Stuhl war Helenes Geschenk zu seinem Sechzigsten. Damals hat er darüber gewitzelt, das exklusive Stück nicht mehr ausreichend nutzen zu können, da keinem in seiner Familie ein langes Leben beschert war. Und nun, mehr als drei Jahrzehnte später, sitzt er immer noch darin, vergräbt sich in Kriminalfälle und vergisst darüber die Zeit.

Doch jetzt ist es egal.

Seine Zeit hat keinen Wert.

Er stiehlt sie niemandem mehr.

Der seit dreißig Jahren pensionierte Leiter des Wiener Bundeskriminalamtes knipst die Stehlampe hinter seinem Ohrensessel an, denn so richtig setzt sich der Tag zu dieser Jahreszeit nach wie vor nicht durch. Gleich wie akkurat und penibel der betagte Herr sein Leben lang gewesen sein mag, und nachweisbar heute noch ist, bei Akten geht er nie chronologisch vor. Genauso wenig, wie er Bücher von vorne nach hinten liest. Wie immer startet er mit dem gerichtsmedizinischen Gutachten, und macht sich nach dessen Lektüre, mit seiner angeknacksten dunkelblauen Pelikanfüllfeder in einem karierten Schulheft, erste Notizen:

LUISA CRINKIC (L.C.)

Geb. am 4. Jänner 1995, vermisst seit 16. November 2017.
Lt. Zeugenaussage von Fr. Isolde Benkoff (Freundin, Beruf: Krankenschwester) auf dem Weg in einen tschechischen Schönheitssalon, mit von Benkoff geborgtem Auto (roter VW-Käfer, Bj. 2015, bis dato unauffindbar), keine Lösegeldforderung, keine vergleichbaren Vermisstenfälle.

Leiche gefunden am 10. Februar 2019, polizeiliche Bergung: 11. Februar 2019.
Todesursache: Kälteschock – sofortiges Ertrinken.
Post-mortem-Intervall: +36 Stunden.
Bekleidung: dünnes Baumwollnachthemd mit Blut (L.C.) + Spuren von silberweißem, braunem und schwarzem Katzenhaar.
Verletzungen/Zustand: Schürfwunden und kleinere Platzwunden an Stirn und Schläfen, Blutergüsse an Armen und Beinen (Unfall?). Geringfügig Blut am Teichrand (L.C.), andere menschliche Spuren am Tatort: negativ.
- + 1 Jahr keine Sonnenexposition.
- Verzystete Eierstöcke, Knoten rechter Schilddrüsenlappen.
- Mehrere Einstiche linke Armbeuge.
- Blut: Östrogenspiegel + sexualhormonstimulierende Hormone der Hirnanhangdrüse abnorm hoch (Kinderwunschtherapie?, Clomifen?), Narkotika (Propofol), Barbiturate (Methohexital), Diazepam; Einschätzung Hollerer: selbständiges Hingelangen zum Fundort unmöglich.
Besonderheiten: kleine Krakentätowierung linkes Schulterblatt, gepflegtes Äußeres, Permanent Make-up an Brauen, Lidern und Lippen, Haarverlängerung. Künstliche Nägel (max. 10 Tage alt) in verschiedenen Farben (grün, lila, türkis, gelb), schwarze, rote und blaue Druckerfarbe an den Nagelunterseiten von Ring-, Mittel- und Zeigefinger der rechten Hand.

Karl Wagner stemmt sich aus dem Sessel. Zielsicher holt er einen Brockhausband aus dem Bücherregal.
»Dann sehen wir mal, ob ich das richtig in Erinnerung habe«, wendet er sich an Detective, die sich zu seinen Füßen zusammengerollt hat. Als er den passenden Eintrag gefunden hat, liest er ihn laut vor und stellt das Lexikon danach wieder an seinen Platz. »Wir sollten da mal abstauben«, bemerkt er.
Zurück in seinem Ohrensessel schreibt Wagner:

Der Krake (Oktopus): Intelligent, fruchtbar, relativ geringe Lebenserwartung; gesamter Lebensweg dient der Reproduktion, Männchen leben nur bis wenige Monate nach der Paarung, Weibchen sterben kurz nachdem die Jungen aus den Eiern schlüpfen.

Als er das Gutachten zurück in die Mappe steckt, flattert ein einzelnes Blatt zu Boden. Stirnrunzelnd hebt er es auf.
»Ah! Das E-Mail von dem Neuen, diesem Braun. Was sagst du, nehmen wir uns das als Nächstes vor?«

Mittels kurzem Bellen stimmt die Hundedame zu.

Am Ende von Brauns eineinhalbseitigem Protokoll, von dessen Besuch bei den Eltern der Toten, angelangt, liest

Wagner es nochmals. Dann erst blättert er in seinem Heft um, und schreibt auf eine neue Seite:

Marina & Goran Crinkic / Eltern von L.C.

Kurze Zeit nach dem Verschwinden der Tochter umgezogen (Altes Haus/neue Wohnung).
Einrichtung: hochwertig, steril.
Bilder von L.C.: negativ.
Führen kleinen Betrieb (Malerei-, Anstrich- und Lackierungsarbeiten).
Infos zu L.C.: erfolgreiche Umschulung zur Pflegeassistentin in Vöcklabruck (ehem. Friseuse, Unverträglichkeit div. Chemikalien). Keine Tätowierung zum Zeitpunkt des Verschwindens, keine Kunstnägel, ebenso wie kein Permanent Make-up – hat sich nichts daraus gemacht. Lieblingsfarbe: Rosa. (Kein Fingernagel ist rosa!) Tierhaarallergie, gewöhnlich mit Schwellung und Ausschlag an Hals, Dekolleté und Armen. (Katzenhaare am Baumwollhemd, keine Reaktionszeichen!)
Marina Crinkic pflegt nach wie vor Kontakt zu Thomas Richter (Freund von L.C., Verlobter in spe, Sohn Richter Moden/Wels), Goran Crinkic wusste es nicht. Goutiert es nicht?
Eltern schließen freiwilliges Verschwinden von L.C. kategorisch aus; hegen starke Zweifel, dass L.C. eine Beziehung zu einem weiteren Mann (vermeintliches Sektenmitglied, Oberhaupt?) unterhalten hat.

Isolde Benkoff hat den Mann als Einzige gekannt, erwähnt Existenz aber erst annähernd vier Monate nach dem Verschwinden. Benkoff gibt an, dass sie L.C. damit schützen wollte, weil diese ihr nur »unter dem Siegel äußerster Verschwiegenheit von ihren tiefen Gefühlen für den Mann erzählt hat« (Zitat: Benkoff, 6. März 2018, Vermisstenakt). Ebenso wollte Benkoff Thomas Richter (Freund seit Kindertagen) nicht damit belasten.

Phantombild: ohne Resonanz.

14

1 km außerhalb von Freistadt
Zur selben Zeit

Gerhard sitzt am Tresen und stiert in sein fast leeres Bierglas. Er, eine Katze – sie hat sich am Barhocker neben ihm zusammengerollt – und vier Jugendliche, die *Red Bull* trinkend auf ihren Handys herumtippen, sind die einzigen Gäste. Vor nicht einmal zehn Jahren, als er in ihrem Alter war, hätte man um diese Uhrzeit im *Fernando* von einem Sitzplatz nur träumen können. Der Pub ist eine Institution, seit sich Gerhard erinnert, und darüber hinaus. Viele Leute aus der Umgebung haben sich hier kennengelernt. So, wie auch seine Eltern.

Am Ende der Bar poliert Gustl Gläser. Der Kellner mit der blaugeäderten Knollennase scheint Gerhard das Letzte zu sein, was, außer dem Interieur, an die alten Zeiten gemahnt.

»Lass den warmen Hansl, Gerhard! Ich bring‘ dir noch eines«, ruft Gustl, bevor er mit einem frischen Halbeglas zum Zapfhahn watschelt.

Gerhard nickt ihm zu.

Während der helle Gerstensaft ins Glas rinnt, reibt der Kellner mit dem linken Fuß seine rechte Wade. Die Krampfadern machen ihm von Jahr zu Jahr mehr zu schaffen. »So, Burschi, da ist dein Nachschub!«, sagt Gustl, der eigentlich Adolf heißt. Adolf Gustinger.

Gerhard bedankt sich, nimmt einen ordentlichen Schluck. Ein gepflegtes *Freistädter* ist und bleibt ein gewisser Trost.

Gustls Blick fällt auf die Katze. »Ah! Die Molly hat sich zu dir gesellt. Das ist die Einzige von den Murlis, die noch frei herumrennt. Weil's alt ist. Die Anderen hält der Chef jetzt nur mehr drinnen. Die Chefin sagt, sie wird schon narrisch. Überall sind's. In der frischen Wäsche, im Trockner. Eine ist sogar zu ihr in die Badewanne gesprungen.«

Molly mustert Gustl mit großen grünen Augen. Den Kopf leicht zur Seite geneigt, wirkt die braungefleckte Katzendame, als würde sie jeden Moment mitreden.

»Sind gescheite Viecher, diese Rasse«, fügt der Kellner mit einem Schmunzeln hinzu. Er beugt sich über den Tresen, um Molly am Kopf zu streicheln. Beiläufig wendet er sich währenddessen wieder an Gerhard: »Wartest wohl auf die Switlana? Madame ist heute nicht erschienen. Mittag schon nicht. Dabei war Knödeltisch, und da ist die Bude voll. Glaub mir, fast wie in alten Zeiten! Ich und die Chefin, wir haben uns den berühmten Haxn ausgrissen, damit alle was zum Beißen und Saufen gekriegt haben.«

Gustl seufzt, während er seinen rechten Oberschenkel massiert. »Immer das Gleiche mit den Weibern von da drüben. Einfach kein Verlass. Kaum könnt's anstrengend werden, tauchen's ab, sind's vom Erdboden verschluckt. X-mal ist das so gewesen in den letzten Jahren. Und wenn du mich fragst, sehen wir die auch nimmer, die Switlana.«

Gerhard zieht ein langes Gesicht, sein Magen krampft sich zusammen. Seit drei Wochen ist er, wann immer es ihm möglich war, abends ins *Fernando* gekommen. Wegen ihr. Er ist sicher, Switlana weiß es, so, wie sie ihn angesehen hat! Aber heute, heute wollte er es ihr sagen.

»Ja, ja, die Liebe«, kommentiert Gustl Gerhards Miene. »Möcht' wissen, was der Reini und die Gudrun vorhaben, wenn ich im Herbst in Pension geh'. Da heißt's halt dann doch ein bisserl in die Tasche greifen, für unseren knausrigen Kärntner – bei seinen SUV-Protzkübeln tut er's ja auch -, damit er jemand G'scheites erwischt«, murmelt der langjährige Kellner in seinen schütteren Bart, bevor er sich wieder den Gläsern zuwendet. *Keine Illegalen halt, das würd' schon reichen*, fügt er im Geist hinzu.

15

Au, Donnerstag, 14. Februar 2019
08:15 Uhr

Die Titelmusik von *Die 2* erklingt. Kommt näher. Karl Wagner öffnet die Augen, kneift sie aber sofort wieder zusammen, als wäre das Licht der Stehlampe hinter dem Ohrensessel die Sonne zur Mittagsstunde. Behutsam lässt Detective das Handy in Karls Schoß fallen. Mit steifen Fingern bringt er die Melodie zum Verstummen.

- »Ja?«, meldet er sich verschlafen.
- »Karl? Ich bin's, der Bertl. Alles in Ordnung?«, fragt der Auer Inspektionskommandant Kaar. Beunruhigt rutscht er auf seinem maroden Bürosessel hin und her.
- »Wie spät ist es?«
- »Viertel nach acht. Hab' ich dich geweckt?«
- »Ich habe heute nicht mehr mit deinem Anruf gerechnet«, antwortet der alte Herr mit rauer Stimme.
- »Heute? He, Karl! Was ist mit dir?« Herbert Kaar fängt den besorgten Stirnrunzelblick seines Freundes und

Mitarbeiters Johann Kaiser auf, der ihm einen frischen Becher Kaffee auf den Schreibtisch stellt.

- Von seinem Ohrensessel aus sieht Karl Wagner zum Fenster. Es ist Tag. Sein Schulheft mit den Notizen liegt neben ihm am Boden. »Nichts«, antwortet er. »Was gibt es Neues?«
- Hörbar atmet Kaar durch. »Die Gerichtsmedizin hat eben angerufen. Das Blut auf deinem Papierfetzn ist von der Toten und die Farbe unter ihren Fingernägeln ...«
- »Ist vom *Fetzn*«, schneidet der pensionierte Kriminalist dem Auer Polizeibeamten das Wort ab.
- Die Handfläche über sein Smartphone gelegt, flüstert Kaar seinem Kollegen Hans zu: »Alles bestens!« Dann räuspert er sich. »Ja, genau«, wendet er sich wieder an seinen telefonischen Gesprächspartner. »Und außer Dreck, hat Dr. Hollerer Speichelspuren entdeckt. Die werden im Moment näher untersucht. Fingerabdrücke leider negativ, und die Schrift auf der Rückseite ist ebenfalls nicht rekonstruierbar.« Herbert Kaar nippt an seinem Kaffee, der wie immer zu heiß ist. »Du hast uns nicht gesagt, *wo* du ihn gefunden hast.«
- »Weil *ich* ihn nicht gefunden habe.«
- »Wer dann?«, will Kaar leicht irritiert wissen.
- »Wir hören uns später, Bertl.«
- »Aber Karl, das ist ... du musst ...«, wendet der Inspektionskommandant ein. Freilich ohne den nötigen

Effet in der Stimme, denn er weiß, dass es zwecklos ist.

- »Gar nichts«, komplettiert Wagner mit einem schmalen Grinsen Kaars halbherzigen Versuch. »Ich ruf' dich an! Grüße mir den Hans!«, beendet er das Gespräch.

Kopfschüttelnd lehnt sich der Auer Polizist in seinem quietschenden Sessel zurück.

»Mein Gott, Dete! – so nennt er sie nur selten – warum hast du mich nicht geweckt? Wir haben den Abend- und den Morgenspaziergang versäumt. Wie geht es dir?«, fragt Karl Wagner seine Hündin, die mit treuherzigen Blick vor ihm sitzt. Schwerfällig stemmt er sich aus dem Ohrensessel und streicht mit Daumen und Zeigefinger über sein Kinn. »So kann ich nicht hinaus. Ich lasse dich schon mal in den Garten, für den Notfall. In einer Viertelstunde bin ich soweit«, verspricht er ihr. Unrasiert bringt Wagner nicht einmal den Müll vor die Tür.

Nach einem kleinen Spaziergang über die Wiese zu den Teichen – die Kurzatmigkeit macht Wagner zu schaffen – , nimmt er eine heiße Dusche, schlüpft in ein frisches bordeauxrotes Hemd wie in eine dunkle Hose mit Präzisionsbug, und verlässt mit Detective erneut das Haus. Sein Ziel ist Au Nr. 77. Selma Weingart.

Vorsichtig setzt er einen Fuß vor den anderen. Vorm Hinfallen hat Karl Wagner eine Heidenangst. Auch, wenn er es nicht zugibt. Die enge Straße ist vom Schneepflug glatt poliert und mit dem Streuen ist die Gemeinde im heurigen Jahr nachlässiger als sonst.

‚So geht das nicht weiter, Vater!', hört er die Worte seines Sohnes. Schon vor Karls letztem Krankenhausaufenthalt hat er es gesagt. *‚Wir können nicht jedes Mal die Polizei rufen oder kurz ins Mühlviertel rauschen, wenn du dein Handy verlegst oder nicht hörst. Wenn du die Seniorenresidenz weiter ablehnst, brauchst du zumindest jemanden, der ab und zu nach dir sieht. Eine Person, die uns erlaubt, sie anzurufen, wenn wir dich nicht erreichen.'*

Karl selbst ist es egal, ob man ihn erst ein paar Tage nach seinem Tod findet, aber keinesfalls will er Detective in eine derartige Situation bringen. *Vielleicht gibt es da eine Lösung*, denkt der Kriminalbeamte in Ruhe, bevor er die Türglocke des Holzhauses betätigt.

Die Schriftstellerin begrüßt Herrchen und Hund überaus freundlich und bittet die beiden ins Haus. Karl glaubt, sie meint es ehrlich. Er legt ab, schlüpft in die verschiedenfärbigen Filzpatschen, deren jeweils farbliches Pendant offensichtlich nach wie vor auf der Vermisstenliste steht.

»Kommen Sie nur!«, fordert die Hausherrin ihn auf, ihr zu folgen. »Sie kennen sich ja schon aus. Und die Kleine ohnehin. Nicht wahr, Detective?«

Selma Weingarts unvoreingenommene Art imponiert Karl. Er schätzt es nicht, wie ein Hundertjähriger behandelt zu werden. Selbst, wenn er bald einer ist.

»Frische Blumen«, bemerkt er, als er den Wohnraum betritt. Am Esstisch steht ein überdimensionierter Strauß gelber Rosen und oranger Gerberas. Karl mag keine Gerberas. Blumen, denen man mit Draht eine stramme Haltung beibringt, sind ihm suspekt.

Lächelnd hebt Selma die Augenbrauen. »Imposant, nicht wahr? Sind von Ihren Kindern. Ein Bote hat sie heute Morgen gebracht.«

»Fünfundzwanzig Rosen, fünfundzwanzig Drahtgestelle«, stellt Karl Wagner trocken fest. »Ist eine tagesfüllende Beschäftigung, die kopflastigen Trümmer kompostfertig zu machen.«

Selma lacht. »Stimmt, ich kann auch gut ohne Gerberas leben. Aber versprechen Sie, mich nicht zu verraten!«

Der alte Herr nickt. »Meine Schwiegertochter ist eine beständige Person. Ebenso ist ihre Blumenwahl.«

Ein Niesen ist zu hören, gefolgt von einem weiteren. Karl blickt nach oben, Richtung Büchergalerie. »Drusus?«, fragt er.

»Hört sich so an. Er ist Allergiker, Nahrungsmittelallergiker«, erklärt Selma und schaut ebenfalls hinauf zu Drus

Beobachtungsposten für Inneres. »Blumen waren bis dato aber kein Problem. Dru, Schätzchen, lass dich anschauen! Na komm, deine neue Freundin ist da«, lockt sie ihren schwarzfelligen Hausgenossen.

»Denkst du, das weiß ich nicht? Ihr Mief ist schon unter der Haustür durchgewabert, als du noch deine Hausschuhe gesucht hast!«

»Und ihr Herrchen!«

Dru entfährt erneut eine Trilogie heftigsten Niesens. Während der Kater über beide Vorderpfoten leckt und sich damit abwechselnd über die Nase fährt, grummelt er: »Bei Garfields Bart, Selma, du verwandelst unser Heim in ein Durchhaus. Dein neuer Roman scheint wahrlich am Tiefpunkt angekommen sein, wenn du die Zeit schon wieder mit dem kannibalischen Schnüffelrelikt und seinem Hund totschlägst. H U N D«, buchstabiert er etwas lauter. »Weißt du, was es bedeutet, *Ethel?* Für den Fall, dass dich die Fantasie im Stich lässt, helfe ich gerne aus: *hörig, unterwürfig, naiv, devot.* Einfach *Hund«,* provoziert Dru, von seinem Versteck auf der Galerie aus, die Spanieldame.

Karl Wagner schmunzelt. »Was sagt er?«

Selma zuckt die Achseln. »Das würde ich wahrlich gerne wissen.«

»Würdest du *not!*«, platzt Detective heraus, die sofort mit einem strengen »Still!« von ihrem Herrchen zur Raison gerufen wird.

»Könntest einem fast leidtun«, kichert Dru. Gerade ist er im Begriff zwischen den Gitterstäben der Galerie nach unten zu sehen, als das untrügliche Nasenkitzeln die nächste Eruption ankündigt. Er kneift die Augen zusammen und tritt einen Schritt zurück.

»Katzen«, seufzt Selma, weil sich ihr Schwarzer nach wie vor nicht blicken lässt.

»Mein Urenkel wünscht sich sehnlichst eine. Zu jedem Geburtstag und jedes Weihnachten. Constanze hat Ihnen erzählt, dass er auf Tierhaare allergische Symptome zeigt?«, vergewissert sich Wagner.

»Ja, hat sie. Aber Sie könnten es mit einer Bengalkatze versuchen. Das ist eine spezielle Rasse«, reagiert Selma auf den fragenden Blick ihres Gastes. »Manche Züchter erlauben ein Testkuscheln und ich habe einen Bericht gelesen, der bestätigt, dass weibliche Tiere weniger Allergien auslösen, als männliche.«

Karl Wagner reibt sich das Kinn. »Aufschlussreich«, sagt er. »Danke für den Tipp!«

»Wenn es Sie nicht stört, trage ich den Strauß in ein anderes Zimmer, ehe Dru uns da oben explodiert.«

»Gerne.«

»Setzen Sie sich doch einstweilen.«

Bevor der ehemalige Wiener Kriminalbeamte auf einem der sechs Holzstühle Platz nimmt, holt er eine kleine dunkelblaue Schachtel aus seiner Hosentasche. Mit Bedacht stellt er sie vor sich auf den Tisch.

»So, Herr Wagner. Was gönnen wir uns heute?«, fragt Selma, als sie zurückkommt. »Das Einser-Menü von gestern?«

»Ist das noch auf der Karte?«

»Sicher. Walderdbeergebeizter Schwarztee, aus England, versteht sich«, wendet sich Selma scherzhaft an Detective, »mit Milch, einem Schuss Lebenselixier und Mama-Strudel. Kirsche, diesmal. Zwetschke ist leider aus. Bin gleich wieder da.«

Die Dame des Hauses verschwindet in der Küche, die Hündin rollt sich neben den Beinen ihres Herrchens zusammen. Karl fühlt sich wohl. Deshalb hat er den Besuch der örtlichen Polizei bei Selma verhindert. Er konzentriert sich auf die leise Musik, die ihm schon am Vortag aufgefallen ist. Sie kommt von schräg hinten, von einem silbernen Röhrengerät auf einem Glasregal. Puccinis‘ *Manon Lescaut.* Obwohl der Plattenspieler, der sich darunter befindet, still steht, klingen die Töne so warm wie einst in Karls Ohren.

»Genial«, sagt Karl, als seine Gastgeberin den Tee serviert. »Die Musik, meine ich.«

»Sie mögen Puccini?« Selma ärgert sich über ihren ungläubigen Ton.

»Durchaus. Doch bei mir tippt man auf *Wagner*, ich weiß.« Karl dreht sich zur Seite. »Die Anlage ist faszinierend. Klingt wie früher.« Der betagte Herr hat es sich abgewöhnt, »wie früher« zu sagen. Lange schon, da es für gewöhnlich niemanden interessiert. Warum er es jetzt tut, weiß er nicht.

»Ganz meine Meinung«, antwortet Selma, obwohl ihr bewusst ist, wie viel mehr für Karl Wagner hinter dem Begriff steht. »Den warmen Klang verdanken wir allerdings zu einem Großteil den Boxen. Sind Einweg-Lautsprecher.«

Karl nickt mit aufeinandergepressten Lippen. »Die sind gut.« *Man kann Musik nicht in hohe und tiefe Töne zerklauben, und denken, dass sie einander wiederfinden, Schatz*, erinnert er sich an die Worte seiner Frau zu Konrad, ihrem gemeinsamen Sohn, der damals von den neu aufkommenden Surround-Systemen mit extra Hoch- und Tieftönern schwärmte.

»Ja, mein Mann und ich – wie soll ich sagen – sind gerne analog. Keine *Alexa*, kein Musikstreaming und *smart* ist dieses *home* nur optisch. Wir haben nicht einmal Navis in unseren Autos«, erklärt Selma augenzwinkernd, während sie den Strudel aus der Küche holt. Als sie ein großes Stück davon auf Wagners Teller schiebt, bemerkt sie, dass die kleine dunkelblaue Schachtel, die ihr zuvor schon aufgefallen war, direkt auf dem ihren liegt.

»Mein Dankeschön. Wie angekündigt«, reagiert der ehemalige Kriminalbeamte auf Selmas Blick.

Die Schriftstellerin seufzt und setzt sich. »Widerspruch zwecklos, nehme ich an.«

»Öffnen Sie es einfach.«

Behutsam hebt Selma den Deckel und schlägt den darunter liegenden schwarzen Samt zu Seite. Ein silberner Ring kommt zum Vorschein. Genaugenommen, ein Gemmenring. Vorsichtig nimmt sie ihn heraus. Die dunkelgrüne, ovale Gemme zeigt das fein gearbeitete Tatzenkreuz der Templer mit den Umschriften *Secretum Templi* und *In Hoc Signo Vinces.*

»Eine schottische Arbeit. Silber, grüner Achat. 14. Jahrhundert. Das Zertifikat liegt darunter«, erklärt Karl gedämpft.

Selma starrt auf das Schmuckstück. Ihre Lippen öffnen sich, doch sie findet keine Worte.

»Nicht ihr Geschmack?«

Ehe sie Gelegenheit hat, die Frage zu verneinen, sagt ihr Gast: »Der Ring gehörte meiner verstorbenen Frau. Er war ein Geschenk eines schottischen Adeligen.« Selmas Miene interpretierend, erläutert er weiter: »Helene war Historikerin. Der Templerorden, ihr Spezialgebiet. Helene Wagner-Czerny.«

»Ich kenne ihr Buch. *Pauperes commilitones Christi templique salomonici – Auf den Spuren der Templer*«, antwortet Selma bedächtig. Leicht kopfschüttelnd zeigt sie Richtung Büchergalerie. »Nicht zu fassen.«

Willi hat mit diesem herausragenden historischen Bildband Selmas, nach einer Südfrankreichreise aufkeimendes Tempelritter-Interesse, für immer verfestigt.

Unter buschigen Brauen blitzen Wagners stahlblaue Augen auf. Der cremefarbene Buchrücken mit dem roten Tatzenkreuz hat ihn am Tag zuvor förmlich angesprungen. »Stecken Sie ihn an, Frau Weingart!«

»Selma, für Sie. Aber ich kann ihn nicht annehmen. Er ist zu kostbar. Ein Erbstück, ein ...«

»Er gehört jetzt an Ihren Finger«, unterbricht Wagner sie befehlsgewohnt.

»Wie kommen Sie darauf? Warum? Nur, weil ich auf Detective aufgepasst habe?«

Der Schenker nickt. »Glauben Sie mir, meine Erfahrungen mit Hundepensionen sind ernüchternd«, erwidert er und nimmt einen Schluck Tee. »Und weil ich *Ihre* Bücher kenne.«

Vorsichtig schiebt Selma den Gemmenring über den linken Ringfinger.

»Passt perfekt«, kommentiert Karl Wagner. Dann sticht er in seinen Kirschstrudel.

»*Danke* kommt mir etwas dürftig vor. Was soll ich sagen?«

»Die Mehlspeise ist wieder einmalig. Kompliment an die Mama.«

»Herr Wagner, ich ...«, beschwert sich Selma.

»Karl für Sie«, wird sie unterbrochen.

Die Beschenkte atmet tief durch. »Karl, ich bin mir ...«

»Selma«, fällt Wagner ihr erneut ins Wort. »Machen Sie mir die Freude.«

»In Ordnung«, kapituliert die Autorin. Sie schaut auf das faszinierende Schmuckstück an ihrer Hand. »Aber wenn Sie es sich jemals anders überlegen, wissen Sie, wo er ist.«

Karl Wagner mustert sein Gegenüber mit hochgezogenen weißen Brauen. »Denken Sie, ich bekomme Alzheimer?«

»Unwahrscheinlich, dass sich das noch ausgeht«, ätzt Dru.

Selma muss innerlich grinsen. Die zahlreichen Alzi-Vorwürfe, die im Freundeskreis ihrer Mutter Kathi erhoben werden, kommen ihr in den Sinn. »Nein«, antwortet sie. »Das denke ich nicht.«

»Woran schreiben Sie im Moment?«, wechselt der pensionierte Kriminalist das Thema.

»An einem Roman über Diokletian.«

Karl kratzt die letzten Kirschreste vom Teller. »Umstrittener Geselle«, kommentiert er. »War Diokletian nicht der einzige römische Kaiser, der freiwillig aus dem Amt geschieden ist?«

»War er. *Angeblich* zumindest.«

»Ah! Und da kommt die Romancière ins Spiel. Wann ist mit der Veröffentlichung zu rechnen?«

»Nie! Da siehst du vorher die Erdäpfel von unten, Opa, wenn du nicht schnellstens wieder mit deiner Miss Watson Pfostenschnüffeln gehst!«

Selma ignoriert Drus nasales Gemaunze. »Ich stecke in ... ich weiß nicht. Bis vor ein paar Tagen war ich gut unterwegs, doch jetzt ist es wie verhext. Aber damit belaste ich Sie nicht, Karl.« Die Schriftstellerin schaut in ihre Teetasse. »Heute habe ich noch nicht einmal gefragt, wie es Ihnen geht.«

»Was von mir, gelinde gesagt, als überaus erfrischend empfunden wird.«

»Verstehe. Themenwechsel: Gibt es etwas Neues von dem toten Mädchen?«

»Interessieren Sie sich für Kriminalfälle?«, reagiert Karl mit einer Gegenfrage. Durchdringend sieht er seine Gastgeberin an.

Selma hält dem Blick stand. »Nicht unbedingt. Doch es ist etwas anderes, wenn es hier, direkt vor ... Wenn es hier in Au passiert.«

»Es *passiert* immer vor irgendjemandes Nase. Woher hatten Sie den Folder?«

»Was?«

»Den vergammelten Prospekt, den Ihr Kater gebracht hat, als ich mich gestern verabschiedet habe.«

»Keine Ahnung. Von der Post wahrscheinlich. Unser Kater steht auf Papier.«

»Das Blut der Toten war darauf.«

Detective steht auf, Dru zeigt sich auf der Galerietreppe. »Ein Punkt für dich, E-Wurf!«

In Selmas Ohren rauscht es. »Woher …«, versucht sie, zu Wort zu kommen.

»Gerichtsmedizinische Untersuchung«, beantwortet der ehemalige Kriminalbeamte die Frage, bevor sie gestellt wird.

Auf Hals und Dekolleté der Autorin erscheinen rote Flecke. Wie immer, wenn sie sich aufregt. Ihre Stimme wird eine Nuance tiefer. »Und? Wollen Sie noch austrinken, bevor Sie die Polizei holen?«

»Ich denke, wir kommen ohne die Auer Gesetzeshüter zurecht. Zeig!«, wendet er sich an seinen Hund, der Selma schuldbewusst anblickt und dann in die Diele läuft. Karl Wagner stützt sich auf die Armlehnen des Sessels und erhebt sich. »Darf ich?«, fragt er und sieht Richtung Wohnzimmertür.

Selma nickt.

Draußen sitzt Detective vor Drus Kratzbaum und bellt die untere der Schlafhöhlen an.

»Genug!«, ertönt Wagners Befehlston. Die Spanieldame ist augenblicklich still. »Brav«, lobt er. Schwerfällig bückt sich der alte Mann und begutachtet Drus Rückzugsort durch die runde Öffnung hindurch.

»Das ist Drus Lager«, kommentiert Selma, die sich ebenfalls in der Diele eingefunden hat. In geduckter Haltung, mit angelegten Ohren hockt der schwarze Kater hinter ihr. »Es ist leer«, stellt Karl Wagner fest.

»Ja. Ich habe gestern Abend ausgeräumt, weil zu viele unserer Socken ein unfreiwilliges Singledasein führten.«

Wagner steckt die Hand in die Öffnung der dunkelblauen Plüschhöhle und hält sie danach seinem Hund unter die Nase. Detective bellt zweimal. Anschließend rappelt er sich wieder hoch. »Alles klar«, sagt er.

»Tatsächlich?« Selma bemüht sich nicht, den sarkastischen Ton ihrer Stimme zu drosseln.

»Das Beweisstück war hier drinnen.«

»Originell von mir, nicht?«

Wagner holt ein Plastiksäckchen mit kleinen Luftlöchern aus der Brusttasche seines dunkelroten Hemds. Ein winziges Papierstück befindet sich darin. »Vom Prospekt«, erklärt er. »Mein Hund würde den Geruch im ganzen Haus wiederfinden. Aber er ist nur hier, in Drusus' *Lager*. Der Folder war seine Beute.«

Dru tritt hinter Selma hervor. Für einen Moment ringelt er den Schwanz um ihr Bein. Dann stellt er sich vor Karl Wagner. Durchdringend sieht er zu ihm auf. »Beute?«, faucht der Kater. »Das erste Schnitzel, Carolus Senilus! Nicht im Traum würde ich so einen Kotzlappen sonst berühren. Und jetzt lass Selma zufrieden! Parkst deinen Kläffer, stiehlst unsere Zeit, bringst ein Second-Hand-Geschenk, schlägst dir den Wanst voll! Etwas unausgeglichen die Chose, findest du nicht?«

Wagner wirkt, als würde er genau zuhören. »Wie weit spaziert Ihr Kater denn?«, fragt er, als Dru seine Tirade beendet hat.

Die Frage eines Hundebesitzers, denkt Selma. Mit der Handfläche streicht sie ihren Pony aus der Stirn. »In der Regel entfernt er sich keine 100 Meter vom Haus. Aber Dru ist eine Katze«, betont sie mit hochgezogenen Brauen. *Nichts für Kontrollfreaks.* »Unmöglich, das mit Gewissheit zu sagen.«

Obwohl es ihm körperlich schwerfällt, geht der betagte Herr in die Hocke. »Kann es sein, dass du am Teich warst?«, wendet er sich direkt an Dru und hält ihm das Papierstückchen unter die Nase. Selma traut ihren Ohren nicht.

Mehrmals hintereinander kurz wuffend, kommt Detective ihrem kätzischen Ermittlungspartner zuvor: »*Yes*, war er. War er.« Schwanzwedelnd tritt sie an Drus Seite.

Der Kater gibt ein kurzes Knurren von sich. Er sieht zu seiner Kratzbaumhöhle und tippt dann mit der Pfote auf das Papierstück in Wagners Hand. »Wer sonst? Dein devotes Hündchen hat man ja nicht rangelassen. Ein klarer Fall für die Unabhängigen, die Nichtkriecher, die *IFDN!*«, maunzt Dru mit aufgeplustertem Schwanz.

Geräuschvoll stößt Wagner den Atem durch die Nase aus. »Unglaublich«, murmelt er, sich mühsam hochrappelnd.

»Nehmen Sie Dru und mich jetzt gleich fest, oder wünschen Sie vorher noch, unseren Keller zu sehen?«, fragt Selma, die nach wie vor nicht zu einem normalen Umgangston findet. »Die übrigen Leichen.«

»Selma«, schnauft Wagner und verdreht die Augen.

Im Wohnzimmer läutet ein Handy.

»Moment, bitte«, entschuldigt sich die Hausherrin.

- »Ja, Mama, was gibt's?«
- »In fünf Minuten sind wir da. Du kannst dich schon anziehen, Selmerl.«
- Selma klatscht mit der Hand an ihre Stirn. Die familienspezifische *Ich-hab's-vergessen*-Geste. »Passt, bis gleich!«

»So ein Schmarrn!«, flucht Selma entnervt, als sie in die Diele zurückkehrt. »Herr Wagner, sorry, aber ich muss weg. In ein paar Minuten werde ich abgeholt. Wir besuchen eine Freundin meiner Mutter im neuen Altersheim und ich«, Selma schnauft, »ich hab's total verschwitzt.«

»Keine Ursache, ich halte Sie auf dem Laufenden. Komm Detective!«, entgegnet Karl Wagner ruhig und macht sich auf den Weg die Treppe hinunter. »Ich finde allein hinaus.«

»Nicht nötig, ich komme mit.«

Während Wagner auf der Schuhbank sitzend seine Präzisionsmaschen bindet, schlüpft Selma in Anorak und Stiefel. »Sie sind schon da«, stellt sie fest, nimmt ihre Tasche und schließt die Haustür auf. »Bin gleich soweit!«, ruft sie ihrer Mutter Kathi zu, die die Beifahrertür, des in der Einfahrt parkenden roten Fiat 500, geöffnet hat. »Pass auf! Es ist glatt!«, warnt Selma.

Mit einem großen Tupper Geschirr beladen, kommt Kathi ihrer Tochter vorsichtig entgegen. »Habe mir gedacht, du brauchst Nachschub. Ist noch warm. Könntest du aber einfrieren, falls ihr nicht gleich Gusto habt.«

Dankend nimmt Selma das Geschenk an. »Sekunde, ich trag' es nur kurz hinein.« Unter dem Vordach stößt sie mit dem fertig adjustierten Wagner zusammen. »Entschuldigung, Strudel!«, verrät sie ihm. Verheißungsvoll schüttelt sie das Geschirr hin und her. »Meine Mutter kennen Sie ja. Bin gleich wieder da!«

Kathi gibt sich freudig überrascht. »Ja, Herr Wagner! Hallo!«, flötet sie, streckt ihm die Hand entgegen.

Er ergreift sie und deutet einen Handkuss an. »Begrüße Sie, gnädige Frau.«

»Das sind halt Manieren!«, lobt Kathi.

Nicht zu fassen, der Mann. Jahrelang schleicht er durch die Siedlung und ignoriert jeden, und jetzt mutiert er zum Charmeur. Zum täglich aufkreuzenden Charmeur, der faszinierende Geschenke macht und mich für eine Mörderin hält, brabbeln Selmas Gedanken vor sich hin, während sie die Haustür versperrt. »Liegt wahrscheinlich an deinem Strudel, Mama!«, wirft sie trocken ein.

»Ihre Tochter war so freundlich, mich zu bewirten«, erläutert der pensionierte Kriminalbeamte.

»Ich weiß, ich weiß. Das Selmerl hat mir Ihr gestriges Lob ausgerichtet. Freut mich, wenn Ihnen mein Strudel zusagt. Ist das Rezept meiner Schwiegermutter. Sie war seinerzeit Herrschaftsköchin in Wien.«

»Das schmeckt man! Schlicht und ergreifend ausgezeichnet Frau ...«

»Kathi. Mein Name ist Katharina.«

»Katharina«, wiederholt Karl Wagner.

»Nicht, dass Sie glauben, meine Tochter könnte nicht kochen! Selma ist eine hervorragende Köchin. Und das sage ich nicht nur, weil ich ihre Mutter bin.« Kathi lacht auf und berührt jovial Wagners Arm. Für einen Augenblick versteift sich der alte Herr, dann ist er wie vorher. »Nur für das Süße ist halt die Mama zuständig. Aber, sagen Sie, lieber Herr Wagner«, wechselt Selmas Mutter das Thema, »Wie geht es Ihnen? Wie geht es Ihrem Herz?«

»Besser. Jetzt, wo ich wieder zu Hause bin.«

»War ein kurzer Aufenthalt für eine Herzattacke. Aber recht haben'S gehabt. Ein alter Spruch in unserer Familie ist: Bist länger drin, wirst früher hin.«

Schmunzelnd stellt Karl Wagner seinen Mantelkragen auf.

»Mama!«, tadelt die Tochter.

»Ist ja wahr. Zwei meiner Bekannten sind letztes Jahr an einem Krankenhauskeim gestorben. Der eine war nicht einmal fünfundsechzig!«

Selma zupft ihre Mutter an der Jacke, die daraufhin ungern, aber spornstreichs das Thema wechselt:

»Ja, gell! Und du freust dich auch, dass dein Herrli wieder da ist«, wendet sich Kathi nonchalant an Detective.

Augenblicklich erhöht die Hündin die Wedelfrequenz.

Der Fiat 500 in der Einfahrt gibt ein kurzes Hupen von sich.

Kathi hebt die Hand. »Ja, ja. Wir kommen ja schon!«, ruft sie der schwarzhaarigen jungen Frau zu, die am Steuer sitzt. In vertraulich leisem Ton sagt sie danach zu Wagner: »Blöde Huperei. So etwas mag ich nicht.«

Streng blickt der pensionierte Kriminalbeamte zu dem kleinen roten Auto hinüber. »Bin vollends Ihrer Meinung.«

Selmas Mutter lächelt. Erneut reicht sie Wagner die Hand. »Alles Gute und baldige Genesung!«, wünscht sie ihm.

»Danke, gnädige Frau. Hat mich gefreut«, erwidert er inklusive angedeuteter Handkussgeschichte.

Selma und Wagner nicken einander zu, Kathi hakt sich bei ihrer Tochter unter. Bevor sich die Schriftstellerin hinter dem umgeklappten Beifahrersitz in den Fond des wartenden Fiat zwängt, ruft sie dem alten Herrn hinterher:

»Bis morgen! Dann inspizieren wir den Keller!« Sie ist sicher, dass er sie hört.

Der Winterwind fährt in Wagners schlohweißes Haar, aber er dreht sich nicht um.

»Hallo Mara!«, grüßt Selma den schwarzen Ponyschwanz am Steuer, dessen glitzerbesteinte Kunstnägel nervös auf das Lenkrad klacken.

»Tara«, korrigiert der Ponyschwanz.

»Sorry. Hallo Tara!«

»Hi Selma! Können wir jetzt fahren? Omi wartet nicht gerne.«

»Denke schon. Du hast doch alles, oder *Mami*?«, fragt Selma ihre Mutter zuckersüß.

Kathi rollt die dunkelbraunen Augen. »Ja, danke.« Die Art, Menschen, die sie nicht über Gebühr schätzt, umzutaufen, hat Selma von ihrem Vater. Wie vieles andere.

Zweimal sucht Tara lautstark den Retourgang. Beim dritten Mal klappt es. Der rote Fiat steht auf der schmalen Straße, doch er kommt nicht vom Fleck. »Scheiß Schnee!«, flucht Heidis Enkelin. »Gibt es in diesem Kaff denn kein Salz?«

»Nein. Nur kleine Schottersteinchen. Du gibst zu viel Gas«, antwortet Selma.

Tara versucht es vorsichtiger, doch das Ergebnis ist das gleiche.

»Lass dich ein bisschen die Straße hinunter zurückrollen, dort ist es flacher.«

»Sonst noch was?«, reagiert die junge Frau genervt und versucht es diesmal mit Gefühl. Das ESP rattert, doch dann setzt sich der Wagen langsam in Bewegung.

Auf dem sorgfältig bepflanzten, aber nach wie vor kahl wirkenden Hügel oberhalb des Ortes angekommen, hält der rote 500er nach einem Parkplatz Ausschau. Er visiert zwei Lücken an, aber erst die dritte scheint für seine Größe geeignet.

Der Wind reißt Kathi die Autotür aus der Hand. Als Selma hinter ihr aussteigt, raunt sie ihrer Tochter zu: »Wenn du mich jemals hierher steckst, rede ich kein Wort mehr mit dir!«

»Dann sei brav«, antwortet Selma mit gespieltem Ernst.

16

Zur selben Zeit

- »Na, Schmalzl? Wie geht's da oben im Norden?«
- »Danke, der Nachfrage, Doc. Alles unter Kontrolle.
- »Seit einer halben Stunde versuche ich, dich zu erreichen.«
- »Sorry, ich war bei meinen Schnurrlis. Da schalte ich mein Handy immer lautlos.«
- »Planänderung, Schmalzl. Backofenalarm!«
- »Aber Doc! Du weißt doch, dass ...«

»Hör mir zu! Die Neue, du nimmst die Neue.«
- »Und dein Schweizer?«
- »Für den Zwickli muss uns was anderes einfallen. Dieser Fall hat Vorrang, wenn du verstehst. Bereite alles vor, morgen komme ich hinauf zu Euch.«
- »Geht klar. Backpulver wird langsam rar.«
- »Ich bringe Nachschub. Und das restliche Zeug?«
- »Genug vorrätig.«
- »In Ordnung. Wir bleiben in Verbindung, Schmalzl.«

17

Au, am windigen Hügel
Donnerstag, 14. Februar 2019
11:00 Uhr

Kathis Freundin erwartet ihren Besuch im Foyer der Seniorenresidenz, das, so viel muss man den Architekten lassen, zweifelsohne ebenso zu einem belebten Wellnesshotel gehören könnte. Strahlend erhebt sie sich von einem weich gepolsterten Loungesessel.

»Da seid ihr ja! Ich habe mich schon gesorgt«, begrüßt Heidi ihre Gäste mit dem für sie typischen Blick auf ihre zarte goldene Armbanduhr. Das Zifferblatt ist so klein, dass sie es seit zwanzig Jahren nicht mehr ablesen kann.

»Hi Omi!«, flötet Tara und geht auf sie zu. »Warum hast du dir bloß den Arsch der Welt ausgesucht?«

»Meine Süße! Schön, dass du da bist«, erwidert Heidi. Sie drückt ihre Enkeltochter an sich, den Rest von Taras Begrüßung ignoriert sie. »Kathi! Selma! Ich freue mich!«

»Servus Heidi, toll siehst du aus! Wie frisch gebügelt«, sagt Selmas Mutter. Sie küsst die Freundin auf beide Wangen. »Der *Arsch* der Welt wirkt anscheinend Wunder!«

»Stimmt, so glatt«, bekräftigt Selma, während sie der alten Dame die Hand drückt. »Hallo, Heidi!«

»Echt jetzt? Die haben Botox da?«, gibt sich Tara interessiert.

»Nein, im Moment nicht, Mäuschen. Die Anti-Aging-Ärzte sind leider nur einmal im Quartal vor Ort. Obwohl ich beim Check-in vorweg eine Mappe mit den möglichen Behandlungen und Kosten erhalten habe, und ...« – Heidi tippt ihrer Enkelin mit dem Zeigefinger auf den Handrücken. »Da ist auch was für dich dabei. Erinnere mich bitte nachher daran.« – »... und entschlossen bin«, fährt Heidi mit einem koketten Zwinkern an alle gewandt fort, »noch weitaus glatter, straffer und mit Sicherheit ohne einen dreißigstelligen Barcode auf der Oberlippe in meinen ersten Frühling auf dem Lande zu gehen.« Sie schüttelt ihre blaugespülten, kurzen Locken, dann lässt sie sich zurück auf den Loungesessel fallen. »Kommt, setzt euch! Wir nehmen einen Drink, bevor ich euch mein Appartement zeige«, ordnet sie an.

»Es ist doch bald Zeit für's Mittagessen. In solchen ... solchen ...«

»Residenzen«, hilft Selma ihrer Mutter aus.

»In solchen Residenzen isst man doch immer zeitig«, gibt Kathi zu bedenken.

Heidi kann ihre Freundin beruhigen. »Kein Stress, meine Liebe. Das hier ist kein Lokal für Pensionistenbusse, wo ein vorgekautes Butterschnitzerl schon um 11:00 Uhr vom Teller quillt. Außerdem absolviere ich im Moment die 16:8-Diät und esse frühestens am Abend wieder. Alles klar? Dann ist's ja gut. Ich habe vier Virgin Coladas bestellt, die dank Sergej – Heidi sieht unverhohlen Richtung Rezeption – nicht gänzlich jungfräulich ausfallen werden.«

Kathi und ihre Tochter tauschen Blicke.

Sergej ... 6 cl zumindest, denkt Selma schmunzelnd. Sie kennt Heidis Abneigung gegen schwache Getränke. Ihre Gin Tonics sind legendär, und für gewöhnlich stärker, als sie im Griechenland der 90er waren. Heidi betont stets, Heinrich, ihr verstorbener Mann, hätte auf gehaltvolle Rezepturen bestanden.

»Und?«, wendet sich Heidi an Selma. »Hast du schon begonnen?«

»Womit?« Die Romanautorin stellt sich dumm, was ihr kurzerhand von der Freundin ihrer Mutter verboten wird. *Tief durchatmen*, ermahnt sich Selma. Einmal mehr kann sie die Hintergründe von Heinrichs kräftigen Mischungen nachvollziehen. »Nein«, sagt sie etwas kühl.

»Nein?«

»Darf ich fragen, worum es hier geht?«, mischt sich Kathi ein.

»Um den neuen Roman deiner Tochter. *Du* warst doch immer die Krimi-Mimi von uns allen! Sag ihr, sie soll einen schreiben. Ein Mord vor der Haustür ...«

»Eine Tote«, wird sie von Selma unterbrochen.

Heidi zieht die strichförmigen Augenbrauen hoch. »Wie auch immer, so eine Gelegenheit kommt so schnell nicht wieder.«

Achselzuckend schaut Kathi Selma an. »Wo sie recht hat, hat sie recht.«

Tara blickt kurz von ihrem Smartphone auf. »Schreib doch einen Vampirroman, besser noch, einen erotischen Vampirroman.«

»Beiß mich unsterblich wund – Teil 10? Hast du an so etwas gedacht?«, fragt Selma gelangweilt, der seit der Biss-Tetralogie von Stephenie Meyer nichts mehr Interessantes in diesem Genre untergekommen ist. Die meist unbeholfenen, aber dafür marktgeilen Bestsellerverquickungen von *Edward, Bella* und *Fifty Shades of Grey*, schaffen es, Selmas Meinung zufolge, nicht einmal in die mittlere Schublade.

»Vergiss es«, zischt Tara und starrt wieder auf ihr Handy.

Prohibitionsbrecher Sergej serviert die Coladas und die vier Damen stoßen geräuschvoll auf Heidis neuen Wohnsitz an.

Themenwechsel, hofft Selma.

Zufrieden leert Heidi die Hälfte ihres Glases. »Gelungen, nicht wahr? Und jetzt erzähl, Selma! Was hat die Polizei rausgefunden?«

Selma seufzt, starrt auf ihre Hände. »Meines Wissens nichts, was du nicht schon im Fernsehen gesehen, oder zumindest in der Zeitung gelesen hast.«

»So, so. Tara, Mäuschen!«, wendet sich Heidi an ihre Enkelin. »Google doch mal *Die Schöne aus dem Eis.* Vielleicht gibt es etwas Aktuelles?«

»Selmerl ... ein neuer Ring?«, staunt Kathi währenddessen und nimmt die Hand ihrer Tochter. »Lass mal sehen!«

»Vom Wagner«, erklärt Selma mit gedämpfter Stimme. »Ein Geschenk wegen des Hundes.«

»Du hattest die Kleine doch nicht ein Jahr, oder täusche ich ...« Kathi sieht in Selmas Augen und hält inne. *Du liegst richtig, aber bitte nicht jetzt*, deutet sie den Blick der Tochter. Spontan entschließt sich Kathi, dem Ersuchen nachzukommen. »Und? Steht was im Google?«, fragt sie stattdessen in die Runde.

Zwei Stunden später lehnt Selma an der Rezeptionstheke der Seniorenresidenz, ihre Wangen sind heiß. Sie wartet, bis sie an der Reihe ist. Die anderen drei Frauen sitzen im palmenbepflanzten Wintergarten. Selma hat ihnen gesagt, sie müsse zur Toilette.

»Bitte, was darf ich für Sie tun?«, wird sie von einer freundlichen Rezeptionistin mittleren Alters angesprochen. *Zelda* steht auf ihrem Namensschild.

Zielgerichtet oder diplomatisch, fragt Selma sich. Die Entscheidung fällt auf Zweiteres. »Ich möchte mich kurz erkundigen, weil ich eben gehört habe, dass Sie hier sogar Anti-Aging-Behandlungen anbieten. Stimmt das?«

Zelda streicht sich das mahagonifarbene Haar aus der Stirn. Sie lächelt. »Ja. Einmal im Quartal haben wir für ein paar Tage ein erfahrenes Team im Haus. Schönheitschirurgie, Ernährungsberatung, minimalinvasive Kosmetik, aber ebenso Packungen, Wickel, Drainagen, Pediküre, sprich die gesamte Bandbreite klassischer Beautyanwendungen. Je nachdem, wofür sich unsere Gäste anmelden.«

»Muss man dazu ein *Gast* Ihres Hauses sein?« Instinktiv beschließt Selma, ihr Visavis vorerst nicht zu Wort kommen zu lassen. »Wissen Sie, meine Mutter und ich sind auf Besuch bei einer Freundin, die seit kurzem bei Ihnen wohnt und ...«

»Ja, ja! Die Frau Perndl. Ich habe Sie vorhin schon zusammen in der Lounge gesehen. Aber Entschuldigung, dass ich Sie unterbrochen habe.«

»Keine Ursache. Auf alle Fälle hat Frau Perndl meiner Mutter dieses Anti-Aging-Mäppchen mit den ganzen Behandlungsmöglichkeiten gezeigt. Und da Mama in Kürze einen *Runden* feiert und ich hier in Au lebe, dachte ich, man könnte für sie etwas Nettes zusammenstellen, gesetzt den Fall, Sie behandeln überhaupt *externe* Gäste.«

Zwischen Zeldas Brauen bildet sich eine Falte. »Ich bin nicht sicher – heute ist erst mein vierter Arbeitstag hier –, aber ich erkundige mich gerne bei der Geschäftsleitung für Sie. Das dauert allerdings ein wenig.«

Nervös blickt Selma Richtung Durchgang zum Wintergarten. »Ich bin in *geheimer Mission* hier. Es soll eine Überraschung werden.«

»Verstehe, verstehe. Wissen Sie was, ich gebe Ihnen einfach einmal die Infomappe mit, damit Sie in Ruhe gustieren können.« Die Rezeptionistin dreht sich um und zieht eine Lade aus dem stylischen Wandverbau. Sie schließt sie wieder, öffnet eine andere weiter rechts, und durchsucht das darin befindliche Prospektmaterial. Selma beginnt zu schwitzen. »Da! Wir haben Glück«, stellt Zelda erfreut fest.

»Was immer man sucht, es ist ganz unten«, bemerkt Selma erleichtert.

»Genau«, pflichtet Zelda ihr bei und legt die hellblaue Mappe auf die Rezeptionstheke. »Hier, bitte! Scheint, die Letzte zu sein.« Aus einem eckigen, mattgoldenen Behältnis nimmt sie ein Visitenkärtchen heraus, das sie in die Mappe steckt. »Rufen Sie mich später an!«, sagt sie mit verschwörerischem Unterton. »Ich kann mir kaum vorstellen, dass die Geschäftsleitung etwas dagegen hat. Insbesondere nicht, wenn es sich um spezielle Anlässe und Leute aus dem Ort dreht.«

Selma verstaut das Mäppchen in ihrer Tasche. »Vielen, herzlichen Dank, Frau Zelda! Sie haben mir sehr geholfen.«

»Jederzeit wieder«, antwortet die Rezeptionistin mit einem breiten Lächeln, während sie einen Blick Richtung Wintergarten wirft. »Mission gelungen, wie es scheint.«

Selma schluckt und nickt. »Bis bald!«, verabschiedet sie sich.

Dann geht sie zurück zu den Anderen.

Gedankenversunken, die Hände auf die Anrichte gestützt, steht Selma Weingart vor der zischenden Espressomaschine. Ihr Kater sitzt daneben. Zufrieden starrt er sie aus goldgelben Augen an. Das kleine rote Auto hat Selma zurückgebracht und ist gleich wieder gefahren. Es ist Donnerstag, Kathis Tarockrunde. Eine Verabredung, die sie nur im äußersten Notfall sausen lässt. Nicht, dass Dru etwas gegen Kathi hätte, aber auf Tara kann er leicht verzichten, zumal der Besuchsterror der letzten Tage den behaglichen Kokon seiner Behausung schwer in Mitleidenschaft gezogen hat.

»Hast du tatsächlich diesen Prospekt in deinem Kratzbaum versteckt?«, fragt sie ihn und streicht über seinen runden Katerkopf.

Dru blinzelt.

»Wo sollte er sonst hergekommen sein«, seufzt Selma. Ihr Mann ist ebenso ratlos. Vor fünf Minuten hat sie mit

Willi, der früh am Morgen zu einem Meeting nach Wien aufgebrochen ist, telefoniert.

Kopfschüttelnd beginnt Selma mit Zeige- und Mittelfinger der linken Hand Drus Kinn zu kraulen. Fordernd streckt er es ihr entgegen. Mit der rechten drückt sie ein zweites Mal den blinkenden Knopf der *De'Longhi*-Maschine. »Heute brauche ich einen Doppelten«, murmelt sie. Kaffeegeruch hat einen beruhigenden Effekt auf Selma, riecht nach Geborgenheit. Sie hofft, dass er auch diesmal seine Wirkung nicht verfehlt.

Mit buntgeringelter Lieblingstasse und ihrem Kater im Schlepptau setzt sich die Schriftstellerin an den Esstisch und betrachtet ihre Handtasche, die sie am Stuhl daneben abgestellt hat. Einen großen Schluck genehmigt sie sich, dann öffnet sie den Zipp der Tasche und holt die Mappe heraus. »Mal sehen ...«, flüstert sie Dru zu, der vehement um ihre Beine streicht.

Selma klappt den Deckel auf, blättert durch die Angebote. Peu à peu wandern ihre Augen über Diätpläne, Body Wrapping, Hyaluron- und Botoxbehandlungen, Brauenlifting, Gesäßstraffung, jede Menge Preislisten ...

Was immer man sucht, es ist ganz unten.

WIR SUCHEN DICH! Haarverlängerungs- und Permanent Make-up Testimonials für Werbeaufnahmen gesucht. Du bist weiblich, zwischen zwanzig und dreißig und träumst von einer Modelkarriere? Worauf warten? Wir stylen Dich um. Kostenlos! Sende uns Deine Bewerbung noch heute an: hollywoodisnear@gmail.com

»Das bist du also«, sagt Selma. Ihre Stimme ist belegt.

Augenblicklich springt Dru auf ihren Schoß. »Du sagst es!«, gurrt der Kater ambitioniert und stellt die rechte Vorderpfote auf den Folder.

»Und du erkennst ihn wieder ... so ist es doch? Mein Gott!«

»Todsicher. Wer sehen kann, der sehe! Hältst du mich etwa für blind?«

»Auf der Rückseite ist sogar eine Adresse. Hollywood is near – Mein Schönheitsstudio für Nägel, Haare, Wimpern und Permanent Make-up, Marcovice 366, 382 73 Vyšší Brod, Tschechien«, liest Selma Weingart vor. Rote Flecke erscheinen auf ihrem Hals, als sie das Handy aus der Tasche holt.

- »Hallo Selma!«
- »Hallo Herr Wagner. Ich meine Karl«, korrigiert sie sich. »Ich habe den Folder bei mir.«
- »Was? Wie meinen Sie das? Er ist im Institut in Linz.«

- »Nein. Einen anderen. Einen neuen. Soll ich vorbeikommen?«
- »Ich bin im Moment mit Detective spazieren. In zehn Minuten kann ich bei Ihnen sein.
- »Okay. Bis gleich.«

Nicht lange darauf betrachtet Karl Wagner im Wohnzimmer der Weingarts den Folder. In aufmerksamer Haltung sitzt Detective zwischen Selma und ihrem Herrchen.

Und Dru? Nun, er versucht den zum wiederholten Male seine Kreise störenden Besuch, erneut auf der Galerie auszusitzen. Dennoch observiert er den Raum unter sich mit allen ihm zur Verfügung stehenden Sinnen, sind doch die *Intelligenten Freunde des Menschen* in Vertretung seiner Person maßgeblich an der Aufklärung dieses Falles beteiligt.

»Ohne Zweifel«, bestätigt der ehemals hochrangige Kriminalbeamte, während er die Lesebrille von der Nase nimmt. »Sie haben ein untadeliges Gedächtnis. Auch, wenn ich mir einbilde, dass bei diesem, das Schriftbild und die Farben geringfügig anders sind.«

Fragend hebt Selma die dunklen Brauen.

»Ich hatte immerhin etwas länger Zeit, mir den mitgenommenen Zwilling anzusehen«, erklärt Wagner und lehnt sich auf seinem Stuhl zurück. Eine altbekannte Energie durchströmt ihn. Schlagartig fühlt er sich fitter. Ohne den Folder vor ihm auf dem Tisch aus den Augen zu lassen, erkundigt er sich: »Und wo haben Sie den aufgetrieben? Erzählen Sie mir die Geschichte, bevor wir den Keller inspizieren oder lieber danach?«

Selma presst die Lippen aufeinander. »Ich wusste, dass Sie mich gehört haben.«

Karls strengen Mund umspielt ein feines Lächeln. Freilich ist ihm nicht entgangen, was Selma ihm am Vormittag nachgerufen hat. Sein Gehör ist stets phänomenal gewesen. Selbst heute ist es überdurchschnittlich.

»Der Prospekt ist aus dem Altersheim«, kehrt sie zum Thema zurück. »Der neuen Seniorenresidenz oben auf dem Hügel.« Die Schriftstellerin reibt mit der Hand über ihre Stirn. »Er war in einer Mappe mit Anti-Aging Behandlungen, die den Bewohnern angeboten werden. Heidi, die Freundin meiner Mutter – wir haben sie vorhin dort besucht – hat ihn ihrer Enkelin weitergegeben. Die junge Frau, die den kleinen roten Fiat gefahren hat. Sie erinnern sich?«, fragt Selma, während sie Wagner die Mappe zuschiebt.

»Natürlich, die Huperin.« Mit dem Zeigefinger streicht Karl über den goldgeprägten, elegant geschwungenen Schriftzug auf der hellblauen Mappe. »*Meine* Residenz«, liest er laut. Wie ihm diese Mein-Gesellschaft auf die Nerven geht. Mein Bäcker, meine Zeitung, meine Therme ... Zweifelsohne fragt man sich, wem dies alles zuvor gehörte. Mit einem Seufzen wendet er sich an Selma: »Nun, ginge es nach *meinem* Sohn, würde es ebenso *meine* persönliche Residenz werden.« Detective lässt ein kurzes Winseln hören. »Keine Angst«, beruhigt er die Hündin, »Wir beide bleiben in *unserem* Haus.«

»Schön zu hören, vor allem das Wort *unser*«, kommentiert Selma, der die egomanietrunkene, jedes einzelne Individuum zum Mittelpunkt des Universums hochstilisierende Ignoranz ebenso sauer aufstößt.

Wohlwollend gleitet Wagners stahlblauer Blick über die Nachbarin, mit der er bis vor kurzem kein Wort gewechselt hat. An ihrer Hand mit dem Gemmenring bleibt er hängen. *Siehst du Helene, ich habe mich nicht geirrt*, spricht er in Gedanken mit seiner verstorbenen Frau.

Eine halbe Stunde später rollt man zu dritt in Selmas kornblumenblauem Mini Cooper aus der winterweißen Einfahrt von Au Nr. 77. Das denken zumindest die Zweibeiner.

Verdammt nochmal, ist das glatt, flucht die Fahrerin lautlos, bevor sie den ersten Gang einlegt und so gefühlvoll es ihre gefütterten Stiefel erlauben, das Gaspedal betätigt.

»Platz!«, weist Wagner die winselnde Detective an, sich im Fußraum zwischen seine Beine zu legen.

»Fährt sie nicht gern Auto?«, fragt Selma, während ihr Mini die enge, verschneite Gasse im Schneckentempo bergan kriecht.

»Nicht, dass ich wüsste.« Beruhigend streicht Wagner über den flauschigen Kopf des Spanielmädchens. »Still, Detective! Still!«, fordert er sie auf, das Gewinsel einzustellen, bevor er steifnackig über seine rechte Schulter nach hinten blickt, um den Sicherheitsgurt heranzuziehen. »Ich weiß nicht, warum sie so nervös ist.« Mit einem energischen Click gurtet er sich an.

Als Selma auf die salznasse B126 Richtung Tschechien biegt, beschleicht sie ein mulmiges Gefühl. »Sind Sie sicher, Karl, dass wir nicht die Polizei benachrichtigen sollen?«, vergewissert sie sich. »Sie sind doch befreundet.«

»Todsicher, Selma«, beantwortet Wagner in gewohnt sonorem Tonfall ihre Frage. »Das hat Zeit.« Kurz kommt ihm sein Sohn Konrad in den Sinn. Er würde es nicht glauben, könnte er seinen Vater, den *Menschenfeind!,* so sehen. Zufrieden sucht er auf dem ledergepolsterten Beifahrersitz nach der für ihn optimalen Reiseposition.

Selmas Blick streift die Tankanzeige. Zu einem Viertel voll. Das ist genug. Nach Vyšší Brod sind es nicht einmal 30 Kilometer. »Okay, Karl. Wie Sie meinen«, gibt sie sich geschlagen, obwohl ihr gänzlich unklar ist, was sie hier tut. Ein Roman wartet darauf, fertig gestellt zu werden, und sie fährt mit einem nahezu hundertjährigen Hobbyschnüffler und seinem Hund durch die Gegend. *Irrsinn! Ich muss irre sein. Was soll ich tun? Umkehren? Mich bewaffnen? Und wenn wir dort sind? Was dann? Das ist Sache der Polizei, und zwar der amtierenden und nicht der pensionierten.* Tausend Gedanken schießen durch Selmas Kopf.

Sogar nach Jahrzehnten seines weitgehend selbst gewählten Eremitendaseins spürt Karl Wagner instinktiv, was hinter Selmas widerspenstig abstehendem Fransenpony vorgeht. »Unerwartet geräumig, dieser Wagen«, versucht er, sie aus ihren Überlegungen zu reißen.

Schnaufend geht Selma darauf ein. »Ja, Minis waren immer schon Raumwunder. Besonders der Ur-Mini. Der aus den 60er Jahren.«

»Ich erinnere mich lebhaft daran, als es herauskam, dieses sparsame Kind der Suezkrise. 10 Zoll-Räder, kaum mehr als drei Meter Länge und ausreichend Platz für vier Personen. Ein perfektes Vehikel für die Stadt. Wäre ich damals jünger oder ohne Familie gewesen, hätte ich zugeschlagen.«

Selma fällt es schwer, ein Schmunzeln zu unterdrücken, wenn sie sich den akkurat gekleideten, peniblen Mann neben ihr hinter dem putzigen Lenkrad eines *Kindes der Suezkrise*, wie er es ausdrückt, vorstellt. Sie ist nicht sicher, ihn jemals am Steuer eines Autos gesehen zu haben. »Und jetzt fahren Sie nicht mehr?«

»Nein. Seit meinem Neunziger.«

Nickend entscheidet Selma, nicht weiter zu fragen.

»Aber ich besitze einen Wagen.«

»Ja?«

»Einen Volvo P1800.«

Selmas Brauen schnellen in die Höhe. Ohne es zu ahnen, ist es Wagner nun tatsächlich gelungen, sie vom Hinterfragen der Sinnhaftigkeit ihrer gemeinsamen Fahrt nach Tschechien, zu der am Folder vermerkten Adresse, abzulenken. »Genial! Eines der schönsten Coupés, das je gebaut wurde. Baujahr? Farbe?«

»1968. Eisblau«, antwortet Wagner verblüfft. Ein P1800er ist nicht bekannt wie ein 190er-Nitribitt-SL, ein Jaguar E-Type oder 356er Porsche. Der 1800er ist ein Oldtimer für Insider. Selten, dass jemand damit etwas anzufangen weiß.

»Toll! Perfekter geht's kaum.« Selma spürt Wagners bewundernden Blick. »Woher ich das weiß? Halb so mysteriös, Karl. Die Mutter meines Mannes fuhr einen. In Rot. Willi machte in seiner Jugend die ersten eigenen Kilometer damit ... und hat nach wie vor ein ausgesprochenes Faible für dieses Coupé. Leider wurde es in den 90er Jahren verkauft.« Selma hat das Foto des damals neunzehnjährigen Willi, lässig an das schnittige Fahrzeug gelehnt, vor Augen. Es ziert ein Regal im Dachgeschoss, neben der Carrera-Rennbahn. Ein warmes Gefühl breitet sich in ihr aus, wenn sie daran denkt. »Ich muss Ihnen mal ein Bild zeigen.«

»Würde mich freuen.«

»Wir hätten den Volvo nehmen sollen«, sagt Selma spontan, während sie die tief winterliche Marktgemeinde Zwettl passieren. Alles was der gegenwärtigen Situation die Ernsthaftigkeit nimmt, ist ihr willkommen.

»So?«

»*Simon Templar*«, antwortet sie.

»Sie verblüffen mich aufs Neue, Selma.« *Simon Templar* ist eine britische Krimiserie aus den 60er Jahren, in der der Hauptdarsteller, Roger Moore, einen Volvo P1800 fährt. Neben *Die 2* und der *Onedin-Linie* gehört sie zu Wagners liebsten Fernsehserien. Aber die Zahl Gleichgesinnter oder Personen, die *Simon Templar* zumindest kennen, ist schon aus rein demographischer Sicht im freien Fall.

»So?«, ahmt Selma Wagners Tonfall nach, während Detective zwischen den Beinen ihres Herrchens wieder zu jammern beginnt.

»Ruhig jetzt!«, weist er sie zurecht. Mit beiden Händen streicht der ehemalige Wiener Kriminalpolizei-Chef sein dichtes weißes Haar zurück. Plötzlich hält er inne. »Haben Sie das gehört?« So weit seine Nackenwirbel es erlauben, dreht er den Kopf und sieht in den Fond.

»Nein. Was?«

»So ein Brummen, fast ein Knurren.«

»Nein. Aber wir haben einen Hund dabei, wenn ich mich nicht irre.«

Sofort startet Detective ein erneutes Winselcrescendo.

Unter dem Fahrersitz macht Dru sich noch flacher. *Die Winslbirn vom 84er-Heisl*, kommt ihm Artgenosse Paulis Bezeichnung für die Hündin in den Sinn. *Bringt es auf den Punkt.* »Halt endlich die Klappe, E-Wurf-Ethel!«, faucht der Kater leise. »Die faltigen Riesenlöffel des Schnüffelgreises funktionieren besser als deine schlappen Kuschellappen.«

»*Damn it*, Dru! Ich bin ein Hund! Ich muss dich anzeigen! Ich muss. Ich muss.«

Drus gelbe Augen verengen sich. »Überlege es dir. Überleg's dir gut. Neulich wird nicht das letzte Mal gewesen sein, dass es Herrchen auf die Bretter legt.«

Augenblicklich verstummt die Hündin.

»Und?«, fragt Selma. »Tut sich was auf dem Rücksitz, haben wir einen blinden Passagier?«

Vorsichtig dreht sich Karl Wagner wieder in Fahrtrichtung. »Nein, das mit Sicherheit nicht. Wäre da etwas, würde Detective es anzeigen. Stellen. Bellen. Beißen. Darauf ist sie trainiert.«

Detective liegt mit der Schnauze auf Herrchens linkem Schuh. Ihr stirnkrauser Dackelblick ist herzerweichend.

Auf Höhe Bad Leonfelden beginnt es zu schneien. Große, flaumige Flocken, die bedächtig aus dem grauen Himmel fallen. Kaiserschmarrn-Schnee, nennt es Selma.

Karl Wagner deutet mit dem Zeigefinger aus dem Fenster. »Das ist das neue Wellnesshotel da oben, oder?«

»Ja, aber neu würde ich es nicht mehr nennen.«

Wagner hebt die Augenbrauen. »Scheint, ich war schon lange nicht mehr in Leonfelden. Ich hatte mal ein Haus hier, bevor ich nach Au gezogen bin.«

Selma nickt. Ihre Mutter hat es neulich erwähnt. »Und warum sind Sie umgezogen?«

»Zu groß für mich allein. Vor allem der Garten – meine Hunde haben ihn geliebt! Ist einfach nicht mehr gegangen.«

»Schade.«

»In der Pension wollten wir weg aus Wien, meine Frau und ich. Helene war immer schon ein Mühlviertel-Fan und sie ...« Wagner bricht ab, räuspert sich. »Wirkt ausgelastet, der Parkplatz ist voll«, greift er stattdessen das Hotelthema erneut auf.

Selma sieht ihren Beifahrer kurz von der Seite an, dann konzentriert sie sich wieder auf die Straße. »Ja, denke schon«, pflichtet sie ihm bei. »Mein Mann und ich gehen ab und an auf einen Kaffee oder ein Glas Wein hin. Auch das Day Spa ist recht gelungen. Selbst, wenn man nur wenige Kilometer von zu Hause entfernt ist, kommt ein Urlaubsgefühl auf. Das ganze Haus ist gediegen eingerichtet. Alles im Stil unserer Mühlviertler Steinbloß-Höfe. Jede Menge Holz und Granit. Nachhaltig«, betont Selma.

»Nachhaltig«, wiederholt der pensionierte Kriminalbeamte.

»Hmm. Plötzlich en vogue dieses Wort, nicht wahr? Der Mensch kehrt gerne heraus, was nicht existiert. Oder nicht mehr.«

»Ganz recht. Die Nachhaltigkeit gehört zu den Leichen, die erst nach ihrer Exhumierung an Popularität gewonnen haben.«

Selma lächelt. Die Aussage hätte gut und gerne von ihrem verstorbenen Vater sein können. »Schauen wir doch mal gemeinsam hin? Die Leichen lassen Sie ohnehin nicht los.«

Wagner antwortet nicht.

»Tut mir leid«, entschuldigt Selma ihr loses Mundwerk. Vor allem, wenn sie nervös ist, drängt es an die Oberfläche. Und Selma ist nervös. Sehr sogar.

»Braucht es nicht. Sie haben mich nur an jemanden erinnert.«

Kurz darauf passiert der blaue Mini bei Weigetschlag die Grenze nach Tschechien.

»Fahren Sie oft rüber?«, fragt Karl Wagner.

Selma schüttelt den Kopf. »Zweimal in den letzten zehn Jahren.« Entlang der Straße tauchen die ersten Asia-Märkte auf. »Hat im Grenzgebiet nur mehr wenig mit dem Land an sich zu tun.«

Der betagte Herr sieht aus dem Fenster. »Das sind also die Märkte, wo es angeblich alles gibt. Vom Gartenzwerg bis zum Hundebaby.«

Per Mausclick zum Welpen, erinnert sich Selma an eine Fernsehreportage, in der es um den mafiösen Hundehandel in grenznahen Gebieten zu Österreich und Deutschland ging. »Hauptsache billig«, schnaubt sie und versucht die Aggressionseruptionen die Spezies Mensch betreffend, die solche Themen bei ihr auslösen, unter Kontrolle zu halten.

»Vyšší Brod 4 km«, lesen die Schriftstellerin und ihr Fahrgast gleichzeitig, obwohl Wagner die Stadt Hohenfurth nennt. »Wir sollten mal auf den Plan schauen«, schlägt Selma vor. Sie nimmt eine Hand vom Lenkrad und greift in die Tasche ihres winterweißen Parkas. Ohne den Blick von der Straße zu nehmen, gibt sie Wagner den zusammengefalteten Ausdruck des Routenplaners.

Unverzüglich zieht der ehemalige Kriminalbeamte die Lesebrille aus der Innentasche seines Wollmantels. »Ist einfach«, stellt er kurz darauf fest. »Im Endeffekt durch Hohenfurth durch und dann rechts. Ich sage es Ihnen an.«

18

Vyšší Brod, Donnerstag, 14. Februar 2019
15:55 Uhr

»Da ist es!«, verkündet Wagner.

MARCOVICE 366. Das Schild prangt unmissverständlich am Gitter eines mächtigen Eisentors. Direkt darunter, ein größeres. HOLLYWOOD IS NEAR – Mein Schönheitsstudio für Nägel, Haare, Wimpern und Permanent Make-up, steht darauf.

Parallel zur weißen Mauer, die das Grundstück umschließt, sind drei Parkplätze freigeschaufelt. Keiner ist besetzt. Selma nimmt den ersten und stellt den Motor ab. Ein Teil von ihr hat gehofft, dass Marcovice 366 nicht existiert. Doch das tut es. Ein neues Haus am Ende einer Siedlung. Im Stil eines kleinen Schlosses. Ein Türmchen auf jeder Seite, messingverzierte Balkone.

»Scheint zu florieren, dieses Geschäft«, kommt Wagner Selma zuvor.

»Sieht ganz so aus. Wirkt fast wie der Bunker eines Zahnarztes.«

Der General in Ruhe blickt auf seine Armbanduhr. »Nun denn, wir haben einen Termin.« Vorsichtig öffnet er die Autotür, um sie nicht an der Gartenmauer zu beschädigen. Detective, die die restliche Fahrt keinen Mucks mehr von sich gegeben hat, springt hinaus.

Selma bemerkt, dass Wagner Schwierigkeiten hat auszusteigen. »Haben Sie genug Platz, soll ich weiter wegfahren?«

»Nein, nein, geht schon«, erwidert er, sich bedächtig durch den Türspalt ins Freie quetschend. »Lange Türen für ein so kleines Auto. Kommen Sie, Selma!«

Ihr eigener Name klingt plötzlich seltsam in den Ohren der Auer Schriftstellerin. *Selma. Selma, was tust du hier?*, fragt sie sich, als sie ihren Sicherheitsgurt und danach die Fahrertür öffnet, um auszusteigen. *Tief durchatmen. Willi kommt um 20:00 Uhr nach Hause. Da bist du längst schon wieder zurück. Und alles ist nur mehr ... eine Geschichte.*

»Wagner. Mein Vater hat um 16:00 Uhr einen Termin«, spricht Selma Weingart in die Gegensprechanlage. Sie hofft, ihre Nervosität ist nicht zu hören.

»Kommen Sie bitte!«, tönt eine hohe, akzentlose Frauenstimme aus dem Sockel, auf dem ein geflügelter Marmorlöwe mit einem Buch sitzt.

Mit leisem Summen öffnet sich das Eisentor. Karl, die Ruhe selbst, mustert die beiden Löwen, die es flankieren, als er mit Detective an der Leine neben Selma hindurchgeht. »Markuslöwen«, stellt er fest.

»Aber nicht aus Venedig«, kommentiert Selma. Kitsch dieser Art ist für sie schwer zu verdauen.

Die penibel geräumte Einfahrt entlang steuert das Trio auf eine weiße Eingangstür mit Messingtürklopfer zu. Kurz bevor die frisch Verwandtschafteten diese erreichen, wird sie geöffnet.

»Nur herein, Familie Wagner! Ich bin Eva. Eva Marek«, begrüßt sie eine gepflegte, dralle Blondine und streckt ihnen ihre Hand zum Gruß entgegen.

Karl ergreift sie zuerst. »Freut mich, Sie kennenzulernen! Ich bin Karl und das ist meine Tochter Selma«, erwidert er. Der pensionierte Kriminalist schätzt die freundliche Frau mit dem glatten Gesicht, den wachen kleinen Augen, der akkurat toupierten Frisur und dem laschen Händedruck um die fünfzig. Eine Mischung aus Mae West und Simone Signoret.

»Was für ein goldiger Hund!«, gibt sich Eva Marek begeistert. »Ist ein King Charles Spaniel, nicht wahr?«

»So ist es«, bestätigt Karl.

»Eine ausgesprochen niedliche Rasse. Kommen Sie nur! Mein Studio ist im Souterrain. Und du kriegst gleich Wasser und ein Leckerli«, verspricht sie der Hündin.

Karl, Selma und Detective folgen der Dame des Hauses durch eine geräumige Diele an deren Wänden weiße Sideboards in allen Größen stehen. Sie sind überfüllt mit goldenen Buddhas, Elefanten, aztekischen Figuren und sonstigen Ziergegenständen.

»Eine Sammlerin«, raunt Karl seiner Begleitung mit hochgezogenen Augenbrauen zu, während sie auf einer messingfarbenen Metallwendeltreppe ins Untergeschoss und somit direkt nach *Hollywood* gelangen. Selma schwankt. Sie versucht, es auf ihren mangelhaften Gleichgewichtssinn zu schieben.

Sie landen in einem geräumigen, polygonalen Verteiler, von dem insgesamt sechs Räume abzweigen. Der Einrichtung zufolge dient er als Wartezimmer. An den Wänden hängen golden gerahmte Bilder von Hollywoodstars. Julia Roberts Lächeln und Nicole Kidmans Stirn stechen Selma sofort ins Auge.

»Immer weiter«, fordert Eva ihre Kunden auf und deutet auf eine der Türen. »Wir sind nachher im *1er Treatment*. Legen Sie ab, machen Sie es sich bequem! Herr Wagner, Sie ziehen bitte schon mal die Schuhe aus. Der Boden ist warm. Ich hole inzwischen Wasser für den lieben Kleinen und für Sie? Was darf es sein? Kaffee, Tee, ein Gläschen Prosecco?«

Eine Flasche, wenn es nach mir geht, denkt Selma, für die Prickelndes seit jeher ein Downloading ist, das sie im Moment gut gebrauchen könnte.

»Bei Prosecco sage ich nicht nein«, antwortet Karl mit einem Augenzwinkern. »Ich muss ja schließlich nicht fahren. Und du, Liebes?«, wendet er sich an Selma.

Die Schriftstellerin sieht ihren Vater auf Zeit erstaunt an. Karl ist offensichtlich in seinem Element. Der Mann, mit dem sie bis vor zwei Tagen kein einziges Wort gewechselt hat, ist ein perfekter Schauspieler. Einer ohne Lampenfieber. »Danke, für mich nichts«, antwortet Selma. Ihr Mund ist trocken. »Höchstens ein Glas Wasser.« *Diese 0,0-Promille Länder!*

»Gerne, gerne. Meine beiden Assistentinnen haben heute frei. Ich bin gleich wieder zurück«, zwitschert Eva Marek und verschwindet hinter einer der sechs Türen. Aufmerksam sieht ihr Detective nach.

»Schauen Sie nicht wie ein verschrecktes Kaninchen, Selma«, flüstert Karl. »Was soll *ich* sagen ... Ich stehe vor der ersten Pediküre meines Lebens.« Kurz legt er die Hand auf Selmas Oberarm, dann knöpft er seinen Mantel auf.

Während sie den spießenden Zipp ihres Parkas öffnet, schweift Selmas Blick über die Aufschriften der geschlossenen Türen. *Aesthetics. Hair. Treatment* II. *Treatment* I. *Toilet. Private*, das Schild auf der Tür, durch die Eva ging. Das

Wartezimmer erinnert Selma an eine Aufführung von Dürrenmatts Physikern, in der die Insassen einer Irrenanstalt – nur vermeintlich geistesgestörte Mörder – durch die Türen eines ähnlich gestalteten Raumes auf- und abtraten.

Mit zwei Gläsern, wassergefülltem Nirostanapf und einem ansehnlichen Hundekauknochen – alles auf einem Tablett – kommt Eva zurück. Lächelnd geht sie vor der schwanzwedelnden Hündin in die Hocke. »Für dich, Kleiner! Dafür wartest du brav hier draußen. Wie heißt Ihr Hund?«, wendet sie sich an die Wagners.

»Detective. Aber er ist eine Sie«, erwidert Karl.

Nach einem knappen Nicken ihres Herrchens widmet sich Detective dem Wasser und unmittelbar danach dem Kaugeschenk.

»Detective«, wiederholt Eva. Sie streicht der Spanieldame über den Kopf. »Erinnert mich an *True Detective.* Ist eine meiner Lieblingsserien. Enorm spannend! Kennen Sie sie?«

»Bedaure, nein. Du, Selma?«

Die falsche Tochter nickt. »Ja, ist eine hochwertige Serie. Ich kann dir die DVD borgen.«

»Mein Traum wäre es, auch Tiere aufzupeppen«, gesteht Eva.

Karl schmunzelt. »Sie lieben Hunde?«

Eva nickt. »Äußerst! Alle Tiere. Zur Zeit halten wir nur Katzen. Mittlerweile sind es sechs. Bengalen. Mein Schwager züchtet sie.« Die Beautyfachfrau wendet sich erneut der Hundedame zu. »Ein Bad. Ein Haarschnitt. Eine Seidenspülung für dein Fell. Wie würde dir das gefallen?«, säuselt sie Detective liebevoll ins Ohr, die unbeeindruckt weiterkaut. Es wäre unangebracht, in einem Fall wie diesem, Emotionen zu zeigen. »Aber meine bessere Hälfte meint, das hier wäre schon genug. Sonst müsste ich mir einen Tierarzt suchen. Mein Mann ist Arzt. Praktischer Arzt hier in Vyšší Brod«, fügt sie erklärend hinzu.

Eva richtet sich auf. Karl bekommt seinen Prosecco, Selma das Wasser. »Nun, dann legen wir los, Herr Wagner!«, trällert sie und öffnet die Tür von *Treatment* I. »Ihre Tochter hat am Telefon erwähnt, Sie hätten ein überaus schmerzhaftes Hühnerauge?«

Karl nimmt einen großen Schluck aus seinem Glas. »So ist es. An der kleinen Zehe«, antwortet er. »Machen Sie eigentlich auch Tätowierungen?«

»Nein, tut mir leid«, schmunzelt Eva. »Hätten Sie denn gern ein Tattoo?«

»Wäre eine Idee zu meinem Hundertsten«, meint Karl schulterzuckend. »Für den Mann, der schon alles hat.«

»Herr Wagner!«, lacht Eva auf. »Das nenne ich mal eine gute Einstellung. Aber vorher sagen wir dem Hühnerauge den Kampf an, in Ordnung?«

Der pensionierte Kriminalbeamte stößt ein kurzes Seufzen aus. »Ich begebe mich in Ihre Hände«.

»Sie können gerne mit hineinkommen«, wendet sich Eva an Selma.

»Ausgezeichnet!«, kommt Karl seiner frischgebackenen Tochter zuvor. »Da fühle ich mich gleich besser. Bleib!«, wendet er sich an Detective, bevor er Eva und Selma folgt.

Das Behandlungszimmer ist hell und freundlich. Ein großes Fenster, weiße Sideboards wie oben. Fläschchen, Tiegel, Tücher, Mullbinden statt Buddhas und Elefanten. Doch etwas Goldenes gibt es. In alldem nahezu spitalsmäßig sterilem Weiß, metallenes Glitzern. Ein Oscar-Imitat.

Karl Wagner nimmt auf einem voluminösen, mit cremefarbenen Skye Leder gepolsterten Behandlungsstuhl Platz und zieht die Socken aus. Trotz seiner messingfarbenen Armlehnen wird das raumdominierende Einrichtungsstück den Zahnarzttouch nicht los. Fahl und grau im Gesicht kommt Selma der Schnüffler – wie sie ihn bis vor kurzem genannt hat – plötzlich vor. Sie ruft sich in Erinnerung, dass seine Herzattacke erst vier Tage zurückliegt. *Doppelt irrwitzig, was ich hier tue*, macht sich die Schriftstellerin Vorwürfe.

»Nett, dass Sie mich eingeschoben haben«, bedankt sich Karl.

»Keine Ursache«, erwidert Eva. »War aber reiner Zufall. Donnerstag ist normalerweise geschlossen. Deshalb sind auch Tinka und Zlatka, die Assistentinnen, heute nicht da«, erklärt sie. »Die Donnerstage verbringe ich gewöhnlich mit meiner Schwester im Day Spa in Guglwald. Seit Jahren schon. Unser freier Tag ist Gudrun und mir heilig«, fügt sie augenzwinkernd hinzu, »Da sind *wir* einmal dran.« Eva erinnert sich an die unerwartet heftige Reaktion ihrer Schwester, als sie ihr vor ein paar Wochen mitteilte, dass der 14. Februar 2019 ausfallen würde. *Gewiss wird dir alles zu viel, Gudrun. Das Haus, der Pub, das Studio und als Draufgabe der sinnlose Tattookurs, den dir dein Göttergatte verpasst hat. Geburtstagsgeschenk hat er es genannt. Lachhaft,* denkt Eva, während sie auf ein kleines Display drückt, das in einem der Sideboards eingelassen ist. Dezent brummend bringt der Behandlungsstuhl Karl daraufhin in eine liegende Position. »Doch heute ist *Valentinstag*. Vormittags war ich beim Friseur, denn am Abend führt mich mein Mann zum Essen aus.«

Karl lächelt. »Meine Tochter hatte gestern schon das Vergnügen. Sie und ihr Gatte halten das immer so. Nicht wahr, Mädchen?«

Selma, die in diesem Moment, an ihrem Wasserglas nippend, zum Fenster auf den verschneiten Garten hinaussieht, dreht sich um. Einmal mehr bewundert sie Karls Gedächtnis. Gestern, als der betagte Herr seinen Hund bei ihr abholte, hat sie die Valentinssache beiläufig erwähnt.

»Ja. Wir nehmen immer gerne schon den 13. Februar. Nicht so viel los. Privater.« Die Schriftstellerin umfasst mit Daumen und Mittelfinger ihre Nasenwurzel. Für klare Gedanken. Keine Ahnung, ob es hilft.

Eva zupft an ihren Einmalhandschuhen. Die hellblauen Latexfingerspitzen hängen ungefüllt vorne über, kein Wunder bei diesen Minihänden. »Ist sicher eine Alternative. Wenn man es so mag«, fügt sie hinzu. »Aber die vielen Pärchen am Valentinstag! Das ist halt schon romantisch.«

Willis Miene zu diesem Thema taucht vor Selmas Augen auf. Verordnete Gruppenromantik. Total sein Ding.

Nachdem Eva Karls Füße in Augenschein genommen hat, bringt sie ihn wieder in eine aufrechte Position. Das Fußteil klappt automatisch nach hinten. »Da kommen wir um ein Spezialfußbad nicht herum«, konstatiert sie und schmeißt ihre Handschuhe in den Müll. »Nägel, Hornhaut und vor allem das Hühnerauge – meiner Meinung nach sind es zwei – müssen weich werden. Nehmen Sie doch Platz, Frau Wagner!«, fordert sie Selma auf und deutet auf ein kleines Skye-Sofa links neben der Tür. Daneben steht ein Tischchen mit Illustrierten. »Lesestoff ist auch da. Ich fürchte, die Sache wird ein wenig dauern.« Versiert tippt Eva auf ihrem Display. Der Boden öffnet sich vor Karls Füßen und eine ovale Waschschüssel steigt empor, die sich sogleich mit warmem Wasser füllt. Eva gießt verschiedenfärbige Flüssigkeiten hinzu. »Nett, dass Sie Ihren Vater hergefahren haben«, sagt sie zu Selma, die sich auf dem Sofa einrichtet.

»Das mache ich gerne für ihn«, erwidert die Auer Schriftstellerin. Sie schlägt die Beine übereinander, um etwaiges nervöses Wippen im Keim zu ersticken, und nimmt eine Illustrierte zur Hand.

»Es liegt mir fern, Ihnen nahe treten zu wollen, Frau Eva«, Karl räuspert sich, »Aber sogar, wenn ich selbst noch fahren könnte, würde ich auf Begleitung in einem tschechischen Schönheitssalon bestehen.«

Selma schluckt, ohne von den *Royals* aufzusehen. Eva hebt die Brauen. Die stechenden, tiefliegenden Augen darunter fixieren ihren Kunden. Keinen Moment der Unklarheit erkennt Karl darin, nicht einmal einen vorgetäuschten.

»Ist Ihnen kaum zu verdenken. Als das arme Ding damals verschwunden ist, war die Polizei wochenlang präsent. Und jetzt, wo man sie gefunden hat, geht es erst richtig los, da bin ich sicher«, seufzt Eva. »Ist nur eine Frage Zeit, bis die Bullen wieder auf der Matte stehen. Nicht eben geschäftsfördernd.« Eva löst ihren Blick von Karl. »Bitte stellen Sie die Füße jetzt hinein. Die Temperatur ist angenehm so?«

»Ideal«, erwidert Karl.

»Fein. Wir müssen jetzt ein paar Minuten warten.« Eva öffnet verschieden Laden und befördert unterschiedlichste Utensilien zu Tage, die sie auf dem Sideboard neben Karl auflegt. »Wie sind Sie auf mein Studio gekommen?«, fragt sie ihn währenddessen.

»Eine Bekannte von mir wohnt im neuen Auer Altersheim. Ihr Folder liegt dort auf.«

Eva nickt. »Ist eine elegante Residenz geworden. Seit kurzem bin ich einmal im Quartal gemeinsam mit Anti-Aging Spezialisten vor Ort. Kommt exzellent an«, erzählt sie und reißt mit Effet ein Päckchen Wattepads auf. »Ich habe meinen Folder überarbeitet, in erster Linie die Rückseite, um dort detaillierter auf die Bedürfnisse reiferer Herrschaften einzugehen. Vor allem hatte ich vor, damit die professionelle Fußpflege stärker zu promoten. Aber«, Eva atmet durch, »mein lieber Schwager hat aus Versehen den alten nachgedruckt. 5000 Stück. Das reicht für eine Weile.« *Obwohl er mir erst die Hälfte davon geliefert hat*, fügt sie im Geiste hinzu.

»Der Katzenzüchter?«, fragt Selma.

»So ist es.«

Auch Karl gibt sich interessiert. »Er geht dem Druckereigewerbe nach?«

Die Beautyspezialistin macht eine verneinende Handbewegung. »Nein, nein. Wir lassen nur unser Werbematerial gemeinsam bei einem seiner Freunde drucken. Meine Schwester und er betreiben ebenfalls ein Beautystudio.

Und einen Pub. Aber über der Grenze, in unserem Elternhaus bei Freistadt.«

»Ach ja? Ich dachte mir schon, dass Sie keine Tschechin sind. So akzentfrei.«

Eva lächelt breit. Dabei drohen ihre Augen zwischen prallen Bäckchen und Brauen zu verschwinden. »Mein Mann, Watzlaw, ist Tscheche. Er hat mich in ein anderes Land entführt. Selbst, wenn es nur ein paar Kilometer sind.«

»Recht hatte er. Dr. Marek hat es ausgezeichnet getroffen«, sagt Karl charmant.

Während sich Eva Karls Füßen widmet, denkt sie an ihren Schwager Reinhold. Das mit dem falschen Folder ärgert sie mehr, als sie zugibt. Der Mann ihrer Schwester wird Eva zunehmend unsympathisch.

Reinhold, der fesche Kärntner. Der charmante Reini. Der talentierte Reini. Kaum zu glauben, dass es schon wieder fast zehn Jahre her ist, als er plötzlich im Pub ihrer Familie aufgetaucht ist. Zuvor war er in Klagenfurt ein angesehener Geschäftsmann, ein Friseur, bei dem sich das *Who is Who* die Klinke in die Hand gegeben haben soll. Dann ging seine Ehe in die Brüche. Angeblich hat Reinis Frau alles kassiert. Aber das sagen die meisten Geschiedenen. Wer weiß schon, wie es wirklich gewesen ist.

Und als er ihrer Schwester den Hof gemacht hat! Hat die Festung buchstäblich sturmreif geschossen. Gudrun. Die verletzte Gudrun, die nach ihrer in die Brüche gegangenen Jugendliebe, nie wieder – mit Ausnahme von James Bond am Samstagabend (bei *In tödlicher Mission* und *Octopussy* kann sie auswendig mitsprechen) – einen Mann an sich herangelassen hat. Die davon überzeugt gewesen ist, für immer allein zu bleiben.

Einen Neustart, wünsche er sich, hat Reini zu Gudrun gesagt. Einen Neustart mit ihr. Vergangenes hinter sich lassen, sogar ihren Namen annehmen. Gudrun und Reini, das wäre alles, was er brauche.

Dass das nicht alles ist, was er braucht, ist inzwischen allgemein bekannt. Nur Gudrun will es nicht sehen. Ihre Schwester, die traurigerweise tatsächlich alles für ihren Mann tun würde. Das erschreckt Eva. Wenn nur die Eltern noch am Leben wären!

Eva sieht ihren Vater Ferdinand vor sich, wie er im *Wirz-Haus*, dem einstigen Traditionsgasthaus ihrer Familie, die Schweinsbraten serviert. Wie er im *Fernando*, dem angeschlossenen Pub, hinter dem Tresen steht. Stattlich, freundlich, immer positiv. Umgefallen ist er einfach. Beim Weineinschenken. Ein klassisches Wirtsschicksal, sagt man.

Und ihre Mutter, die Hebamme war. Jeder hat sie gekannt, jeder hat sie gemocht. Den halben Bezirk hat sie entbunden. Von dampfenden Kochtöpfen weg oder mitten in der Nacht ist die Wirz Wally mit ihrem Fiat Ritmo Frauen zur Hilfe geeilt. Als sie jung waren, haben Gudrun und Eva sie oft begleitet. Gestorben ist sie allein, nur ein halbes Jahr nach ihrem Mann. In einem Straßengraben. Auf der B38 zwischen Freistadt und Reichenthal. Fahrerflucht. Acht Jahre ist es aus.

Nächstes Mal wird Eva die Schlüssel zurückverlangen. Sie möchte nicht mehr, dass Reinhold allein in ihrem Haus ist. Selbst wenn er ab und zu aushilft. Sie könnte die Kundinnen zu ihm nach Österreich schicken, aber das Freistädter Studio lässt sich nicht mit ihrem vergleichen.

Eine undefinierbare Unruhe breitet sich in Eva aus. Wie auch immer, sie will die Hausschlüssel retour. Und ihre restlichen Folder. 2500 Stück sind nach wie vor ausständig.

Ein offen stehendes WC-Fenster ist ein beliebter Schwachpunkt. Diesmal nicht. Dru riskiert deshalb einen stuntreifen Sprung von einem vereisten Kastanienbaum auf das Dach der behmischn Kitschpawlatschn (so würde Pauli das türmchenreiche tschechische Anwesen nennen), und fällt buchstäblich ins Haus. Zwar nicht mit der Tür, jedoch mit einem Dachfenster. Ein Schneedruckopfer oder

Errungenschaft des dritten Jahrtausends mit eingebautem Verfallsdatum. Wer weiß das heutzutage schon.

Nach einer den veränderten Lichtverhältnissen geschuldeten Pupillenadjustierung macht der schwarze Kater den Raum seiner Landung schnell als Schlafzimmer aus.

Direkt vor ihm, auf der Tagesdecke des Doppelbettes regt sich etwas. Mit großen blauen Augen sieht es ihn an. Kleine Ohren, breite Nase, silbrig getupftes Fell. Dru ist kein Zuchtwrackprofi, aber aller Wahrscheinlichkeit nach liegt, in formvollendeter Kipferlstellung, eine Bengalin vor ihm.

Allzu schnell stellt sich heraus, dass die Lady nicht allein ist. Grüne, gelbe und türkise Augen starren den Eindringling von den einzelnen Liegeplattformen und Schlafhöhlen einer deckenhohen Katzenwohnwand aus an. Offensichtlich haben hier bis zu Drus Ankunft insgesamt fünf degenerierte Genossen gleicher Art ihrem nachmittäglichen Schönheitsschlaf gefrönt. Zu sechst in einem Raum ist verdammt starker Tobak, und, nachdem Dru den Blick gebannt über die untersetzte, muskulöse Statur eines männlichen Exemplares gleiten hat lassen, das intensiv seinem Streckritual frönt, zweifelsfrei brandgefährlich. Den braun geringelten Spargeltarzan, der sich ihm von links nähert, hat er bisher übersehen. Noch einer. Man kann schon Pech haben. *Lauf weg!*, rät der Instinkt.

Drus Herzschlag dröhnt in seiner Brust, die Schlafzimmertür steht einen Spalt breit offen. Aber verdammt, was soll's! *‚Muss toll sein, einen so klugen, tierischen Freund zu haben‘*, wabern Selmas der Töle geltenden Worte durch die Erinnerung des Katers. Er ist nicht hier, weil er sich nach einer unbequemen Autofahrt gesehnt oder den Drang verspürt hat, andere Länder zu bereisen. Au contraire! Vogelprogramm 1 vor dem Dielenfenster hätte ihm als erfüllende Ganztagesbeschäftigung bis in die blauschwarzen Fußballen hinein genügt. Er ist hier als Vertreter der *IFDM*. Er lässt es darauf ankommen. Etwa eine Dreiviertelstunde (so ist es zumindest bei Kathi und die hat kein Hühnerauge) veranschlagt Dru für die Hinterlaufkralliküre des Schnüffelgreises. Bis dahin muss er wieder beim Auto sein und etwas herausgefunden haben. Professionalität und Coolness sind hier angesagt.

Vor allem Coolness.

Mit einem schiefen Grinsen baut sich der Spargeltarzan vor Dru auf, der ihn, jede Regung unterdrückend, mustert. »Ah! Einer von draußen. Eine Europäisch Kurzhaar«, zischt das Leichtgewicht geringschätzig. »Seid ihr Bastarde mittlerweile schon so viele, dass es euch vom Himmel regnet?«

Dru hat große Mühe, die instinktive Aufwärtsbewegung seiner Nackenhaare im Zaum zu halten. Mit nur einem Pfotenhieb könnte er die Ringelsocke umkrallen. »Mir scheint, Bastarde gibt es sogar hier drinnen«, erwidert er und zwingt sich zu einem sanften Lächeln. »Wir begegnen einander demnach auf Augenhöhe.« Dru vermeidet, seine Beine vollständig durchzustrecken, denn ohne Zweifel, ist er zumindest fünf Katzenzucki-Längen größer.

Mehr und mehr verengen sich die Pupillen seines Gegenübers zu Schlitzen, während der dazugehörige dünne Schwanz unrhythmisch durch die Luft peitscht. Warnend brummt der junge Kater: »Sag das noch einmal, du schwarze Kanalratte!«

»Aber, aber ...«, gurrt Dru mit mitleidigem Unterton und den Augenlidern auf halbmast. »Hat man sich erst mit der Wahrheit abgefunden, verliert sie ihren Schrecken. Und bei dir ist es – tut mir leid, wenn ich es so direkt sage – zu offensichtlich. Kein Wort Bengalisch. Nicht einmal ein klitzekleines pro Satz. Nicht ein einziges überhaupt.«

Ringelsocke wirft der Blauäugigen auf dem Bett einen unsicheren Blick zu und steigert sein Geknurre. »Das Beste ist, du verziehst dich!«

Das Beste ist, du stellst dich im Frühverkehr auf die B126, kontert Dru. Nur im Geiste, versteht sich.

Bedächtig erhebt sich die silberhaarige Schönheit. Selbst in die fellgesichtigen Brüder und Schwestern auf der Wohnwand kommt langsam mehr Leben. »Clooney!«, weist sie Ringelsocke energisch vom Rand des Bettes zurecht. Sofort weicht der schmächtige Kater ein paar

Schritte zurück. »Und wie ist dein Name?«, wendet sich die Kätzin dem Eindringling zu.

»Dru.«

»Tatsächlich? Bist du etwa Opfer der Horizontlosigkeit eines Menschen, der in unserer Wortgewandtheit nicht mehr als eine Aneinanderreihung von Dru- und Gru-Lauten erkennt?«

Auf den verblüfften Ausdruck in den azurblauen Teichen seines Gegenübers hin, schüttelt der schwarze Kater energisch den Kopf und konkretisiert: »Es ist eine Kurzform von Drusus.«

»Oh! Ich bin erfreut, das zu hören, Drusus. Mich nennt man Greta.«

»Angenehm.«

»Und auf unserer Chilllandschaft dahinten, in aufsteigender Reihenfolge: Wayne, Gibson, Romy und Lana.«

Die vier wirken wie Dekokatzen in einem Tierbedarfsmagazin, so gleichmäßig und farblich abwechslungsreich sind sie auf dem Katzenmöbel verteilt.

Dru nickt ihnen zu. »Freut mich ebenso.« *Hollywood is here. ‚No doubt', würde die britische Bäumchenpisserin jetzt sagen.*

»Selbst wenn wir allesamt Halbblüter sind und die Sprache unserer edlen Mütter nie erlernt haben, verfügen wir dennoch über ihre Manieren«, stellt Greta mit einem strengen Seitenblick auf Clooney fest. Ihre Worte können Drus Herzschlag zu einem leichten Decrescendo bewegen, denn die Kommunenoberste steht ihm allem Anschein zufolge einstweilen neutral gegenüber. »Nun, Drusus. Es ist wohl kein Zufall, dass du hier bist. Zu dieser Jahreszeit, bei diesem Wetter ...« Ihre Stimme ist rauchig sanft, was einen weniger gewieften Artgenossen als Dru garantiert unvorsichtig werden ließe.

Der rabenschwarze Kater leckt abwechselnd über seine Vorderpfoten. Schärft den Geist, schafft Zeit. »Ich bin in geheimer Mission hier«, sagt er schließlich. Nach einer rhetorischen Pause, die allen Anwesenden genügend Raum zur Kontemplation verschaffen sollte, fährt Dru in bedeutungsschwangerem Tonfall fort: »Als Abgesandter der *IFDM*, der *Intelligenten Freunde des Menschen.*«

»Wath tholl denn dath thein?«, meldet sich der leopardenhaft gescheckte, schlaffgesichtige Wayne vom Erdgeschoss der Wohnwand. Selbst wenn der hölzerne Held des Wilden Westens nicht so lispeln würde, dass es aussieht, als hätte der Parkettboden unter ihm einen Schweißausbruch, ist die Frage kaum als helle einzustufen. Die Geißel der Degeneration macht offensichtlich selbst um Halbblüter keinen Bogen.

»Wir. Wir sind das«, antwortet Greta augenrollend, als spräche sie in ein Megaphon. Unmissverständlich stellt die Katzenlady damit klar, dass sie auf andere vorschnelle Wortspenden ihrer Sippe nicht erpicht ist. »Sprich weiter!«, fordert sie Dru auf.

»Ich kläre einen Kriminalfall unter den Zweibeinern für die *Besten Freunde des Menschen.* Sie kommen nicht voran.

Körperlich, geistig und in ihrer Bewegungsfreiheit eingeschränkt wie sie sind.«

Ein Raunen geht durch das Plüschzinshaus an der Wand. Greta mahnt zur Ruhe. Die silberfarbenen Schnurrhaare der Kätzin richten sich nach oben, ein Grinsen umspielt ihre dunklen Lippen. »Endlich!«, seufzt sie. »Auf diesen Tag habe ich gewartet, seit mich meine erste Dosenöffnerin wegen eines speichelleckenden Schwanzwedlers weggegeben hat. Und hier wird es ebenfalls nicht mehr lange dauern, sage ich euch. Ihr alle wisst, dass Eva Hunde vergöttert.«

Die Gefahr schätzt Dru als vernachlässigbar ein. Kein Zweibeiner, der sechs kätzische Hausgenossen in sein Schlafzimmer lässt, entledigt sich ihrer leichtfertig. Seine Meinung auszusprechen, erscheint ihm in diesem Fall allerdings eindeutig kontraproduktiv.

»Eva liebt alle Tiere«, piepst Romy aus der zweiten Etage.

»Das mag sein«, räumt Greta ein. »Aber gesetzt den Fall, es steht der guten Eva der Sinn nach Abwechslung: Welche anderen Haustierarten kommen denn deiner Meinung nach in einem Sechskatzenhaushalt in Frage?«

Die zierliche, lohfarbene Romy zieht ein ratloses Gesicht, während ihre Barthaare nach unten sinken.

»Pff, pff, pff. Du bist nicht von hier, oder?«, mischt sich Lana, von der Schlafhöhle des Dachgeschosses aus, ein. Naserümpfend wird Dru von ihr gemustert.

Hellseherischer Fähigkeiten bedarf es keiner, um zu erkennen, dass die elfenbeinfarbige Penthousebewohnerin mit den Aquamarinaugen eitel ist. »Nein, Lana. Lana wie die große Lana Turner, nehme ich an«, säuselt Dru deshalb. »Ich komme aus Österreich. Genaugenommen aus dem Mühlviertel.«

»So, wie wir. Wir sind alle von drüben«, meldet sich Gibson, der imposante *Mad Max* aus dem Mezzanin, weiterhin seinen Dehnungsübungen frönend, zu Wort. »Der 16:00 Uhr-Termin hat einen Pfostenpisser dabei. Mein ...«

»Eva ist begeistert von ihm! Ich habe es gehört«, fällt Greta Gibson ins Wort.

Das Muskelpaket bedenkt die Sippenoberste mit einem langsamen Blinzeln, dann nimmt er den Faden wieder auf: »Mein Riechkolben hat Schwierigkeiten, den Gestank auszublenden. Du bist doch nicht mit denen gekommen?«

Dru nickt. »Doch. Aber *undercover.*«

»Wie itht er hergekommen?« Überflüssig zu erwähnen, wer das wissen will.

»Geheim, Wayne. Verdeckt. Keiner weiß, dass er hier ist«, hilft Gibson aus.

Der schwarze Kater aus Au lässt sich auf die Hinterpfoten nieder. *Kein Zweibeiner zumindest.*

Wayne schaut ernst drein, versucht das Gesagte zu verarbeiten, während sich auf Spargeltarzans schiefer Visage ein listiges Grinsen breitmacht. So einen Kasperl *Clooney* zu nennen, ist gewagt.

»Lebst du etwa mit dem Schwanzwedler unter einem Dach, Drusus?«, fragt Greta betreten.

»Nein. Nicht mehr, seit sein Herrchen wieder zurück ist. War zum Glück nur ein zweitägiges Intermezzo«, antwortet der schwarze Eindringling. Eilig fügt er hinzu: »Auch, wenn es mir wie zwei Jahre vorkam.« Bei der Sippenmutter ist die Kläfferaversion aufgrund schmerzlicher Zurückweisung in der Vergangenheit und Angst vor deren Neuauflage gesondert hoch. Und da wird Dru einhaken, rhetorisch in die Vollen greifen. »Doch nun, liebe Brüder und Schwestern«, er räuspert sich kurz, »Kätzinnen und Kater ...«

»Pff, pff, pff«, tönt es wieder aus dem Penthouse.

Inoperable Polypen, denkt Dru. »Ja, Lana?«

»Kriegst wohl kein Schnurr-TV rein in dem Kaff, in dem du lebst. Die genderkonforme Anrede lautet: Kätzinnen und Kätzer. Ist schon bedauerlich, wenn es bei deinen Dosenöffnern nur zum Basispaket reicht«, raunzt die Diva despektierlich lächelnd.

»Höflichsten Dank für deinen Einwurf, meine Liebe! Ich bin stets um eine korrekte Anrede bemüht«, entgegnet Dru. *Und jetzt nimm das!* »Nur um es erwähnt zu haben: Ich fresse Frischfleisch. Ausschließlich.«

Während Lanas Lächeln gerinnt und die Speicheldrüsen aller Zuhörer einen Formel-1-Start hinlegen, fährt Dru unbeirrt fort: »Nun bietet sich unserer Spezies eine einmalige Gelegenheit zu triumphieren. Den Menschen zu zeigen, dass die *IFDM* den selbsternannten *BFDM* haushoch überlegen sind! Meine Napftauscherin ist Schriftstellerin. Gelingt die Mission, wird unser Sieg gleich einer Wühlmausinvasion die Gehirne der Zweibeiner unterminieren und uns zur unauslöschlichen Nummer Eins ihrer Herzen küren!«

Alle Anwesenden sind erstarrt. Huldvoll beugt sich Greta über den Rand des Bettes zu Dru hinab. Ihre Augen leuchten gebannt, die Schnurrhaare vibrieren vor Erregung. »Sag uns, was wir für dich tun können«, gurrt die Silverqueen.

Grundangst. Unaufhaltsam, wie verzehrendes Sodbrennen nach dem Genuss eines fetten Nagetieres, drängt sich Detectives bescheuerter Begriff der epidemischen Universalpsychose aller Felidae und Canidae in Drus Bewusstsein. Er hat sich ihrer bedient.

Die Tote. Der Schnüffelgreis und sein Kläffer. Der Folder. Dru gibt die Ereignisse der vergangenen Tage im Schnelldurchlauf zum Besten. Eine knackige Story ist Pflicht, denn Katzen sind neugierig. Alle Katzen. Ausnahmslos. Neugier ist, nach Verkehrsunfällen, die zweithäufigste Todesursache.

Obwohl es Eva Marek ein Ticket ins Zuchthaus, und ihr, wie der gesamten halbbengalischen Mischpoke, eines ins Tierheim bringen könnte, packt Greta aus.

Ihr aller Leben, sagt sie, verläuft gleichmäßig. Nach der von Fellnasen favorisierten Art. Eva und ihre Assistentinnen arbeiten die ganze Woche, ausgenommen: Donnerstag. Selbst am Wochenende empfängt Eva Kunden, weil die Massen, die aus dem nahegelegenen österreichischen Ballungszentrum Linz/Wels/Steyr nach Tschechien schwappen, da Zeit haben.

Dru weiß nur zu genau, wovon die blauäugige Schöne spricht.

Frühnachmittags, an einem Sonntag im letzten Sommer, hat er sich ein überhöhtes Plätzchen an der B126 gesucht und Verkehr und Kennzeichen analysiert. Linz, Linz, Linz-Land, Linz-Land, Wels-Land, Wels, Linz-Land, Linz-Land, Linz-Land, Linz ... Wo waren bloß die Einheimischen? Nach kurzer Zeit ist er eingedöst. Ob die Monotonie der Kennzeichen oder die sedierende Poesielosigkeit cw-Wert ondulierter Einheitskarosserien daran schuld war, weiß er nicht mehr. An das Erwachen hingegen, erinnert er sich genau. Pauli saß mit dem idiotischen Grinsen eines beständig überdosierten Gute-Laune-Tee-Junkies neben ihm und gab Bonmots über die misslungenen Sommerhaarschnitte der allzeit zottigen Haarbällchenwürger, sprich Langhaargenossen der Siedlung, zum Besten. Im Dialekt gehalten, versteht sich.

Greta berichtet, dass sich Watzlaw, Evas Ehemann, der von Montag bis Freitag um 7:00 Uhr aus dem Haus geht und oft erst zwischen 19:00 und 20:00 Uhr zurückkehrt, nicht erfreut über die Leute zeigt, die am Wochenende in sein Haus kommen. Er ist Arzt mit einer Praxis im Stadtzentrum. Samstag und Sonntag will er Ruhe, sagt er, und Zeit mit Eva verbringen. Wenn sich seine Frau regelmäßig einen blauen Donnerstag mit ihrer Schwester gönne, stehe ihrem Mann zumindest ebenso einer zu. Oder zwei. Die Arztpraxis werfe genug ab, Eva müsse an keinem Tag der Woche schuften.

Aber Eva liebt ihre Arbeit. So sehr, dass sie manchen jungen Zweibeinerinnen sogar kostenlos Haare anklebt oder eine Gesichtsbemalung macht, die selbst mit Seife nicht weggeht.

Danach gibt es ein Fotoshooting. Das ist interessant. Alle sechs sehen gerne dabei zu. Ein charmanter Fotograf kommt dann ins Haus, der Katzen liebt. Einmal hat er sogar Bilder von ihnen gemacht. Ihre Porträtaufnahmen zieren den Gang des Obergeschosses. Zusätzlich hängt Gretas Konterfei in mehrfach vergrößerter Form im Wohnzimmer über dem Kamin.

Lana quittiert diese Stelle des Berichtes der Sippenobersten mit dem gleichen Nasenrümpfen, das sie zuvor

Dru gezeigt hat. Sie muss aufpassen, dass die Falten auf ihrem Riechkolben nicht permanent werden.

Von den meisten fotografierten Menschenweibchen hört man, wie es scheint, nie wieder etwas, sagt Greta. Aber eine davon macht jetzt Werbung für Schminkzeug (obwohl sie doch schon Evas Dauerbemalung hat), und eine andere für Haarshampoos. Die beiden tauchen in Illustrierten und sogar im Fernsehen auf. Eva ist ausgesprochen stolz auf sie. Unten, im *Hollywood-is-near*-Studio hängen Bilder von ihnen.

Dru will wissen, ob Eva Fotos von allen ihren Testimonials (so steht es doch am Folder) hat. Fehlanzeige. Greta meint, nur von den berühmten. Die der anderen werden maximal drei Monate aufgehoben und danach entsorgt. Eva ist der gründliche Typ. Sie steht nicht auf Kästen, die mit sinnlosem Zeug vollgestopft sind.

Sie alle sechs sind Zuchtunfälle, gesteht Greta. Oder wie Dru vermutet, bewusst in Kauf genommene oder sogar herbeigeführte. Denn vielen dafür anfälligen Zweibeinern schien es vor einiger Zeit verlockender, ein paar schnelle Hunderter mit einem Halbblüter zu verdienen, als für einen rassereinen Deckkater auszugeben.

Greta war Evas erste Katze. Aus den von ihr genannten traumatischen Gründen wurde sie zurückgegeben. An ihren Züchter, der Evas Schwager Reinhold ist und mit

Gudrun, Evas einziger Schwester, in der Nähe von Freistadt lebt. Eva verliebte sich sofort in die blauäugige Halbbengalin und nahm sie mit in ihr Haus nach Tschechien.

Ein knappes Jahr später, nachdem sich die Gesetzeslage das Anbieten von Tieren auf *Willhaben&Co* betreffend geändert hatte, kam niemand mehr um ordnungsgemäße Zuchtpapiere herum. So auch Reinhold Wirz nicht. Eva kümmerte sich mehr oder minder um die Restposten und nahm Lana, Romy, Wayne und Gibson bei sich auf. Clooney stieß erst vor drei Monaten dazu. Er dürfte tatsächlich das Produkt einer ungewollten Schwangerschaft sein. Jetzt ist aber Schluss, sagt Eva.

Reinhold Wirz scheint Dru ein überaus entbehrlicher Vertreter der menschlichen Rasse zu sein. Gretas Tonfall und die Mienen der anderen felligen Genossen bestätigen ihm dies.

Ab und an liefert Evas Schwager Prospekte. Prospekte, so wie den, der Dru hergeführt hat. Und manchmal sogar, hilft er Eva. Reinhold übernimmt Donnerstagstermine, wenn es einer Kundin gar nicht anders möglich ist, damit seine Frau und Eva trotzdem ausspannen können. Reinhold Wirz ist gelernter Friseur. Auch er klebt Zweibeinerinnen Haare an.

»Die thind immer glücklich. Man hört, wie thie thich beim Hinauthgehen bedanken.« Wayne legt den Kopf schief.

»Nur einmal, da war eine – dath itht länger her –, die war unzufrieden. Ther thogar.«

Dru horcht auf. *Kinder und Narren sagen die Wahrheit,* schießt es ihm durch den Kopf. Kathis Weisheiten greifen doch immer wieder. »Wie meinst du das, Wayne?«, fragt er in freundschaftlichem Ton.

»Na ja, die hat gezetert und getobt. Hat unth um unthere Vormittagthruhe gebracht! Obwohl Reinhold thich bemüht hat, dath thie nicht tho einen Wirbel macht. Dath hab' ich gethehen. Erinnert ihr euch nicht, Leute? He, Leute!«, wendet sich das logopädieresistente, schlaffbackige Raubein an die Mitbewohner seines blauplüschigen Deckenkratzers.

Die restlichen Anwesenden schauen betreten drein. Ob sie gerade den Palast ihrer Erinnerungen durchstreifen oder ob Waynes Sprachfärbung sie ehrfurchtsvoll verstummen lässt, kann Dru für den Moment nicht einschätzen. In seinen Ohren rauscht es. Reinhold. An Donnerstagen. Es war ein Donnerstag, an dem Luisa, das Menschenmädchen, das vor drei Tagen im Auer Teich gefunden wurde, verschwand. Das hat Dru herausgefunden. Selmas Schwäche für alte Kalender sei gepriesen!

»Ich erinnere mich sehr gut, Wayne«, bestätigen Greta, Romy und Gibson fast im Chor.

Dru bemerkt, dass zwei der Anwesenden sich ihrer Stimme enthalten haben. Bei einem liegt der Grund auf der Hand. Clooney, das nervige Pubertier mit der Spaghettifigur, weiß aller Wahrscheinlichkeit nicht, worum es geht. Wenn sich Drus Verdacht bewahrheitet, ist er an jenem Tag noch mit den Mücken geflogen. Ein Zustand, bei dem man es belassen hätte sollen. Bei Lana hingegen wirkt es komplizierter.

»Sagt mir, woran ihr euch erinnert«, fordert der Abgesandte der *IFDM* seine Artgenossen auf.

»Wir haben geschlafen. Hier in diesem Zimmer, auf unserer nigelnagelneuen Wohnwand. Plötzlich wurde es laut unten in der Diele. Lana hat es als Erste gehört.« Romy schaut hinauf zum Penthouse. Unsicherheit, aber auch Vorwurf liest Dru im Blick der feingliedrigen Kätzin.

»Wir sind hinaus auf die Galerie und haben hinunter gesehen. Zu fünft. Clooney war damals noch nicht bei uns«, ergreift Gibson das Wort. »Da war eine hellhaarige Zweibeinerin. Es sah aus, als ob sie gehen wollte. Aber Evas Schwager war nicht einverstanden. Er hat sie festgehalten und sie hat geschrien. Dann hat er versucht, ihr mit etwas Weißem den Mund zuzuhalten.«

»Sie hat ihn gebissen!«, wirft Romy anerkennend ein.

Greta seufzt. »Aber plötzlich war es still. Jede Kraft schien sie verlassen zu haben.«

»Ja. Und dann hat eth thich Reinhold anderth überlegt. Hat thie unterthtützt, beim Hinauthgehen thogar halb getragen!«

Bei Garfields Schnurrhaaren! Dru beginnt auf der Nase zu schwitzen. Er erwartet keine sinnvolle Antwort, weil das Zeitgefühl bei 90 Prozent seiner Brüder und Schwestern unterdurchschnittlich ist, doch er versucht es dennoch: »Wann war das?« Erwartete Ratlosigkeit auf den felligen Gesichtern. »Vor einem halben Jahr? Vor einem? Vor mehr als einem? Sommer, Herbst, Winter, Frühling? Keine Ahnung?«, sprudelt es aus ihm hervor. »Wayne, du hast gesagt, es ist länger her. Wie lange? Ihr habt hier im Schlafzimmer auf diesem Möbel gechillt, als euch der Tumult in der Diele geweckt hat. Romy, in dem Zusammenhang hast du erwähnt, dass es neu war. Nigelnagelneue Wohnwand, waren deine Worte. Wann war sie neu? Wann habt ihr die Wohnwand bekommen? Dieses supertolle Luxusding?« In Wahrheit findet Dru die Flauschbaracke scheußlich, aber wie heißt es so treffend: ‚Was dem einen sin Uhl, ist dem anderen sin Nachtigall.'

»Zu Weihnachten, glaube ich«, antwortet Romy.

»Aber nicht letzteth«, korrigiert Wayne.

»Bist du sicher? Das kommt mir dann doch ein wenig lang vor«, wirft Gibson ein.

Wenn er sich das hellblaue Unikum, dessen plüschiges Fell an manchen Stellen so wirkt, als wäre es vom Tierarzt auf eine OP vorbereitet worden, so ansieht, ist Dru geneigt, ihm ebenfalls einen bereits längeren Verbleib in diesem Haushalt zu attestieren.

»Pff, pff, pff«, kündigt die Rümpfnasenprimadonna erneut ihre Wortspende an. »Es war an meinem Geburtstag. Es war *mein* Geschenk. Deshalb wohne *ich* oben und trample auf *euren* Köpfen herum.«

Romy schüttelt ihr zartes Haupt. »Niemand weiß, wann du geboren wurdest, Lana!«

Angespannt verlagert Dru sein Gewicht von einer Pfote auf die andere. Wer die Felidae kennt, weiß, dass dieses Spielchen ewig fortgeführt werden kann. »Ich bitte euch, Freunde! Mitstreiter! So kommen wir nicht weiter«, versucht der schwarze Kater die hin- und herfliegenden Wortspenden seiner Artgenossen zu durchkreuzen.

Greta unterstützt ihn, indem sie wieder ihre Megaphonstimme anwirft. »Ruhe!«

»Ich brauche einen Anhaltspunkt. Irgendetwas. Etwas Besonderes. Etwas, das darauf hinweisen könnte, dass es sich bei dieser Zweibeinerin, bei der unzufriedenen und lauten, um die Tote aus meinem Revier handelt.«

Mit einem beherzten Satz, als gelte es einen Dobermann abzuhängen, springt Romy direkt neben Greta auf das Bett. Die lohfarbene Kätzin merkt, dass alle Augen auf sie gerichtet sind, und wird nervös.

»Was ist, Kleines?«, möchte die Kommunenvorsteherin in aufmunterndem Tonfall wissen.

Einen Wimpernschlag lang wägt die schmächtige Romy ab, dann zieht sie es durch und flüstert Greta etwas ins Ohr. Die silberhaarige Schönheit lauscht, die Augen halb geschlossen. »So, so«, gurrt sie düster. Mit schräg abstehenden Ohren sitzt Romy neben ihr.

Nach einer rhetorischen Pause, die ihr die ungeteilte Aufmerksamkeit aller sichert, stiehlt sich ein kleines Lächeln auf Gretas vollendete Lippen. »Lana, Liebes!«

Dru wartet auf das Pff-Preludium. Umsonst. Spontanheilung oder Sprachlosigkeit.

»Du hast etwas Hübsches, das wir nicht kennen. Zeig es uns doch bitte!«, ersucht die Sippenoberste mit freundlicher Bestimmtheit, jedoch ohne zu Madam Turner hinaufzusehen.

Lana zischt von ihrer Behausung herunter: »Verräterin!«

Dru sieht ihre weißen Zähne aufblitzen.

Und dann noch etwas.

Waynes gewaltiges, scheckiges Hinterteil hängt vom Penthouse. Knurren. Fauchen. Alles ganz kurz. Wayne landet knapp neben Dru, ein rosa Etwas im Maul. Ein Erdbeben der Stärke sechs. Im Plüschzinshaus spukt Lana Gift und Galle.

Alle Achtung, Schlaffbacke!

Greta nickt dem lispelnden Rabauken anerkennend zu, der daraufhin seine Trophäe vor Drus Pfoten fallen lässt. Klar wie Kloßbrühe, wer in dieser Bude das Sagen hat.

»Hoffentlich ist dir damit geholfen«, wendet sich die blauäugige Katzendame an den schwarzen Kater. »Unsere Romy hat gesehen, wie Lana es an besagtem Tag unten in der Diele gefunden und danach wie einen Schatz gehütet hat. Und wenn ich es mir so ansehe, wird mir klar, warum.«

Vor Dru liegt ein rosafarbenes Kautschukband mit goldenem Anhänger.

Einem goldenen L.

Luisa.

Er hat sein Beweisstück.

Das nächste Schnitzel.

Zur Stärkung bietet Greta Dru etwas aus ihrem Napf an. Beim Blick auf den Trockenschmatz lehnt der Kater höflich ab. Aber es muss begründet werden, sonst ist er ungeachtet seiner Verdienste unten durch. Die Katzenartigen, von Natur aus nicht mit einem Teilungsfimmel geschlagen, verstehen da null Spass. Katzendamen, erst recht nicht. Er sei zu agitiert für einen Imbiss, entschuldigt Dru sich deshalb, er möchte es vermeiden, auf den adretten Plüschteppich zu kotzen.

Zeit für eine Party bleibt ohnehin nicht, denn der Kater aus Au verspürt keinerlei Lust, seinen siebten Sinn in Sachen Orientierung zu erproben, und von Tschechien nach Hause zu latschen. Die Dämmerung ist im Anmarsch, Senilus' Kralliküre wird in Kürze vollendet sein.

Da es Dru unmöglich ist, den Weg zu nehmen, den er gekommen ist, empfiehlt Greta, sich hinter einem der Sideboards in der Diele zu verschanzen, um zum geeigneten Zeitpunkt durch nach draußen zu starten.

Der schwarze Eindringling, der vom Himmel fiel, spricht seinen Dank aus. Die faszinierende Blauäugige, wie auch ihre Sippe, entlassen ihn mit Worten, Großes von ihm für ihre Spezies zu erwarten. »Wir bauen auf dich, Dru!« »Mach den *IFDN* Ehre!« »Du darfst uns nicht enttäuschen!« »Offenbare der Welt unthere Qualitäten!« Sogar Spargeltarzan versteigt sich zu einer konstruktiven Meldung: »Setze der Kläffer-Ära ein Ende!« Nur Madam Turner bleibt stumm.

Als Dru mit dem Kautschukband im Maul auf den Flur tritt, wendet er sich ein letztes Mal um und sieht nach oben. Schlaff hängt Lanas elfenbeinfarbener Kopf aus der Kuschelhöhle des Dachgeschosses. Ihre Aquamarinaugen haben jeden Glanz verloren.

»Sie wird wieder. Keine Angst«, hört er Gretas sonore Stimme hinter seinem Rücken. Dann schreitet der Kater zügig aus.

Der Plan mit dem Sideboard scheitert. Als ob es vereinbart wäre, steigen Selma, Karl und Eva, angeführt von Detective, just im selben Augenblick aus Souterrain-Hollywood empor, in dem Dru die Diele erreicht.

Hundchens erfreute, sprich lautstarke Begrüßung, Selmas ungläubiger Gesichtsausdruck und nicht zuletzt die fünf Augenpaare, die sich unzweifelhaft, von der Galerie des Obergeschosses aus, in seinen Hinterkopf bohren, vereinfachen Drus Entscheidung.

Es ist an der Zeit.

An der Zeit, sich zu stellen.

Zu zeigen, dass es nicht toll sein müsste, einen Hund zu besitzen, wenn man einen Kater wie ihn hat.

19

Wels, Donnerstag, 14. Februar 2019
Zur selben Zeit

Marina Crinkic.

Sie hat auf Braun gewartet. Gestern schon. Am Revier in Wels. Doch als Braun dort eingetroffen ist, war sie weg. Er dachte, der Mut hätte Marina verlassen, dachte, sie hätte es sich anders überlegt. Doch ihr Mann hat sie dringend gebraucht, erklärt sie Braun jetzt. Deshalb ist Marina wieder gegangen.

Aufgelöst sieht sie aus, und dennoch entschlossen. Wie ein derangierter Ruhepol im Chaos. Nur ihm allein will sie alles erzählen. Juan Yingtaos Chef, dem Pfeisl, geht das gegen den Strich. Ganz offensichtlich.

Im Vernehmungsraum ist es stickig. Braun öffnet kurz ein Fenster, während er ein weiteres Säckchen *Neo Citran* in ein Häferl mit heißem Wasser rührt. Er weiß nicht, was sich wärmer anfühlt, die dampfende Tasse oder seine Stirn. Er muss durchhalten, kann froh sein, dass er überhaupt wieder einen Ton herausbringt. Krächzend fragt er Marina, ob er das Gespräch aufzeichnen darf. Sie zuckt mit den Achseln. Braun startet die Aufnahme, verspricht, das Material nur zu verwenden, wenn es zur Klärung des Falles notwendig sei.

Marina kommt aus Bosnien.

Starr vor Angst hat sie mit angehört, wie ober ihr die Welt in tausende Scherben zerfiel.

Ihre Welt.

Es war am Vormittag. Halb elf. Die Mutter hat Marina zum Kartoffelholen in den Erdkeller geschickt. Als sie wieder herauskam, war es Nacht. Und alles war vorbei. Marina war jemand anderes. Enkelin einer ermordeten Großmutter, Tochter ermordeter Eltern, Schwester eines ermordeten Bruders.

Ivo.

Nie wieder würde sie den wirren, haselnussbraunen Schopf aus seiner Kinderstirn streichen.

Keine Achtzehn war Marina, als sie zulassen musste, dass Männer sich ihr aufzwangen. Als sie stahl, was sie kriegen konnte. Als sie zum ersten Mal tötete. Eine Unbekannte. Eine, die sie grinsend um ein altes Stück Brot bringen wollte, Marinas Chance für drei weitere Tage Leben.

»So ist das im Krieg«, hat die Frau gesagt, bevor Marina ihr Grinsen ersterben ließ. Mit dem kleinen Beil aus dem

Erdkeller. Das Einzige, was ihr geblieben war.

Ein halbes Jahr später sind Marina und Vera Richter sich zum ersten Mal begegnet. Für einen Hungerlohn verrichtete die zierliche Bosnierin Hilfstätigkeiten im Hauptlager von Richter Moden in Wels. Die junge Chefin erwischte sie beim Stehlen. Mit allem hat Marina danach gerechnet, nur nicht mit dem, was kam.

Das Angebot.

Das Angebot, das sie annahm.

Weil der Knast keine Option für sie war.

Kurz bevor sie auf Marina traf, hatte Vera erfahren, dass sie niemals ein Kind zur Welt bringen würde. Mehrere Ärzte, darunter eine deutsche und eine schweizer Größe auf dem Gebiet der Frauenheilkunde, waren zum gleichen Ergebnis gekommen. Bereit es zu glauben, war die ehrgeizige Dreißigjährige jedoch erst an jenem Tag gewesen, an dem ihr Bruder Max ihre Unfruchtbarkeit bestätigte. Schon damals war er ein aufstrebender Oberarzt in einem Linzer Spital. Heute ist er der renommierte Gynäkologe Dr. Dr. Maximilian Heinbach, der eine eigene Klinik führt, ein Ferienhaus auf Anguilla besitzt, weltweit Vorträge hält und im Fernsehen auftritt.

Marina wurde schwanger.

Für Vera Richter.

Von Klaus Richter.
Nicht auf natürlichem Weg, sondern durch Insemination. Max, der Bruder, der Schwager, hat es gemacht. In der Villa der Richters. Zwei Stunden musste sie danach liegenbleiben.

Sechzig Tage später hat Marina Goran geheiratet. Goran Crinkic. Einen Österreicher kroatischer Abstammung. Einen Stapelfahrer bei Richter Moden. Einen Stapelfahrer, der eigentlich Maler und Lackierer war. Einen zuverlässigen Mann. Einen ambitionierten Mann. Einen Eingeweihten. Auch er gehörte zu Veras Angebot. Klaus Richter stellte ihm ein Grundstück mit leerstehenden Hallen und einem alten Haus, das seine Urgroßeltern Leopold und Adele erbaut hatten, im Welser Stadtteil Lichtenegg zur Verfügung. Und Goran wurde sein eigener Herr, bekam, was er immer wollte. Seine Firma. CRINKIC – Ihr Partner für Malerei-, Anstrich- und Lackierungsarbeiten.

Nach weiteren sieben Monaten, nur einen Tag nach Gorans großer Eröffnungsfeier, kam, unter Maximilian Heinbachs Aufsicht, Marinas Kind zur Welt. Um anschließend für tot erklärt zu werden. Vera ließ die Luft aus ihrem falschen Bauch und spendete die Umstandsmoden der Caritas. Sie hatte, was sie brauchte. Einen Sohn. Den Erben.

Thomas.

Thomas, dem die Frau, die ihn geboren, aber kein einziges Mal im Arm gehalten hat, im Stillen den Namen Ivo gab.

Zwölf Monate danach, gebar Marina ein weiteres Kind.

Ein Mädchen.

Gorans Tochter.

Luisa.

Als Marina den Namen ihrer Tochter ausspricht, brechen alle Dämme. Sie trägt keine Wimperntusche.

Braun versucht, sie zu beruhigen, legt seine Hand auf ihren Rücken. Das Einzige, was er tun kann.

Juan Yingtao bringt Kaffee und Taschentücher herein.

Marina fragt, wann es möglich sein wird, ihre Tochter zu beerdigen. Wann Luisa einen festen Platz bekommt, wann sie wieder genau wissen wird, wo sie ist.

Braun kann ihre Frage nicht beantworten.

Nach einer Weile machen sie weiter.

In einer Stadt wie Wels war damit zu rechnen, dass sich Marinas Kinder einmal begegnen, unwissentlich aneinander vorbeilaufen würden. Doch es kam anders, und der Grund dafür hieß: Isolde Benkoff.

Luisa und Isolde besuchten gemeinsam den Kindergarten in Lichtenegg. Während der zwei Jahre wurden die beiden unterschiedlichen Mädchen unzertrennlich. Zu dieser Zeit kam es Marina vor, als ergäben sie nur gemeinsam ein Ganzes. Kurz bevor die Mädchen in die Volksschule kamen, zogen die Benkoffs um und Isolde wurde in einem anderen Stadtteil eingeschult. Das sonst so aufgeweckte Kind lernte nicht, zeigte Verhaltensauffälligkeiten. Bis Eltern und Schulpsychologen zum gleichen Schluss kamen: Sie brauchte Luisa an ihrer Seite. Marina und Goran willigten ein, ihr damals spindeldürres blondes Mädchen wirkte schon als Sechsjährige besonnen. Schnell lernte die kleine Luisa, die öffentlichen Verkehrsmittel zu benutzen, und drückte Tag für Tag am anderen Ende der Stadt neben Isolde die Schulbank.

Dass sie dort auf ihren Halbbruder treffen würde, war nicht zu erwarten. Aber auch die Richters waren umgezogen, in eine noch größere Villa, hatten sich ein weiteres Mal verbessert.

Vera und Klaus Richter haben schnell und mehr als klar gemacht, dass es den wirtschaftlichen Ruin der Familie Crinkic bedeuten würde, gesetzt den Fall, es sickerte etwas durch. Und niemand hat daran gezweifelt.

Letztendlich war es Goran, Marinas Mann, der die Sache nie zur Gänze verwunden hat. Der sich nach anfänglicher Euphorie Vorwürfe machte. Vorwürfe, auf den Handel eingegangen zu sein. Nach Luisas Verschwinden wurde es so richtig schlimm, selbst der Umzug in die neue Wohnung hat nicht geholfen. An einem Abend hat er aus Gram alle Bilder der Tochter zerstört. Und nun, nach Luisas Tod? Marina zweifelt daran, dass Goran je wieder

der Alte wird. Er trinkt mehr denn je, verbietet ihr, Thomas zu sehen, bedroht sie sogar. Doch sie kann nicht anders. Jetzt schon gar nicht. Thomas ist alles, was ihr geblieben ist.

Ihr einziges Kind.

In seiner Nähe tut es ein bisschen weniger weh.

Sie schafft es nicht länger, sich von ihm fernzuhalten.

Isolde ist eifersüchtig auf sie, glaubt Marina.

Vinzenz Braun bestätigt das. Bei seinem gestrigen Besuch bei Frau Benkoff, hat die junge Krankenschwester überdeutlich eine Affäre zwischen Thomas Richter und der Mutter seiner verstorbenen Freundin angedeutet. Im Irish Pub, ein paar Stunden später, hat er Richter damit konfrontiert und die Reaktion des jungen Mannes darauf für ehrlich gehalten. Ebenso, wie die Antwort des Richter-Erben auf die von Braun angesprochene sexuelle Beziehung zu Isolde Benkoff selbst.

Marina weiß, dass Isolde auf Luisa eifersüchtig war, auch, wenn ihre Tochter das nie wahrhaben wollte. Sie meint, dass Isolde diese Eifersucht jetzt auf sie überträgt.

Der Kriminalbeamte entscheidet, dass es in Marinas Fall kaum mehr aufrechte Gründe gibt, gewisse Fragen, Vermutungen oder aktuelle Untersuchungsergebnisse aus der Gerichtsmedizin hintanzuhalten.

Zuerst spricht er Luisas Mutter auf die Narben in Isolde Benkoffs Handflächen an. Marina kennt sie genau. Sie erinnert sich, dass Isolde als kleines Kind schon einmal an nässenden, nicht heilenden Wunden in den Handtellern litt. Es trat nach dem Umzug der Familie Benkoff auf, und verschwand, als Luisa zu ihr in die Klasse kam. Die Ärzte sagten damals, es wäre ein Stresssymptom. Die Wunden würde sich das Mädchen selbst zufügen, indem sie die Fingernägel in ihre Handflächen grub.

Irgendwann ist es wiedergekommen, aber da war Isolde schon erwachsen. Sie will nicht darauf angesprochen werden. Die junge Frau behauptet, es wäre ein Art Schuppenflechte.

Braun merkt an, dass die Wunden verheilt sind.

Marina nickt. »Schon seit einiger Zeit«, bestätigt sie. Marina erinnert sich, wann es ihr zum ersten Mal aufgefallen ist. Am Tag, an dem Isolde das Phantombild vom vermeintlichen Liebhaber ihrer Tochter hat anfertigen lassen.

»Knappe vier Monate nach Luisas Verschwinden«, konkretisiert der Kriminalbeamte.

Diesmal schien es umgekehrt gewesen zu sein. Die Trennung von Luisa hat Isolde geheilt.

Wie Marina schon mehrfach wiederholt hat, ist sie überzeugt davon, dass ihre Tochter keine Beziehung zu einem anderen Mann unterhielt. »Es war wie Magie zwischen Luisa und Thomas«, sagt sie.

Obwohl Marina den unerwarteten Kontakt zu ihrem leiblichen Sohn genoss, hofften sie und ihr Mann verständlicherweise inständig, dass es eine Jugendliebe bliebe. Dass das Feuer von selbst erlöschen würde. Dafür beteten mit Gewissheit auch Vera und Klaus – oder taten sie sogar mehr? Marina ist sich nicht mehr sicher. Bei gar nichts mehr. Alles hält sie seit Luisas Tod für möglich.

Denn im Gegensatz zum Richter-Clan, wussten Goran und sie nichts von den Heiratsabsichten ihrer gemeinsamen Tochter. Ebenso, wie die Sache mit dem tschechischen Schönheitssalon, erfuhren sie es erst nach Luisas Verschwinden.

»Wird eine Überraschung, meine Lieben!«, waren Luisas letzte an ihre Eltern gerichteten Worte, als sie am 16. November 2017 morgens das Elternhaus in Lichtenegg verließ. Freie Tage waren während der Umschulung rar, doch sie hatte eine Erlaubnis ergattert. Ebenso für den darauffolgenden Tag. Den Freitag.

Ungewöhnlich für Luisa.

Genauso ungewöhnlich wie Geheimnisse.

»Soll ich dich mit dem Pritschenwagen schnell wohinfahren?«, hatte Goran seine Tochter zuvor gefragt, weil der Familien-PKW, der während Luisas Umschulung in Vöcklabruck hauptsächlich von ihr genutzt wurde, am Vorabend aus unerfindlichen Gründen den Dienst quittiert hatte.

»Nein, nein. Alles im grünen Bereich, Papi!«, war die Antwort seines einzigen Kindes gewesen.

Warum Luisa einen Schönheitssalon in Tschechien aufsuchen wollte, wiederholt Braun seine Frage, die er schon beim Besuch in der Wohnung der Crinkics gestellt hat.

Marina schüttelt den Kopf. Nach wie vor hat sie keine Ahnung. Es ist dieselbe Ungereimtheit wie Luisas plötzliche Geheimniskrämerei. Bis zum Tag ihres Verschwindens hat sie stets von sich aus gesagt, wohin sie ging.

Auf Brauns Stirn bilden sich Schweißperlen. »Aber Isolde Benkoff wusste davon. Wusste, wo Luisa hinwollte«, wirft er mit kratziger Stimme ein.

»Vielleicht hatte sie Angst, dass Goran und ich sie aufziehen«, schnieft Marina. »All die Jahre hat sich Lu aus dem ganzen künstlichen Plunder, wie sie es selbst nannte, nichts gemacht. War vollkommen resistent gegen dieses Dauer-Make-Up, Kunstnägel und alles, was es sonst so gibt. Schon während ihrer Zeit als Friseuse hat sie scheel auf diejenigen geblickt, die es ihrer Meinung zufolge, übertrieben.« Luisas Mutter nimmt einen Schluck Kaffee. »Aber in ihrer Freundin hat sie eine Verbündete gefunden. Isi steht auf diese Dinge. Außerdem hätte Isi meiner Tochter sonst nie ihr geliebtes Auto geborgt«, fügt sie hinzu.

»Thomas Richter meint, es wäre wegen der Haare gewesen. Weil Luisa sie zuvor abgeschnitten hat.«

Marina presst die Faust vor den Mund. Sie hat das Bild ihrer Tochter vor Augen, als sie sie identifizieren musste. Alles war fremd, und kurz war da Hoffnung. Aber trotz der langen Haare, der ungewöhnlich weißen Haut, dem geschminkten Gesicht und der bunten Nägel, lag da ihr Mädchen.

Luisa.

Starr auf glänzendem Metall.

Tot.

»Ich weiß es nicht. Alles war anders an ihr«, schluchzt sie nach einer Weile.

Braun sagt Marina, dass sie Schluss machen, morgen weitersprechen könnten. Doch sie will bleiben, sich zusammenreißen, es durchziehen, weiter über ihre Tochter reden. Wenn möglich, Antworten finden. Braun sieht es in ihren Augen. Sie dürsten nach Frieden. Nach dem trügerischen Frieden aller von derartigen Schicksalsschlägen Betroffenen. Nach dem Frieden, den die Erkenntnis, die Wahrheit bringen soll. Dem Frieden, den es nie wieder geben wird.

»Hatte Ihre Tochter einen Kinderwunsch?«, setzt Braun das Gespräch also fort.

Marinas Augen weiten sich, während sie sich schnäuzt. »Nein, im Gegenteil. Sie wollte sich Zeit lassen, hatte immer ein Problem mit der Verhütung. Der Gynäkologe hat nicht einmal die Dreimonatsspritze als sicher für Luisa eingestuft. Medikamente wirkten bei ihr nicht wie bei anderen. Sie bauten sich, ich weiß es nicht genau, vorschnell ab oder so. Selbst von Aspirin und Ähnlichem hat sie stets die x-fache Dosis gebraucht. Aber bei Hormonen war das eben unmöglich. ‚Du wirst einmal eine alte Großmutter, Mama', hat Luisa immer zu mir gesagt.«

Brauns Herz klopft schneller. »Verstehe. Das erklärt ...« Sein Handy unterbricht ihn. Er wirft einen Blick auf das Display, steht auf und geht ein paar Schritte Richtung Fenster. Es ist Jörg Friedrich, sein Boss.

- »Ich habe soeben ein E-Mail von einer Selma Weingart bekommen. Scheinbar hilft sie Wagner bei seinen Nachforschungen.«
- »Mister Marple«, seufzt Braun.
- »Wie bitte?«
- »Nichts.«
- »Sie hat mir in Karls Auftrag ein Foto übermittelt. Ein Schmuckstück, das Luisa Crinkic gehört haben könnte.«
- »Wie zum Teufel ...«
- »Braun? Ich verstehe Sie nicht. Was ist mit Ihrer Stimme?«
- »Eine Erkältung, nichts weiter.«
- »Ich schicke Ihnen das Bild. Es ist ein rosa Armband. Konfrontieren Sie die Angehörigen damit.«

- Vinzenz Braun räuspert sich und schluckt. »In Ordnung. Die Mutter sitzt bei mir im Vernehmungsraum.«
- »Das trifft sich gut. Informieren Sie mich umgehend.«

Noch bevor Braun wieder bei Marina Crinkic ist, geht die Tür auf. Juan Yingtao steckt ihren dunklen Kopf herein.

»Wir hatten eben einen Anruf, Inspektor. Sieht aus, als wäre die Benkoff verschwunden.«

20

Pörtschach am Wörthersee,
Donnerstag, 14. Februar 2019
Einige Stunden zuvor

- »Hallo, Bruderherz.«
- »Hallo, Liebes! Was ist los?«
- »Hör zu, ich kann dir helfen.«
- »So?«
- »Ich habe Nachschub für dich. Im Panikraum.«
- »Bist du verrückt? Klaus, der Junge?«
- »Die lass meine Sorge sein.«
- »Wer?«
- »Nicht am Telefon. Du hattest recht. Die kluge Schlange beißt nicht, weil man auf sie tritt. Sie beißt, weil man es tun könnte.«
- »Oh, ich verstehe. Dann bist du demnach geläutert?«
- »Ich mochte sie, wir teilten gewisse Interessen. Also, wann kommst du?«
- »Morgen. Ich rufe dich vorher an. *No panic*, alles wird gut. Du wirst sehen.«
- »Bis morgen.«

Dr. Dr. Maximilian Heinbach legt das Handy zur Seite, lässt sich auf seinen geliebten orangefarbenen *Zanotta*-Stuhl fallen. Würde er nicht darauf sitzen, stünde das über 60 Jahre alte Designmöbelstück mit Sicherheit im *Centre Pompidou.*

Er wollte nie, dass seine Schwester in all das mit hineingezogen wird. Doch nun passiert es zum zweiten Mal, als Folge des ersten Males. Er hat es verstanden, als sie ihn damals um Hilfe ersucht hat. Wie aufgelöst sie war, nachdem ihr Sohn seine Heiratsabsichten kundgetan hatte. Wie gestern kommt es ihm vor. Auch wenn es schon länger als ein Jahr her ist. Das haben die Medien in letzter Zeit nur allzu häufig erwähnt.

Thomas. Sein Neffe. Sein erstes Wunschkind. Und dann der Zufall mit diesem Mädchen – wie einen das Leben verarschte. Vera konnte nicht riskieren, dass alles aufkam. Vera, seine große Schwester, die ihn vor den Schlägen ihrer betrunkenen Mutter geschützt, die sein Studium finanziert und ihn durch ihre Unfruchtbarkeit letztendlich zu dem hat werden lassen, was er heute ist.

Jemand, der Wunder vollbringt.

Leben erschafft.

Menschen glücklich macht.

Wie Gott.

Er wird den Schmalzl informieren, um alles zu koordinieren. Der wird froh sein, wenn er auf die Schnelle nicht noch eine Neue aufstellen muss.

Über zwanzig Jahre kennt er ihn schon. Den Klagenfurter Innenstadtfriseur mit dem großen Talent, dem angesagten Salon und den feschen Mädels, die die Haare wegkehrten, aber kein Wort Deutsch sprachen. Die ohne Familie waren, die keiner vermisste. Weil niemand wusste, dass sie existierten.

Sein ehemaliger Chef auf der Gynäkologie im Klinikum hat ihm Schmalzl empfohlen. In seinem ersten Jahr in Klagenfurt. »Heinbach, Sie brauchen einen ordentlichen Haarschnitt«, hat er ihm nahegelegt.

Schnell entdeckten der smarte Friseur und er ihre beiden wesentlichsten Gemeinsamkeiten: Jeder war genial auf seinem Gebiet, und jeder wollte mehr.

Damals schon hat alles angefangen. Verzweifelte, therapieresistente Patientinnen, die sich sehnsüchtig ein Kind wünschten. Viele davon aus Familien mit zentnerweise Tradition, aus Familien für die Adoption kein Thema war. Maximal eine neue Schwiegertochter, sollte es nicht klappen. Wie zuvor seine Schwester Vera, deren Leidensweg er nur allzugut kannte, hätten manche von ihnen alles für einen Erben gegeben. Und nicht wenige verfügten über die finanziellen Mittel dazu.

Ende der Nuller Jahre, wäre dann fast alles vorbei gewesen. Die damalige Frau des Klagenfurter Star-Coiffeurs hat Lunte gerochen und ihren Mann erpresst. Sie kassierte, ließ sich scheiden. Reinhold Schmalzl musste sein Geschäft schließen, alles verschwinden lassen, und tauchte für eine Weile unter.

Aufgetaucht ist er dann in Oberösterreich, nahe Freistadt, nahe der Grenze zu Tschechien. Und hat dort wieder geheiratet. Eine, die ihm verfallen ist. Die nur tut, was er will. Die sich kurioserweise sogar mit Geburten auskennt. Die ihm schwer gefährlich werden kann, weil sie ohnehin alles weiß. Eine, die hatte, was er brauchte. Ein großes Haus, ein Geschäft, einen neuen Namen. Wirz heißt er jetzt. Er betreibt ein Beautystudio und einen Pub, der es ihm leichter macht, zu Mädchen zu kommen, die keiner vermisst. Die Katzenviecher hat er beibehalten. Max hat sie schon seinerzeit, im Klagenfurter Salon, nicht gemocht.

Der Leiter der renommiertesten Kinderwunschklinik Österreichs nimmt sein Handy, wählt Reinhold Wirzs Nummer. Besetzt. Auch recht. Dann vorher Egbert Zwickli. Ihm sagen, dass sein Herz unterwegs ist, dass es morgen am späten Abend bei ihm in Zürich eintreffen wird. Schwindlig könnte einem werden, wenn man sich ausrechnet, was der Schweizer mit den Mädchen, den ausgedienten Backöfen, wie der Schmalzl sie nennt, im Laufe ihrer Kooperation schon verdient hat. Aber gut, er selbst darf sich wahrlich nicht beschweren.

‚Der Zweck heiligt die Mittel, Junge', hört er noch heute die alkoholgeschwängerten Worte seiner Mutter. Mit diesem Satz und einer Reitgerte wurde jedes kleinste Vergehen seinerseits im Keim erstickt.

»Wie recht du doch hattest, Mutter«, flüstert Maximilian Heinbach und gibt im Adressbuch seines Smartphones ein Z ein.

21

Wels, Donnerstag, 14. Februar 2019
Zur selben Zeit

Sie liegt da. Starrt in die Dunkelheit, ins Nichts. Ihr Kopf schmerzt, das Klebeband über ihrem Mund ziept. Die Luft ist trocken, ihre Nasenschleimhäute sind gereizt. Zu wenig Luft. *Langsam atmen,* ermahnt sie sich selbst, obwohl ihre Gedanken es unmöglich machen.

Sie hat von Lu geträumt, als sie beide klein waren. Lus schreckgeweitete Augen über sich gesehen, ihre Hand ergriffen, die sie wieder auf die Beine zog. Damals. Sie war von einer Strickleiter gefallen. Auf den Rücken. Bekam keine Luft mehr.

Jetzt ist da niemand. Niemand, der ihr aufhilft, niemand, der ihre Fesseln löst.

Auch in wachem Zustand sieht Isolde Benkoff ihre Freundin vor sich.

Luisa, als sie im Auto sitzt. In ihrem Auto, im Isi-Mobil, dem roten Blitz, weil die Crinkic-Familienkarosse den Geist aufgegeben hat. Der rote VW-Käfer, ein Geschenk ihrer Eltern. Ein

Abschiedsgeschenk, bevor sie sich vor drei Jahren nach Andalusien vertschüsst haben, auf ihre Finca, die Pension und das Leben genießen.

Im Jogginganzug steht Isolde vor ihrem Wohnhaus, weil sie vorhat, sich gleich wieder aufs Sofa zu begeben, um fit für den Nachtdienst im Krankenhaus zu sein. Sie erklärt Luisa die wichtigsten Funktionen, das Navi. Lu will nicht sagen, wohin sie fährt. Es ist ein Geheimnis, niemand weiß davon. Doch Isi lässt nicht locker. Unterstellt eine Affäre, appelliert an ihre Freundschaft, erpresst Lu letztendlich mit dem Auto. »Ich muss wissen, wohin du damit fährst und warum«, sagt sie zur Freundin. »Sonst steigst du besser gleich wieder aus.«

Lu ist spät dran, hat keine Zeit mehr umzudisponieren und gibt klein bei. »Nun, Luisa, da du bald zur Familie gehören wirst, will ich dir ein Geschenk machen. Nicht ohne Hintergedanken, wie du sicher vermutest, denn es ist ebenso für meinen Sohn gedacht«, ahmt Lu Stimme und Mimik ihrer Schwiegermutter in spe nach. Danach holt sie einen Zettel, besser gesagt einen Computerausdruck, aus ihrer Tasche. Die Adresse eines tschechischen Beautystudios in Vyšší Brod, nur wenige Kilometer hinter der Grenze, mit dem Namen Hollywood is near, *steht darauf. Daneben sind in krakeliger Handschrift ein Datum und eine Uhrzeit vermerkt. Do, 16. November 2017, 10:30 Uhr. »Eine Haarverlängerung«, erklärt Lu und hält Isolde das Schriftstück unter die Nase. »Vera hat mich angemeldet und schon alles bezahlt. Aber, es ist geheim. Ich musste ihr versprechen – und das Gleiche gilt jetzt für dich –, dass niemand es je erfahren wird. Sie bange um ihr böses Schwiegermutterimage, sagt sie. Hand aufs Herz, so viel Humor hätten wir ihr nicht zugetraut, oder? Außerdem soll Tom denken, die Sache mit den Haaren wäre meine Idee gewesen.« Lu seufzt. »Am Ende akzeptiert sie mich doch eines Tages – obwohl es schwer zu glauben ist.«*

»Klingt nach Schneewittchen 2.0, wenn du mich fragst. Sieh zu, dass du nachher nicht gar keine Haare mehr auf dem Kopf hast«, warnt Isolde. Sie spürt, wie warme Flüssigkeit ihre Finger entlang rinnt. Lu reicht ihr ein Taschentuch, wie immer. Wie in ihrer Kindheit, wie die letzten vier verdammten Jahre.

»Du musst dich verbinden, Isi«, stellt sie fest. »So hartnäckig war es noch nie.«

Richtig. Besonders seit einer guten Woche, als Lu ihr ein Geheimnis anvertraut hat, das sie niemals hören wollte. »Du weißt, dass ich heute Nachtdienst habe«, überspielt Isolde die Situation.

»Viel Spass mit Raoul!«

Isolde verdreht die Augen.

»Alles klar, Isi. Der rote Blitz wird pünktlich und heil zurückkehren!«, flötet Lu. Sie wirft der Freundin eine Kusshand zu, bevor sie die Autotür schließt.

Isolde versucht, das Bild aus den Gedanken zu vertreiben.

Nur Vera ist noch zwischen ihr und der Welt, wie sie sein sollte, gestanden. Die Welt, die sich Isolde seit ihrer Kindheit erträumt hat. Tom. Seine Liebe. Ein Leben mit ihm.

Thomas und Isolde Richter.

Sie konnte nicht zulassen, dass seine Mutter ihn vertrieb. Jetzt, wo sich endlich alles in die geplante Richtung entwickelte. Wo er bei ihr übernachtet hatte, wo sie mit Sicherheit schon ein Liebespaar wären, hätte ihn der Kummer an diesem Abend, als Lu identifiziert wurde, nicht vollkommen gelähmt.

Mittwoch Nachmittag hat Isolde Vera angerufen, ihr gesagt, dass sie nicht länger zuließe, wie sie Tom behandelte. Vera ist ruhig geblieben, hat sie zu sich eingeladen. Toms Mutter verbrachte den Abend allein in der Villa. Ihr Sohn war wie angekündigt mit seinem Vater unterwegs.

Zuerst hat Isolde es im Guten versucht. Vera gesagt, wie wichtig es vor allem jetzt für Tom wäre, wenn sie an ihn glauben, ihm Verantwortung übertragen würde. Wie sehr sich ebenso Klaus, Veras Mann, das wünsche.

Toms Mutter hat Isolde an der Bar in der Halle ihr Lieblingsgetränk, *Baileys* mit Eis, serviert, sich selbst ein Glas Gin eingeschenkt, und ihr Allerweltslächeln aufgesetzt. Das Lächeln, das die Augen nie erreicht. Diese kohlschwarzen Augen. Isolde ist froh, dass Tom sie nicht geerbt hat.

»Du musst dich mehr bemühen, Isolde«, hat sie ihr geraten. »Mach ihn glücklich. Wenn mein Junge glücklich ist, ist er entspannt. Dann haben wir keine Probleme. Das war früher auch so, ich erinnere mich genau.«

Da war es dir aber nicht recht und du hast es ihm genommen!, hätte Isolde gerne geantwortet, konnte aber nicht, weil sie ebenso Schuld daran trug, es in ihrem Innersten herbeigesehnt hatte. Nahezu vier Jahre lang.

Die Bilder der Vergangenheit verdrängten Veras perfekt geschminktes Gesicht.

Als Lu damals nicht zeitgerecht zurückkam, war es Isolde, die Marina anrief und fragte, ob sie etwas von ihrer Tochter gehört habe. Sie erzählte der Mutter der Freundin, dass Lu ihr Auto geliehen habe, am Handy unerreichbar wäre, sie selbst aber dringend zur Arbeit müsse.

Fünfzehn Minuten später stand Marina mit dem Pritschenwagen vor der Tür, um Isolde ins Krankenhaus zu chauffieren.

»Danke, Marina! Ich melde mich in ein paar Stunden bei dir. Da habe ich Pause. Sicher ist Lu dann wieder aufgetaucht«, hat Isolde beim Aussteigen gesagt.

»Isi, ich bitte dich, wenn du weißt, wo sie hinwollte, sage es mir. Geheimnis hin oder her. Zuspätkommen sieht Lu nicht ähnlich. Nicht Bescheid geben, noch weniger.«

Die Sorge ins Marinas blauen Augen, die so stark an Luisas erinnerten, gab dann den Ausschlag. »Nach Tschechien, in irgendein Beautystudio.«

Marinas Miene war ungläubig. »Bist du sicher?«

»Das hat Lu zumindest gesagt. Ruf Tom an, vielleicht hat sie sich bei ihm gemeldet«, antwortete Isolde und schlug die Autotür zu.

In der ersten Kaffeepause rief sie Marina wie vereinbart an. Von Luisa fehlte nach wie vor jede Spur. Tom wusste nicht einmal, dass seine Zukünftige an dem Tag nicht gearbeitet hat, geschweige denn, dass sie nach Tschechien wollte. Marina hat ihn gefragt.

Bevor Isolde das Handy wieder abschaltete und sich zurück auf ihre Station begab, entdeckte sie eine Nachricht von Toms Mutter, Vera Richter.

»Isi? Hörst du mir überhaupt zu?«, riss Vera Isolde aus ihren Gedanken.

»Ja.«

»Fein, dann lass uns anstoßen! Auf dass du meinen Sohn glücklich machst!«

Ohne Vera zuzuprosten, nahm Isolde einen großen Schluck des cremefarbenen Getränks aus ihrem Cognacschwenker. »Vera, du verstehst nicht.«

»Aber sicher tue ich das. Nur heraus mit der Sprache! Wie viel brauchst du? Sich einen Wunsch zu erfüllen, beruhigt immer. Fünftausend, zehntausend?«

»Ich habe schon alles. Alles, was man kaufen kann.« Isoldes Wohnung, Kleiderbestände und Schmuckschatulle waren dank Vera auf dem neuesten Stand. Auch einen VW-Käfer hatte sie wieder. Diesmal in Gelb.

»Ach, Schätzchen, man hat nie alles, glaube mir«, erwiderte Vera und holte ihr Portemonnaie, wie sie es in den vergangenen fünfzehn Monaten häufig getan hatte.

Fast hätte Isolde ihre Vorsätze über Bord geworfen. Das, was sie klar aussprechen wollte, vertagt. Was sie sich Stunden zuvor unter der Dusche immer wieder laut vorgesagt hatte, verdrängt. *»Bald gibt es keinen Grund mehr, abhauen zu wollen, Tom. Ich befreie dich von Vera. Isi und Tom. Tom und Isi. Wir werden die Firma führen. Gemeinsam. Deine Eltern treten zurück. Klaus will es ohnehin. Du kannst dich entfalten, deine Ideen realisieren. Du wirst nicht mehr kontrolliert, nie wieder gedemütigt.«*

Vera nahm ein Päckchen Fünfhunderter aus ihrer Geldtasche und legte es neben Isoldes Glas.

Nein, sagte Isolde zu sich selbst. *Du wirst es durchziehen. Keine sabbernden Kranken, keine Schichtdienste mehr. Und vor allem: Tom.* Isolde schob das Geld über den Mahagony-Tresen der richterschen Hausbar zurück zu Vera. »Tanke ab, Vera. Überlass deinem Sohn Richter-Moden, sonst ...«

Unverwandt lächelte Vera Isolde ins Gesicht. »Aha. Und wie gedenkst du alles nach so langer Zeit der Polizei zu erklären? Wie willst du es meinem Sohn beichten, ohne zu riskieren, dass er dich für immer hasst?«

»Glaube mir, da fällt mir was ein.«

»Na, das hoffe ich doch. Es ist unabdingbar für eine Unternehmergattin. Darauf trinken wir noch einen!«

Isolde war irritiert ob Veras gelassener Reaktion. Doch wäre Stirn und Augenpartie der Mittfünfzigerin nicht schon seit Jahren botoxgeglättet, hätte sie dort Zeichen kompromissloser Entschlossenheit und Konzentration entdeckt.

Vera Richter holte eine frische Flasche *Baileys* aus dem Barkühlschrank und schenkte Isolde ein. Auch sie hatte es zuerst im Guten versucht.

Wie naiv ... naiv ... naiv ..., wabert Veras Stimme durch Isoldes Gedanken. Das Letzte woran sie sich erinnert, bevor sie aufgewacht ist.

Am Boden.

In diesem Raum.

Wo immer das ist.

So naiv eventuell doch nicht, hofft sie. Hoffen. Das ist alles, was sie noch kann. Dass man sie findet, weil der Brief ankommt, wo er soll. Rechtzeitig. Dass Raoul ihn abgibt, wenn sie einmal unentschuldigt fehlt, wie sie es seit langem ausgemacht haben. Dass Raoul Wort hält. Raoul, der Pfleger. Raoul, der nicht viel gefragt hat. Raoul, der seit Jahren alles dafür tut, dass sie dieselben Arbeitszeiten haben. Weil er sie mag. Sie weiß es. Obwohl sie seine Gefühle nicht erwidert.

Gefühle.

Ihre Gefühle.

Der Grund, warum sie hier ist.

Anfangs wollte sie der Polizei alles sagen. Sagen, was sie wusste. Und mehr wusste sie bis heute nicht. Jeden Tag hat sie es verschoben. Veras Geschenke, ihre freundschaftliche

Art, die Zukunft, die sie ihr in Aussicht stellte, machten es Isolde schwer. Eine Zukunft mit Tom.

Doch er war untröstlich, suchte überall nach Luisa. Gab nicht auf. War unerreichbar für sie. Monatelang. Bis Isolde eine Idee hatte, als sie in einer schlaflosen Nacht einen Report über das Fritzl-Haus in Amstetten sah.

Eine Affaire. Luisas Affaire mit einem Sektierer. Ein Sektenoberhaupt. Da konnte alles passieren, das wusste jeder. Und: Es würde Luisa entzaubern. Musste. Sogar in Toms Augen. Schlussendlich glaubte sie fast selbst daran. Kaufte sich Bücher zu dem Thema. Es half ihr, zu verdrängen, was sie tat. Was sie nicht tat.

Langsam atmen, ermahnt Isolde sich erneut. *Was hast du nur getan?*

22

Au, 2 Wochen später

Selma Weingart sitzt zu Hause im Wintergarten und liest, Dru hat sich auf dem Stuhl neben ihr zusammengerollt.

Kopfschüttelnd legt sie die Zeitung zur Seite. Seit Wochen ist alles voll mit Berichten über *Die Schöne aus dem Eis,* der Auer Eisstockteich ist zu einer Touristenattraktion geworden. Aber, was sie eben gelesen hat, schießt den Vogel ab. Eine der *Kellermütter*, wie die Mädchen aus Freistadt von den Medien so pervers verharmlosend bezeichnet werden, tritt in einer Talkshow auf. Samstag Abend. Hauptsendezeit. Wie abstrakt alles scheint. Nach nur so kurzer Zeit.

Selmas Blick ruht auf Drus schwarzglänzendem Fell. Es gelingt ihr nicht mehr, ihn so zu sehen wie früher. Karl Wagner hat ihrem Hausgenossen die Intelligenz eines Polizeihundes attestiert. Was ihm nicht gefallen würde, wenn er es verstünde, denkt Selma. Obwohl sie bezüglich des Verstehens wahrlich nicht mehr sicher ist.

Sie hat ihren Augen nicht getraut, als Dru in der Diele von Eva Mareks tschechischem Hollywood stand. Eine

Story, der augenblicklich Attribute wie Fantasy oder Fabel zugeordnet werden würden.

Nur wenige Tage später kam ein Presseteam ins Haus der Auer Schriftstellerin. Um den genialen Kater zu fotografieren. Bis heute weiß Selma nicht, wie sie von der Sache Wind bekommen haben. Wagner hat nichts verraten. Und dann, der absolute Überhammer! Statt sich, wie bei jeder Invasion seiner Heimstatt, vorerst einmal zu verstecken, hat Selmas Kater, der Geniale!, augenblicklich vor der Kamera posiert. Der Fotograf war begeistert, Dru kam auf die Titelseite:

Katzen, die klügsten Freunde des Menschen?
Kater Drusus aus Au spürte Beweisstück im Mühlviertler Kellermütterdrama auf.

Schnell haben sich die Fäden zusammengezogen, damals nach dem Valentinstag in Tschechien, nachdem ihr Kater, der blinde Passagier, Luisa Crinkics Armband gefunden hatte. Selma hat alles aus erster Hand erfahren. Von Karl Wagner.

Die Mutter der Toten hat das Armband am Bild, das Selma in Karls Auftrag an die Linzer Kripo gemailt hat, sofort wiedererkannt. Eva Marek ist noch am selben Tag festgenommen worden. In den darauffolgenden 24 Stunden sind bei drei verschiedenen oberösterreichischen Polizeistellen Meldungen eingegangen:

In Freistadt, eine Vermisstenanzeige. Ein gewisser Gerhard Wögerer gab die Abgängigkeit des ukrainischen Barfräuleins Switlana Schewtschenko aus dem bekannten Pub *Fernando* zu Protokoll.

In Linz, ein anonymer Brief. Der Text aus Zeitungsbuchstaben zusammengeklebt, von einem Mann, der sein Wissen nicht länger für sich zu behalten vermochte. Aufgrund dieser Tatsache konnte ein verbeulter Lieferwagen mit Samariterbund-Anstrich und gestohlenen Kennzeichen in einer verlassenen Waldviertler Scheune sicher gestellt werden. Im Laderaum lagen unter anderem tausende *Hollywood-is-near*-Folder. Die Blutspuren an den Seitenwänden und weiteren Gegenständen stellten sich später als von Luisa Crinkic stammend heraus.

In Wels überbrachte ein junger Spitalspfleger einen Brief von Isolde Benkoff, der besten Freundin der Toten, nachdem er zuvor telefonisch ihre Abgängigkeit gemeldet hatte.

Acht junge Frauen hat man aus dem Keller eines Vierkanthofs bei Freistadt befreit. Moldawierinnen, Tschetscheninnen, Ukrainerinnen.

Mit Ausnahme von Switlana Schewtschenko sind alle schwanger, fünf nicht zum ersten Mal. Schwanger durch Insemination. Durch künstliche Befruchtung. Ihre Haut ist blütenweiß, jahrelang haben sie kein Sonnenlicht gesehen. Alle haben Kunstnägel, Permanent Make-up, eine Haarverlängerung, ein Oktopus-Tattoo.

Das in der Gegend bekannte Ehepaar Wirz hat sie gefangen gehalten, an ihnen neue Produkte und Methoden des darüberliegenden Beautystudios ausprobiert. Ein kleiner Nebeneffekt ihres unfassbaren Handelns. Gudrun Wirz, Eva Mareks Schwester. Reinhold Wirz, Eva Mareks Schwager.

Gudrun und Reini.

Die Pubbesitzer und Beautyspezialisten.

Die Katzen- und

Kinderzüchter.

Vera Richter, die Chefin eines Welser Modeimperiums und potentielle Schwiegermutter der Toten wurde festgenommen. Delikte wie Freiheitsberaubung, Irreführung der Behörden, Beihilfe zum Kinderhandel und versuchter Totschlag werden ihr zur Last gelegt.

Vera Richters Bruder, Dr. Dr. Maximilian Heinbach, der renommierte Gynäkologe, Leiter der Kinderwunschklinik Klagenfurt, Geschäftspartner des Ehepaars Wirz und Kopf des Säugling-Handels, wurde erschossen in seiner Villa am Wörthersee aufgefunden. Zur Zeit geht die Polizei von Selbstmord aus. Die gesamten Patientendaten seines Instituts wurden sorgfältig gelöscht, und sind bisher nicht rekonstruierbar.

Isolde Benkoff, die im Panikraum der Richter-Villa gefangen gehalten wurde, konnte im letzten Moment befreit werden. Nach wie vor wird sie wegen schweren Schocks, sowie den Folgen massiver Dehydrierung, stationär therapiert, und ist, nach Meinung der behandelnden Ärzte, nicht vernehmungsfähig.

Eva Marek kam frei, ihr Alibi galt als hieb- und stichfest. Die Aussage ihrer Schwester, Gudrun Wirz, über den genauen Hergang der Entführung von Luisa Crinkic entlastete sie restlos.

Einzig Gudrun Wirz war bisher vollauf geständig. Hat bis ins kleinste Detail alle Fragen der Polizei beantwortet. Warum Luisa im Auer Teich ertrunken ist, wusste sie nicht, vermutete jedoch, dass Jori Malynka, ein bis dato flüchtiger Komplize, die junge Frau freigelassen hat. Gudrun Wirz gab an, ihrem Mann hörig zu sein. Wagner zufolge, soll sie keinerlei Emotionen gezeigt haben. Kein Bedauern, keine Reue. Sie hat während der Vernehmung gesummt, hat Jörg Friedrich, der Chef der Linzer Kriminalpolizei, Wagner erzählt. Ein Lied. Den Titelsong eines Bond-Films. *Octopussy.*

Nach einem Schweizer Chirurgen, der Gudrun Wirzs Mutmaßungen zufolge der potentielle Drahtzieher innerhalb eines Organhandel-Rings ist, und an den *unbrauchbare Mädchen* (Zitat: Gudrun Wirz) überstellt wurden, wird international gefahndet.

Luisa Crinkic war ein *unbrauchbares Mädchen.*

Vorsichtig erhebt sich Selma aus ihrem Rattanstuhl, sie will Dru nicht wecken. Mit einer frischen Tasse Tee bewaffnet, begibt sie sich in ihr Arbeitszimmer, klappt den Laptop auf, eröffnet ein neues Dokument.

Wunschkinder, tippt sie auf die erste Seite.
Nach einer wahren Begebenheit.

Epilog

Ein Hupen, orchestriert von quietschenden Reifen, durchschneidet die monotonen Straßengeräusche. Der große Papierstoß neben ihr fällt um. Sie wird mit dem Kopf gegen einen Werkzeugkasten geschleudert, dann gegen die nicht verkleidete Blechwand und wieder retour. Wie oft, weiß sie nicht. Danach folgt Stille. Kein Laut von draußen.

Eine Chance.

Ihre Schläfe schmerzt, warme Flüssigkeit läuft die Wange herab. Auf allen vieren tastet sie nach einem Papier, drückt es dagegen, bis es von selbst kleben bleibt.

Die seitliche Schiebetür des Wagens springt auf, Luft dringt herein. Frische Luft. Eiskalte Winterluft. Sie streift die Decke ab, kriecht auf die Kälte zu, schiebt die Wagentür auf. Nur so viel, um hindurchzupassen.

Sie fällt.

Weich.

Schnee.

Sie versucht, sich aufzurichten, sich zu orientieren, doch weder Körper noch Sinne wollen gehorchen. Weg muss sie, das weiß sie instinktiv und robbt los.

Ein Traum? Nein, das ist es nicht. Das ist es schon die ganze Zeit nicht.

Vorwärts. Immer vorwärts. Bis ihre Hand im Schnee etwas Hartes ertastet. Bis sie rutscht, fällt, landet.

Nass.

Eiskalt.

Sie bemüht sich, den Kopf über Wasser zu halten.

Sie atmet.

Stoßweise.

Schneller und schneller.

Alles wird steif. Die Zehen, die Beine, die Finger, die Arme. Ihr Nacken. Die Kälte bringt den Hauch Leben, der noch in ihr ist, zum Stillstand. Luisas Kopf fällt zurück. Sie sieht ihr langes Haar, wie es sich über ihr im Wasser bewegt,

und atmet ein.

Nachwort von Dru

Ich sitze in Sphinxpositur am Küchenfenster und observiere die Gasse, während Selma an einem Krimi schreibt. Die *IFDN* werden darin nicht übel aussteigen, so viel sei verraten.

Mein Sendungsbewusstsein hat mich in der Zwischenzeit dazu gebracht, mich sogar vor der Presse zu prostituieren, und ich hoffe, Eva Mareks halbbengalische Schauspielerriege hat es mitbekommen, da oben im tschechischen Hollywood.

Wie erwartet, ist die Blechkolonne, die jedes Wochenende an uns vorbei gen Norden walzt, nicht kürzer geworden. Im Gegenteil. Der Beautytrip ins Nachbarland wurde um zwei auf dem Weg liegende Highlights bereichert. Der Auer Eisstockteich gilt jetzt ebenso als Attraktion, wie der aktuell geschlossene Pub *Fernando*, samt angrenzendem Hof, bei Freistadt.

Täglich um halb zehn vormittags telefoniert Selma mit dem Schnüffler. Wenn er nicht abhebt, sieht sie nach ihm. Deshalb wurde er von seiner Sippe nicht zu Heidi auf den *windy* Hügel verfrachtet.

Bedauerlicherweise taucht er gemeinsam mit der schlappohrigen Knochennagerin zumindest einmal pro Woche hier auf. Selma und der Tatterich tauschen sich aus. Er gibt ihr Tipps.

Im Tiefkühlschrank kämpfen meine Fleischvorräte mit Kathis Strudeln um die Vorherrschaft.

Wie alles enden wird, ist ungewiss. Ein Problem, und gleichzeitig das einzig Positive daran.

Denn Katzen sind neugierig.

Ausnahmslos.

Wenn Sie etwas Zeit haben, würde ich Sie bitten, meine Geschichte auf der Seite Ihres Verkäufers zu rezensieren. Es wäre ungemein wichtig für uns vierbeinige Ermittler. Helfen Sie anderen tierfreundlichen Provinzkrimi-Lesern und teilen Sie ihnen mit, warum Ihnen der Roman (hoffentlich!) gefallen hat.

Nasenstubser & Danke!

Ihr

Ich auf meinem Observatorium für Innere Angelegenheiten.

Es bleibt spannend ...

TATORT MÜHLVIERTEL

Wie heißt es so schön: »Zwei Menschen können ein Geheimnis bewahren, wenn einer von ihnen tot ist.«
Doch es gibt Ausnahmen.

Ein Landwirtschaftsfeuerteufel terrorisiert das frühlingsgrüne Mühlviertel und macht auch vor dem Pferdehof der verwaisten Zwillingsschwestern Klara und Rosa Neuzil in der idyllischen Gemeinde Au nicht halt. Als Rosa dabei ums Leben kommt, werden Fragen aufgeworfen, die niemals gestellt werden sollten.

Ein Wiedersehen mit den beliebten zwei- und vierbeinigen Auer Spürnasen im Frühjahr 2021!

Erhältlich bzw. bestellbar im stationären und im Online-Buchhandel (als Kindle eBook auf Amazon.de).

ANHANG

Dialektpassagen mit Kater Pauli

»He, Dru! Traust du dich auch einmal raus«, grüßt der Nervtöter mit steil aufgerichtetem Schwanz und dem ihm angeborenen unterbelichteten Grinsen.

Dru ignoriert ihn und setzt seinen Weg fort. Pauli gilt nicht unbedingt als Vorzeigebeispiel eines Mitglieds der *IFDM*. Selbst im fortgeschrittenen Alter jagt der scheckige Fettsack noch den eigenen Schwanz. Dru hat es gesehen.

»Suchst du die Leiche? Die wurde gestern schon weggeführt.«

»Ist mir nicht entgangen«, brummt Dru.

»Hast du's gehört? Schönmachen wollte sie sich lassen, in Tschechien drüben. Ob nun die Blechkolonne, die am Wochenende immer vorbeizieht, kürzer wird?«

»Länger.«

»He, Alter! Bist du auf einen Reißnagel getreten?«, fragt Pauli, während er mit rhythmisch hin- und herschwingendem Schwabbelbauch neben Dru hertrottet.

Dru knurrt. »Lass mich zufrieden, Pauli!«

»He?«

‚Wähle die Sprache deines Gegenübers, wenn du verstanden werden willst', kommt Dru eine von Kathis angewandten Alltagsweisheiten in den Sinn. »He, Pauli, Alter! Ich will heute nicht quatschen.«

»Warum sagst du das nicht gleich, he«, zeigt sich Pauli verständig. Sofort lässt er sich hinter Dru zurückfallen. »Ich verstehe dich, Alter. Ich habe schon gehört, dass du mit dem Winselkopf von Haus 84 auskommen musst. Da wäre ich selbst auch verstimmt. Eine Schande so etwas, eine Schande!«, ruft er ihm hinterher.

»He! Du warst bei der Kralliküre?«, vernimmt er hinter sich Paulis entwaffnend klare Frage.

Beschämt lässt Muzi die Pfote sinken und blickt zu Boden. Vor einem Jahr ist der Kätzin das erste Mal eine Kralle derart schmerzhaft eingewachsen, dass sie seitdem vierteljährlich zur Krallenpflege in die Tierarztpraxis gebracht wird.

Mit Imponiergehabe baut sich Pauli vor der reifen Katzendame auf. »Cool, he! Der totale Luxus, he«, gurrt er bewundernd. Kurz zwinkert er Dru von der Seite zu. »Mir geht das auch dermaßen auf die Nüsse, das ewige Gewetze,

Gezupfe und Geknabbere und so schön wie bei dir, werden meine trotzdem nie.«

Muzis Stimmung scheint sich schlagartig zu bessern. Sie reckt ihren einstmals grazilen Hals und riskiert einen trüben, doch geübten Augenaufschlag – die unmissverständliche Aufforderung, umschmeichelt werden zu wollen.

Sie soll ein Prachtexemplar, eine getigerte Schönheit gewesen sein, hat man Dru zugetragen. Viele haben sich einst Pfote über Schnurrhaar in sie verliebt. Muzi hat zwar nicht jeden erhört, aber alle überlebt. Doch das letzte Zucken an ihrem Liebeshimmel ist Jahre her, und fand in Form einer erfolglosen *#MeauToo*-Kampagne gegen den bornierten Perserkater des Gemeindearztes statt. Aber selbst dieser plattgesichtige Mädchenschänder befindet sich mittlerweile auf Wühlmausniveau.

»He, komm mit nach Hause!«, entschärft Pauli, der Gefleckte in den besten Jahren, die Situation endgültig. Er scheint der praktische Typ zu sein, und dementsprechend, fällt das Umschmeicheln von Großmütterchen bodenständig aus. »Sei nicht ungeschickt! Zuhause ist es kuschelwarm und es gibt Würstel heute. Die sind weich und geschmackvoll. Du kannst eines haben, wenn du willst. He, Alter, tut mir leid, aber für alle reicht es nicht«, wendet er sich verschwörerisch an Dru, der nicht umhinkann, den im neuen Licht erscheinenden Nervtöter (dieser ungeahnte

Diplomat!), mit einem *Hast-was-gut-bei-mir,-Kumpel*-Blick zu bedenken.

»Wie freundlich«, schnurrt Muzi und folgt Pauli, ohne Dru weiterer sabbernder Aufmerksamkeit zu würdigen, in Richtung dessen Heimstatt.

Ihre Stimme klingt, als hätte sie in den letzten paar Minuten eine Semesterpackung Kreide verschluckt, denkt Dru verblüfft, während er Muzis aufreizend wippendes knochiges Hinterteil, neben Paulis, zwischen seinen Hinterläufen hin- und herbaumelnder, Fettschürze, davontrotten sieht. De facto, das Einzige, was beim Neandertaler noch baumelt.

Erwähnte österreichische Kriminalfälle

Josef Fritzl hielt seine 1966 geborene Tochter Elisabeth von 1984 bis 2008 in einer Wohnung (fünf kleine Räume mit insgesamt 60 Quadratmetern, nicht höher als 1,7 Meter) unterhalb seines Hauses in Amstetten gefangen. Er vergewaltigte sie vielfach und zeugte sieben Kinder mit ihr, von denen eines kurz nach der Geburt starb. Drei Kinder verblieben in der Kellerwohnung, drei durften nach oben und wurden vom Täter adoptiert. Fritzl gab an, dass seine Tochter, die er als vermisst gemeldet, und die sich seinen

Aussagen zufolge einer Sekte angeschlossen hatte, sie auf seiner Türschwelle abgelegt hätte.

Als das älteste der im Keller lebenden Kinder, Kerstin, lebensbedrohlich erkrankte, konnte Elisabeth ihren Vater dazu überreden, das Mädchen ins Spital zu bringen. Die Frage der Ärzte nach ihrer Identität und der ihrer Mutter brachte einen der schwersten österreichischen Kriminalfälle dieser Art ans Licht.

2009 wurde Fritzl zu lebenslanger Haft verurteilt. Der heute 84-Jährige befindet sich in der Justizvollzugsanstalt Stein.

1958 wurde *Alfred Engleder*, der Maurerfäustel-Mörder von Sierning, in Steyr wegen Mordes in zwei Fällen und versuchten Mordes in vier Fällen zu lebenslanger Haft verurteilt. Bei seinen Verbrechen zwischen 1951 und 1957 ging er immer gleich vor. Er näherte sich den Opfern mit einem Fahrrad fahrend und schlug ihnen mit einem Maurerfäustel (spezieller Hammer) auf den Kopf, um sie anschließend zu vergewaltigen. Hass auf Frauen, von denen er sich stets hintergangen fühlte, gab er als Motiv für seine Taten an. Nach 26 Jahren wurde er auf Bewährung entlassen und starb 1993 in einem Spital, nachdem er drei Wochen zuvor von seiner Freundin, einer Prostituierten, mit dem Messer attackiert wurde.

Lucona war der Name eines Schiffes, das 1977 im Indischen Ozean versank. Angeblich hatte es eine Uranerzaufbereitungsanlage an Bord. Viel später stellte sich heraus, dass dem Unglück, das sechs Menschenleben gefordert hatte, ein von Udo Proksch, dem damaligen Besitzer der k. u. k. Hofzuckerbäckerei Demel, geplanter Versicherungsbetrug zugrunde lag. Hochangesehene Manager, wie auch Minister waren in den *Fall Lucona* verwickelt, der unter gleichnamigem Titel verfilmt wurde, und als Österreichs größter Politskandal der Nachkriegszeit in die Geschichte einging. Udo Proksch, der mit prominenten Österreicherinnen wie Erika Pluhar und Daphne Wagner, der Urenkelin von Richard Wagner, verheiratet war, wurde nach einer abenteuerlichen Flucht, während der er sich unter anderem einer Gesichtsoperation unterzogen hatte, im Herbst 1989 verhaftet. Nach einem der längsten Prozesse der Zweiten Republik wurde Proksch 1992 wegen sechsfachen Mordes zu lebenslanger Haft verurteilt. Er starb 2001.

1976 wurde *Jack Unterweger* wegen brutalem Mordes an einer jungen Frau zu lebenslanger Haft verurteilt und aufgrund seiner besonderen Gefährlichkeit in der Justizanstalt Stein inhaftiert.

In der Haft begann Unterweger zu schreiben. Bald wurde er als *Häfenliterat*, außerhalb Österreichs als *Knastpoet* und in den USA als *Jack the Writer* bekannt. Einer seiner Romane wurde sogar verfilmt. Von 1985 bis 1989 gab er eine Literaturzeitschrift heraus, in der Beiträge prominenter Schriftsteller erschienen, und erhielt 1989 den Ingeborg-Drewitz-Literaturpreis für Gefangene. In der österreichischen Kulturszene galt Unterweger damals als Paradebeispiel einer erfolgreichen Resozialisierung.

Die Petitionen zahlreicher Intellektueller führten 1990 zu seiner vorzeitigen Entlassung. Unterweger war angesagt, wurde auf High Society-Parties herumgereicht.

Sechs Monate nach seiner Entlassung begann eine Mordserie an Prostituierten, die alle auf die gleiche Weise getötet wurden. Der Täter strangulierte sie mit ihrer Unterwäsche, die er zu einem komplizierten Henkersknoten band. Unterweger geriet unter Verdacht und floh.

1992 wurde er vom FBI in Miami festgenommen. Die Beweislast war erdrückend, doch er bestritt bis zuletzt die Taten.

1994 wurde er wegen neunfachen Mordes zu lebenslanger Haft verurteilt. Diesmal ohne Möglichkeit einer Strafaussetzung zur Bewährung. In der Nacht nach dem Urteilsspruch erhängte er sich mit der Kordel seiner Jogginghose. Der Knoten der Kordel wies die gleichen komplizierten Merkmale auf wie bei den Opfern.

Die *Todesengel von Lainz* waren die Stationshilfen Waltraud Wagner, Irene Leidolf, Stefanija Meyer und Maria Gruber. Gemeinschaftlich ermordeten sie zwischen 1983 und 1989 eine größere Anzahl von Patienten des Krankenhauses Lainz in Wien. Der bereits 1988 geäußerte Verdacht, dass auf der Station Rohypnol (Schlafmittel) verabreicht würde, verlief im Sand. Als 1989 ein Patient, der nicht zuckerkrank war, plötzlich unter einer starken Unterzuckerung litt, wurde vom Oberarzt erneut Anzeige erstattet. Im Frühling 1989 wurden die vier Stationsgehilfinnen verhaftet. Zur nochmaligen Untersuchung der Todesursachen sind zahlreiche verstorbene Patienten exhumiert und obduziert worden. Wasser in der Lunge trat gehäuft auf. Da dies bei Patienten mit schlechtem Allgemeinzustand keine Seltenheit ist, konnte vorerst kein zwingender Tatverdacht der Tötung abgeleitet werden. Eine Überdosis Insulin bei einem anderem Toten führte schlussendlich zu den Haftbefehlen.

Die Opfer wurden entweder mit einer Überdosis Rohypnol oder Insulin vergiftet oder mit Wasserzugaben erstickt.

Wagner war sozusagen die treibende Kraft. Sie perfektionierte die Morde, zeichnete sich durch besonder Kaltblütigkeit und Zynismus aus. Nach eigenen Angaben leistete sie nur Sterbehilfe, obwohl ihre Mittäterinnen aussagten, dass »Patienten, die Schwierigkeiten machen«, eine »Fahrkarte ins Jenseits« von ihr bekämen. Das Gericht hielt 32 Morde für bewiesen und verurteilte Wagner zu lebenslanger Freiheitsstrafe.

Leidolf erhielt für fünf nachgewiesene Morde lebenslange Haft.

Meyer, bei der das Gericht nur von einer Mittäterschaft ausging, bekam für vier Morde 20 Jahre Haft.

Gruber, die angeblich auf Drängen der Kolleginnen gemordet hat, erhielt für zwei Morde 15 Jahre Haft. Nach 12 Jahren kam sie frei.

Wagner und Leidolf wurden 2008 auf Bewährung entlassen, Meyer und Gruber bereits zuvor. Sie sollen unter anderen Namen ein neues Leben begonnen haben.

Danke …

… an meine liebe zwei- und vierbeinige Familie – Phil, Gerti, Vito & Lila -, die meine häufige geistige Abwesenheit, die daraus resultierenden Fehler und ein Haus voller Post-it Zettel, so geduldig ertragen hat.

Ebenso gilt mein Dank dem Linzer Tierheim, dessen Belegschaft sich unermüdlich in den Dienst jedes einzelnen Heimbewohners stellt, und das für ausreichend Inspiration zu dieser Krimiserie gesorgt hat.

Ein einzelnes Tier zu retten verändert nicht die Welt, aber die ganze Welt verändert sich für dieses eine Tier.

Leseprobe

NIKOLA-MARIE
GRIMS

KONSTANTIN
PROPHEZEIUNG

HISTORISCHER ROMAN

»GRIMS' HISTORIENFIEBER IST ANSTECKEND!«
KRONEN ZEITUNG, 2.11.2019

»Spannend - mystisch - bewegend. Der Beginn einer epischen Familiensaga um den römischen Kaiser Konstantin den Großen.«

KAPITEL IV

Rom, Kaiserpalast, 262 n.Chr.

Mit einem lauten Knall öffneten sich die Startboxen des Circus Maximus und zwölf Gespanne schossen in vollem Galopp auf die Fahrbahn zu. Peitschenhiebe, Staubwolken und das Trommeln der Hufe brachten das Blut der zweihundertfünfzigtausend Anhänger in Wallung. Im Segment der *Weißen* schien die Stimmung an diesem Tag besonders euphorisch.

Jeder der vier Traditionsrennställe ließ jeweils seine drei besten Quadrigae antreten und aufgrund des überaus großzügigen Preisgeldes von sechzigtausend Sesterzen waren doppelt so viele Schiedsrichter an der Rennstrecke im Einsatz als sonst.

»Hervorragender Start! Ja!«, jubelte Licinius. »Perikles fährt erstmals für die *Weißen.* Ich erwarte einen unangefochtenen Triumph. Seit sechzig Rennen konnten sie keinen Sieg mehr erringen. Es hat mich ein Vermögen gekostet, diesen verrückten Griechen samt seinem kleinen scheckigen Pferd den *Grünen* auszuspannen. Denn ohne sein Leitpferd Aeolus wäre er nicht gekommen. Niemals. Sieh nur! Manticor patzt schon bei der ersten Wendemarke! Wird wohl heute nichts mit dem Milliarius. Wirkt, als hätten die

Blauen keine Chance mit ihren kappadokischen Mähren. Attalus, der alte Sesterzengeier, wird schäumen!«, freute sich Licinius und strich seine blonden Locken aus der Stirn. »Bei den Göttern, Salonina! Ich werde dem ehrwürdigen Domitianus ewig dankbar sein für diesen unbeschreiblichen Ausblick auf den Circus Maximus«, schnurrte er der Frau, die mit gestrafftem Rücken dicht vor ihm stand, von hinten ins Ohr. Mit der aufwendig getürmten Frisur war sie sogar zwei Fingerbreit größer als er selbst.

»Das musst du auch, mein Lieber. Dies ist seit Menschengedenken der schönste Palast am Palatium. Mein Gatte hätte nie etwas Annäherndes zustande gebracht. Obwohl der Lärm des Pöbels sogar aus einiger Entfernung kaum zu ertragen ist«, erwiderte Salonina despektierlich. »Selbst wenn alle nur wie weiße, rote, grüne und blaue Ameisen wirken, denen man einen Fuß in ihren Hügel gestellt hat.« Ohne Licinius anzusehen, fügte sie mit einem sparsamen Lächeln, das ihre spitzen weißen Zähne entblößte, hinzu: »Manchmal frage ich mich, ob du meinetwegen hierher kommst, oder wegen der Spiele.«

»Wegen der Spiele natürlich, meine Liebe! Wegen *aller* Spiele«, antwortete Licinius mit rauer Stimme, legte seine Hände von hinten auf ihre Brüste und drückte sie ruckartig an sich.

Salonina lachte unfreundlich. »*Aller Spiele*? Lass das! Du tust mir weh.«

»Warum denkst du, eile ich jedes Mal, nachdem ich einen Festzug angeführt habe, direkt hierher zu dir? Als Veranstalter und aufgrund meines Amtes hält man die Kaiserloge für mich frei. Doch in der sitzt nur der gute Severus und überreicht an meiner statt Kranz, Palmzweig und einen randvollen Goldbeutel.«

Die Kaiserin stieß den Atem durch die Nase aus.

»Wann willst du es meinem Bruder sagen, Schwägerin?«, fragte Licinius jetzt fast förmlich, ohne den Griff zu lockern. »Es ist sehr grausam, einem Mann in seiner Lage eine solch freudige Nachricht vorzuenthalten. Sieh mich an!«

»Lass das nur meine Sorge sein«, antwortete Salonina schnippisch, ohne sich umzudrehen. »Mein Ehemann weilt in Illyrien bei seinem geliebten Claudius. Frisst, säuft und schwelgt höchstwahrscheinlich in der Vergangenheit. Vielleicht fühlt er sich dort sogar zu einem seiner albernen Verse inspiriert! Ich glaube kaum, dass er weiterer Aufheiterung bedarf. Und jetzt - lass mich los!«, befahl sie. Ihre Stimme war kalt und messerscharf.

»Bei den Göttern, was für eine hasserfüllte Frau du bist!« Licinius ließ seine Hände von den Brüsten auf ihren Bauch gleiten. »Es heißt, gewisse Umstände würden ein Weib milder stimmen, doch bei dir ... Und jetzt sieh mich endlich an!« Er packte sie an den Schultern und drehte sie ruckartig zu sich herum.

»Umstände, in die *du* mich gebracht hast!« Saloninas zinnoberrot betonte Lippen waren jetzt kaum mehr als ein Strich und kohlschwarze Augen funkelten zornig aus ihrem blassen, leicht aufgedunsenen Gesicht.

»Und, die *mich* erregen. Du gleichst einer runden, reifen Frucht, die gepflückt werden will. Komm her, Nina, danach sehnst du dich doch! Nach meiner ungeteilten Aufmerksamkeit. Nun, wie du feststellen wirst, hast du sie«, antwortete Licinius mit vor Verlangen bebender Stimme. Mit der linken Hand hastig an seiner Toga nestelnd, schob er Salonina vom großen Balkon ins Innere des Palastes.

Sie schlug ihm ins Gesicht. »Hör auf!«, befahl sie. »Nicht, Licinius! Das Kind. Es ist nicht recht. Nein!«

Ihre schlanken Finger begannen sich auf seiner Wange abzuzeichnen, doch er küsste sie hart und schob fordernd seine Zunge zwischen ihre Lippen. Während er sie Richtung Bett drängte, die Spangen ihres dunkelpurpurfarbenen, golddurchwirkten, hauchdünnen Seidengewandes löste und ihre kleinen, geschwollenen Brüste liebkoste, murmelte er heiser vor sich hin: »Ich glaube, es gefällt ihm ... mitzuerleben, wie er entstanden ist ... meinem *Sohn*.«

Saloninas Gegenwehr verringerte sich, wie Licinius mit Genugtuung feststellte. Stattdessen stöhnte sie und die unzähligen Sommersprossen auf Licinius' Nacken verschwammen vor Saloninas Augen, während sie ihre

Finger tief in seinem lockigen, honigblonden Haar vergrub. »Nein, es ist nicht richtig«, protestierte sie mit schwächer werdender Stimme. »Lass das, nein, lass ... oh ja, Licinius ... bitte ... ja!«

☧

»Hörst du es? Die Hymne! Die *Weißen* haben gewonnen! Bis zu den Spielen im Herbst sind sie wieder unangefochten der erste Stall des Imperiums«, triumphierte Licinius, als er sich etwas später schweißnass von ihr herunter wälzte. »Dann werde ich meinen Bruder um einen zweiten Obelisken bitten, einen Triumphobelisken der *Weißen«*, erklärte er ausgelassen.

»Was für ein großer Sieg, Liebster! Nur, dass *du,* bedauerlicherweise, nicht sieben Runden lang durchgehalten hast. Du eignest dich mehr als Kunstreiter, der die Menge mit kurzen Darbietungen zwischen den einzelnen Rennen erfreut«, antwortete Salonina teilnahmslos lächelnd, stand auf und setzte sich an ihre Frisierkommode. »Obwohl ich sagen muss, dass dein Interesse und deine Aufwendungen, sollten sie sich eines Tages auf die Aussicht ergießen, die man von der Vorderseite dieses Palastes hat, dir mehr zu Ruhm und

Macht gereichen würden.« Mit kerzengeradem Rücken saß sie auf ihrem seidengepolsterten Bronzehocker vor all den edelsteinbesetzten Kämmen, bunten Fläschchen, Farbtiegeln und silbernen Spateln. Ihre Körperhaltung zeigte all jene Anspannung, die ihr Gesicht zu verbergen suchte.

»Du bist unzufrieden? Soll ich mich von einer Wölfin adoptieren lassen?«, fragte Licinius mit scherzhaftem Unterton, während er sich auf den weichen blauen Laken behaglich ausstreckte und seinen nackten, hellhäutigen und jetzt völlig entspannten Körper musterte. Licinius' Augen hatten das gleiche satte dunkle Blau, wie die seines Bruders, doch die flachsfarbenen Wimpern und Brauen kosteten seinem Blick einiges an Intensität.

Salonina machte eine wegwerfende Handbewegung.

»Was willst du noch?«, reagierte er darauf etwas ernster. »Ich bin eines Kaisers Sohn. Ich habe auf das Forum und die Curia Julia geblickt, seit ich denken kann. Ich bin ein angesehenes Mitglied des Senats und nun Konsul. Es ist meine Pflicht, Spiele zu finanzieren, selbst wenn einem die Ausgaben dafür fast an den Bettelstab bringen. Wie du weißt, haben sie schon Männer aus den ältesten und edelsten Familien Roms ruiniert, weshalb ich es besser finde, selbst auch ein bisschen Vergnügen dabei zu empfinden.«

Salonina verzog ihren schmallippigen Mund, der für Missbilligung wie geschaffen schien, doch Licinius ließ sich nicht bremsen.

»Im Übrigen habe ich eben fast so viel gewonnen, wie mich der Spaß gekostet hat«, triumphierte er. »Die Quote für einen Sieg der *Weißen* war mehr als verlockend. Betrachte das Leben doch mehr von der angenehmen Seite! Deine Gründe dafür sind mannigfaltig. Du bist die erste Frau im Imperium, seit Jahren bereits Augusta, Gemahlin des Kaisers und: die Geliebte seines kleinen Bruders.«

»Halbbruders«, antwortete Salonina spöttisch und hob eine ihrer schnurgeraden, kohlegeschwärzten Brauen. »Ja, du bist wohl Konsul, mein Lieber. Aber was bedeutet das schon in diesen Zeiten, wo ein Jahr mehr Konsuln als Monate hat? Was ist es wert, Mitglied des Senats zu sein, außer der Verpflichtung, Unsummen für Ablenkung und Belustigung des Volkes ausgeben zu müssen? Vor langer Zeit haben Julius Caesar und danach Augustus den Senat schon kastriert. Und den letzten Rest schnitt ihm unlängst mein geliebter Ehemann ab.«

»Eine Kaiserin mit einer Schwäche für die Republik? Wie unkonventionell«, entgegnete Licinius. Wie immer versuchte er, seinen aufkeimenden Ärger ihr gegenüber in Sarkasmus zu hüllen.

»Sei kein Narr!«, übertönte sie ihn. »Als mein Ehemann, den Senatoren verbat, militärische Posten zu bekleiden und sich einer Kaserne auch nur zu nähern, war alles klar. Niemand aus diesem Stand würde jemals wieder ... Bei den Göttern, Licinius! Zieh die einflussreichen Senatoren auf deine Seite, nutze ihren Groll auf Gallienus! Du bist ebenfalls Valerianus' Sohn, und viele erinnern sich noch genau an die Zeit deines Vaters als Princeps Senatus. Der Senat vergisst nicht. Diese Tatsache hat damals selbst Maximinus Thrax eine schnelle Reise in die Unterwelt beschert. Dein eigener Vater hat die Verhandlungen eingeleitet, die letztendlich dazu führten.« Salonina griff nach einer ihrer Bürsten. »Überhaupt ... in letzter Zeit scheint mir, Valerianus war beliebter, als ich dachte.«

»Was wünscht du dir, Nina? Ein weiteres Sechskaiserjahr, wie im Jahr meiner Geburt? Sollen sich Römer erneut untereinander bekriegen, währenddessen die Barbaren unbehelligt durch sämtliche Reichsgrenzen brechen? Gallienus ist anders als Maximinus, das weißt du genau. Er wurde nicht von heute auf morgen von einem Haufen siegestoller Legionäre zum Kaiser ausgerufen und unterliegt ebenso wenig der Versuchung, von einem Drecksnest wie Sirmium aus, das gesamte Reich regieren zu wollen. Viele gute Jahre hat mein Bruder zum Wohle Roms im Norden gekämpft. Erfolgreiche Jahre, die ihm unzählige Ehrentitel einbrachten. Ich war noch grün hinter den Ohren, doch erinnere ich mich, wie stolz ich auf ihn war. Rom und ich glaube selbst du, habt ihm mancherlei zu verdanken.«

»Zwei tote Söhne. Das war sein Verdienst.«

»Nina. Du ...«

»Bist du denn der einzige Mann, der sich *nicht* an die Spitze des Reiches wünscht?«, unterbrach sie ihn. »Lässt du alles deinem Bruder, der in diesem Moment vermutlich gerade im Begriff ist, den sturen, *ehrenhaften* Claudius zu seinem Mitkaiser zu machen?«

»Ich bin kein Mann des Schwertes«, erklärte Licinius trocken.

»Nicht alle Kaiser waren vorrangig Soldaten, zumindest das solltest du wissen. Bewirb dich um das Amt des Stadtpräfekten.«

Licinius hob seine flachsfarbenen Augenbrauen, die linke zuckte.

Salonina winkte ungeduldig ab. »Hilf mir mit meinem Kleid, Licinius! Dann zieh dich selbst an«, verlangte sie barsch. »Plotinus kommt zur zwölften Stunde mit den fertigen Plänen für seine Stadt und ich brauche die Ornatrix nach allem, was du meiner Frisur angetan hast«, stellte sie fest, während sie ihre schwarzen Locken im Spiegel vor ihr betrachtete und sich zwei pralle blaue Trauben in den Mund schob. Salonina liebte voluminös hochgesteckte, lockige Frisuren, da sie ihrem, in der Relation zum Körper, eher kleinen Kopf und ihren harten Zügen schmeichelten.

Nackt und wortlos trat Licinius hinter sie und schloss die Spangen ihres Gewandes oberhalb der ausgeprägten, nahezu knochigen Schultern. Als er danach seine Toga vom Boden aufhob und sie sich über die Tunika legte, bemerkte er beiläufig: »Meine Mutter weiß es. Ich habe es ihr erzählt.«

Abrupt schluckte Salonina den Rest ihrer Trauben. »Warum? Seit wann?«, fuhr sie herum. Ihre Augen, die sie zusätzlich mit Antimon umrandet hatte, bohrten sich pechschwarz in die seinen.

»Seit dem Fest der Fortuna, das ich in ihrem Haus verbrachte. Mir schien es durchaus ein geeigneter Zeitpunkt zu sein«, antwortete er beschwichtigend.

»Bist du noch immer ein Kind? Am Fest der Fortuna? Findest du das etwa romantisch oder wolltest du einfach nur witzig sein«, fragte die Kaiserin mit vorgerecktem Kinn und spie die Worte aus wie Gift.

Licinius schüttelte den Kopf, verschränkte seine Hände hinter dem Rücken. »Solltest du um dein Leben fürchten, oder vielleicht sogar um unser aller Leben, so ist deine Angst unbegründet. Seit dem Tod ihres kaiserlichen Gemahls hasst meine Mutter Gallienus mehr als irgendein anderes lebendes Wesen. Sie würde uns nie verraten. Im Übrigen wirkte sie gar nicht erstaunt. Und um auch deine erste Frage zu beantworten, ich war ein Kind bis zu dem Tag, als du mich in dein Bett holtest. Doch danach habe ich von der *Besten* gelernt. Meine Pläne, Gedanken und Überzeugungen aus der Zeit davor, erscheinen mir oftmals selbst, wie die eines Fremden«, erwiderte er mit einer leichten Grimasse und kleidete sich weiter an.

Ruckartig wandte sich Salonina wieder ihrem Spiegelbild zu. Ihre Augenpartie wurde faltig und rote Flecken breiteten sich auf Wangen und Hals aus. »Dein Vater, Valerianus, hat mich nie besonders gemocht und Cornelia ...«, begann sie ohne in irgendeiner Weise auf Licinius' Worte einzugehen.

»Liebt dich umso mehr. Genau aufgrund dieser Tatsache. Dir ist bekannt, wie argwöhnisch und eifersüchtig meine Mutter ist. Bei der gütigen Juno, Salonina! Noch vor den Kalendae des Augustus vermag kein Gewand mehr deinen Zustand zu verhüllen. Berichte Gallienus von der Schwangerschaft, entsende einen Boten nach Illyrien. Heute!«, forderte der junge Mann und fügte eindringlich hinzu: »Erfährt er es durch jemand anderen, wird er misstrauisch, und sei gewiss - so gut kenne ich meinen kaiserlichen Bruder - *das* würde uns allen gewaltigen Kummer bereiten.«

»Licinius, bist du denn tatsächlich so schwer von Begriff?«, fragte Salonina mit gespielter Freundlichkeit und wandte sich ihm zu.

»Was meinst du damit?«

»Was schon?«, fauchte sie, während sie auf ihn zuschritt. »Was könnte eine Mutter von zwei toten Söhnen - deinem reichen Erfahrungsschatz nach - veranlassen, ihrem Gatten eine Botschaft über eine erneute Schwangerschaft vorzuenthalten?«

In Licinius, der die Angst in ihren Augen sah, nahm das unangenehme Gefühl, das er die letzten Wochen immer so erfolgreich beiseitegeschoben hatte, Gestalt an und lief als eiskalter Schauer seinen Rücken hinunter. »Er hat nicht ...?«, brachte er zögernd hervor.

»Nein hat er nicht. Er hat mir *nicht* beigewohnt, Licinius.«

»Deshalb also deine verzweifelten Anstrengungen, das geheime Treffen mit Aureolus. Dachtest du etwa, du fändest noch vor der Geburt des Kindes einen Mörder?« Licinius war abgestoßen und erregt zugleich. Ein Gefühl, das Salonina schon in ihrer ersten gemeinsamen Nacht in ihm hervorgerufen hatte. An seinem sechzehnten Geburtstag. »Wie konnte das passieren?«, fragte er naiver wie beabsichtigt.

»Bei den Göttern, Licinius!« Salonina lachte kurz auf und verdrehte die Augen. »Ich war seit fast zwanzig Jahren nicht mehr schwanger und, als *er* hier war, hatte ich nicht die geringste Ahnung! Auch danach dachte ich einige Zeit, dass meine Blutungen für immer ausbleiben würden, denn ...«

»Habt ihr euch gestritten, oder hat er wieder die meiste Zeit im Gewächshaus mit seinem kostbaren Grünzeug verbracht?«, unterbrach Licinius sie ungeduldig.

»Wenn es um die eigene Haut geht, ist die Eifersucht nebensächlich«, zischte die Kaiserin in sich hinein.

»Wie bitte?«

»Ich sagte, nein. Mein kaiserlicher Gemahl war nur meist zu betrunken, um irgendetwas in Bewegung zu setzen.«

»Demnach wäre es möglich, dass er sich nicht mehr an alle *Details* erinnert?«

»Das ist, wie es aussieht, zurzeit unsere einzige Karte«, entgegnete sie hart. »Doch die Saat ist gesät bei Aureolus. Er ist ehrgeizig und stolz. Die Maske der Bescheidenheit ist lange gefallen. Meine Investitionen in ihn, werden allerdings etwas längerfristiger als geplant ausfallen.«

Licinius legte die Stirn in Falten. »Und welcher Art genau sind deine Pläne in Bezug auf ihn?«

»Sobald sie vollständig ausgereift sind, werde ich dich selbstredend einweihen«, log Salonina.

»An deiner Stelle wäre ich vorsichtig in Bezug auf diesen dakischen Schafhirten. Vergiss nicht, *wer* ihn erschaffen hat, den großen, goldenen Reiterkommandanten und seine mobile Eingreiftruppe!«

»Ach, Licinius«, klagte die Kaiserin in mitleidigem Ton. »Seit ich denken kann, neigen Emporkömmlinge wie Aureolus dazu, dies unter gewissen Umständen leicht zu vergessen. Es langweilt mich fast, wie berechenbar sie sind.« Die Kaiserin seufzte. »Und doch unbestreitbar nützlich«, fügte sie hinzu.

»Der Daker ist Gallienus treu ergeben. Du *weißt*, wie einnehmend mein Bruder sein kann.«

»Das waren schon viele vor ihm, und auch ihre Lebensfäden wurden nicht selten von jenen verkürzt, die ihnen nahe standen und die sie für treu und loyal hielten«, ging sie mit einem Achselzucken über seinen Einwand hinweg. »In Wahrheit, Schwager, kenne ich im ganzen Reich nur einen Mann, der sich um der Ehre willen eher selbst zerstören würde, als Gallienus zu hintergehen oder einen Verrat an ihm ungesühnt zu lassen.

»Claudius«, sagte Licinius im selben Augenblick.

»Ja, der brave, alte Claudius. Ihm verdankt mein Gemahl die edle Form seiner Nase, wusstest du das?«, fragte die Kaiserin gehässig.

Licinius wusste es nicht und angesichts der heiklen Situation, in der er sich - wissentlich erst seit kurzem - befand, war es ihm ziemlich gleichgültig. Doch in dieser Beziehung war Salonina, wie die meisten Römerinnen von edlem Geblüt. Klatsch war in jeder Lebenslage gefragt und wurde einem vermittelt, egal ob man Interesse dafür zeigte oder nicht.

»Ein Faustschlag, weil er seiner hirnlosen Schwester zu nahe gekommen war«, fuhr sie fort. Ihre schmalen Lippen kräuselten sich geringschätzig nach unten. »Manchmal frage ich mich, ob sich Claudius dieser Tage allein von der Caritas leiten ließ. Er und die Frauen sind bekanntlich ein äußerst unergiebiges Thema.«

Licinius schnaubte. »Meinst du etwa, Amor selbst hätte seine Faust geführt?«, fragte er mit leichtem Kopfschütteln. »Claudius ist kein degenerierter, dem Inzest entsprungener Patrizier-Spross oder Senatorensäugling.«

»Dennoch, als der Ältere, einem Freund dermaßen die Nase zu zertrümmern«, spann die Kaiserin ihre Gedanken fort.

»Bleibt nur zu hoffen, dass sie es wert war. Du müsstest es wissen, du stammst selbst aus Salona!«

»Ich kann mich kaum erinnern. Irgendein farbloses Geschöpf und ebenso stur wie ihr Bruder.«

»Ich hörte einmal von meinem Vater, dass Gallienus wie besessen von diesem Mädchen war und sie sogar heiraten wollte. Das klang für mir nicht eben farblos«, antwortete Licinius mit Betonung auf dem letzten Wort.

»Mach dich nicht lächerlich. Gallienus war keine sechzehn Jahre, pickelgesichtig und Opfer neu aufkeimender Triebe.«

»So wie ich, als ich dein Liebhaber wurde. Meine Haut ist glatt geworden und die Triebe sind meist unter Kontrolle«, erwiderte Licinius. Erneut erregt, zog er Salonina an sich.

»Nein. Sei jetzt vernünftig Licinius«, wehrte sie ihn gereizt ab, und versuchte sich seinem Griff zu entwinden.

Obwohl Saloninas anfänglich schroffe Zurückweisung oft Teil ihres gemeinsamen Liebesspieles war, schmerzte sie Licinius auf unbekannte Weise. Er straffte seinen

Rücken, gab sie frei. »Richtig«, stimmte er zu, doch vermied es, ihr dabei in die Augen zu sehen, »Du bist beschäftigt. Schreib meinem Bruder, du beabsichtigst, euer drittes Kind nach seiner Mutter zu nennen. Das wird ihn freuen, denn er hat sie über alles geliebt. Gib dem Boten eingelegte Oliven von Catos alten Bäumen mit. Gallienus würde ihren Geschmack unter Hunderten erkennen. Und teile ihm mit, dass die *Weißen* nach sechzig Niederlagen gewonnen haben. Und dann opfere den Göttern! Mögen sie verhindern, dass unsere Köpfe auf einem Spieß verrotten. Was den ehrbaren Claudius betrifft, der dir, wie mir scheint, fast so teuer wie dein eigener Gemahl ist«, fügte Licinius, so teilnahmslos wie möglich, hinzu, »würde ich mich nicht zu sehr sorgen. Er hat einmal abgelehnt, er wird es wieder tun. Vielleicht gibt es ja doch noch einen weiteren Narren wie mich, der seine Zukunft nicht an der Spitze dieses Reiches sieht.«

NOTIZEN